KATRINE WESSEL

En ny tid

FAMILJEN WINTHER

Översatt av Eva-Maria Gelotte

BOKFÖRLAGET POLARIS

MIX
Papper från ansvarsfulla källor
FSC® C021394

BOKFÖRLAGET POLARIS

Originalets titel: *Familien Winther*

Publicerad enligt överenskommelse med Pitch Forlag AS
Omslag av Anders Timrén
Översatt av Eva-Maria Gelotte
Första upplagan, tredje tryckningen
Tryckt hos ScandBook UAB
Printed in Lithuania
ISBN: 978-91-7795-559-7
Bokförlaget Polaris, Stockholm, 2022
www.bokforlagetpolaris.se

En mors hjärta är som en djup avgrund;
i botten finner du alltid förlåtelse

HONORÉ DE BALZAC

1

Trondheim, juni 1898

De dubbla dörrarna gick upp, och ett sus svepte genom den stora salen när Karl och Cecilia Winther steg över tröskeln. Cecilia stirrade in i de beundrande blickarna och förtjusta leendena. Det var som om en färgrann målning uppenbarade sig för henne. Kvinnor i silke och taft och dyrbara smycken. Män i styva skjortkragar och välfriserade mustascher. En doft av parfym och tobak, liljor och rakvatten slog emot henne.

Lätt kramade hon Karls arm och mötte hans varma, kärleksfulla blick. Så elegant han såg ut i frack med blanka slag och vit halsduk. I knapphålet hade han stuckit en karminröd ros – en *Rose du Roi*. Han hade burit samma sort på deras bröllop, och det gjorde henne rörd att han mindes den lilla detaljen. Blommor var hennes hobby och passion. Karl, däremot, kunde knappt se skillnad på rosor och tulpaner. Han fann trädgårdsskötsel lika spännande som hon tyckte hans affärer var.

Tänk att det redan hade gått ett kvarts århundrade sedan de lovat varandra evig trohet i den lilla stenkyrkan i Shere i grevskapet Surrey, där hon hade vuxit upp. Hon var arton år och lord Ashmores äldsta dotter. Karl tio år äldre och en framstormande handelsman från ett litet och, för henne, okänt land som hette Norge. Fadern, som uppskattade att göra affärer med unge Winther, bjöd honom upp från London till den årliga jakttillställningen på Oaktree Manor. Han satt så väl i sadeln och var en så stadig skytt att Cecilia inte visste om det var hon eller fadern som förälskade sig mest i honom. Karl själv kastade alla konventioner överbord och friade till henne den första kvällen. Hon avslog självfallet, men lät det skina igenom att han kunde fråga på nytt när en mer passande tid hade gått. Fyra månader senare annonserades förlovningen i The Times, och i juni året efter gifte de sig.

Först hade de rest till Rom – »den eviga staden« – där de lärde känna varandra. Karl visade Cecilia vad kärlek var, och hon var förvånad över hur lätt hon gav sig hän åt honom. I timtal hade de legat i varandras armar och talat om livet de skulle bygga tillsammans. Karl hade lovat att hon alltid skulle känna sig trygg och älskad. Han anade inte hur mycket det betydde för henne. Hon hade inte berättat för honom om sin barndom och kom inte heller sig för att göra det. Diskretion var en dygd som stod högt i kurs hos familjen Ashmore. – Man ska vara ett stöd för sin make, inte en börda, hade modern förmanat henne innan de reste.

I det sommarvarma Rom hade det varit svårt att tänka tunga tankar, och föräldrarna, systern och det mörka, dragiga godset i England blev snart avlägsna minnen. Cecilia hade i stället låtit sig fascineras av terrasserna med apelsinträd, den färgrika klädtvätten som hängde till tork mellan husen, och de trånga kullerstensgatorna där barn lekte och hundar skällde.

Hon älskade piazzorna, de många kyrkorna och kapellen, broarna och Tibern som flöt lojt förbi under dem. De hade druckit stark espresso på ett kafé på Piazza Navona i hjärtat av världens hjärta. Hon hade matat duvorna och ätit *gelato*, och Karl hade lockat henne att gå uppför hela Spanska trappan trots att det var stekande hett och skorna skavde. Hon hade fått hål på de nya silkesstrumporna.

De hade tillbringat ljumma kvällar, promenerande i parkerna, med den glittrande stjärnhimlen som tak. Karl berättade historier om det magiska norrskenet som rispade himlen där hemma om vintern, och om sommarnätterna som aldrig blev mörka. Cecilia gladde sig åt att se sitt nya hemland. Innan de reste till Norge, hade hon ändå kastat ett mynt över axeln och ner i Trevifontänen, för hon ville vara säker på att en dag återvända.

Vart hade åren tagit vägen? Det kändes som det var i går hon steg i land i den lilla, norska landsortsstaden hon knappt hade vetat var den låg. Som hon långt ifrån hade klarat att uttala namnet på. Hon klarade fortfarande inte att uttala det skarpa r:et ordentligt. Det skulle för alltid avslöja henne som den utböling hon var.

Trondheim var en lugn stad med breda gator och stängda fönster. Vinden blåste alltid in från fjorden och fick henne att huttra. Det var så långt från Rom man kunde komma, och i början tänkte Cecilia att hon hade kommit till världens utpost. En avkrok av Guds skapelse. Det ogästvänliga klimatet, vintermörkret, det gjorde något med människorna som levde där – de var ljusa om sommaren och mörka om vintern. Det var i alla fall så det kändes när höststormarna slet med sig de sista löven av träden och lämnade kvar världen naken och kall.

Cecilia hade tagit på sig uppgiften som hustru, och sedan mor, med djupaste allvar och glädje. Hon hade skapat ett hem – en varm plats, tryggt och trevligt för den lilla familjen – och hon hade skapat en salong där kvinnor och män ur societeten diskuterade viktiga ämnen, och där skvallret flödade. Det sista var av lika stor betydelse som det första. »Sitter man på den rätta kunskapen om de rätta människorna, blir livet mycket lättare, Cilla«, brukade lady Ashmore säga. Som Karl Winthers hustru och brittiskt adlig hade Cecilia raskt blivit Trondheims ledande fru. Det var en position som förde med sig privilegier och makt, men också ett stort ansvar. Allt hon företog sig, imiterade de andra fruarna. Cecilia måste erkänna att hon ibland roade sig åt det under lugna stunder.

Själv trivdes hon bäst på Rosenlyst, deras sommarnöje på Lade, i rosenträdgården medan Christian och Karl spelade tennis, en sport hon hade tagit med sig från England; Fredrik liggande vårdslöst i solstolen med en bok och Rose spelandes på pianot i salongen. I år var huvudbyggnaden på Rosenlyst under renovering, och de tvingades dessvärre tillbringa sommaren i staden. Cecilia suckade tungt.

Men det var här, i staden vid älven, mellan bergen och fjorden, som hon hade blivit hel igen. Hel efter det outsägliga som hade skett hemma i Surrey. Det som hade märkt familjen Ashmore – och som de var och en på sitt sätt sedan hade flytt ifrån.

Ändå glömde Cecilia aldrig veckorna i Rom, hon gömde dem i hjärtat. På sista tiden hade lusten att resa tillbaka blivit allt starkare. Kanske var det för att barnen var vuxna nu och klarade sig utan henne? Hon var tvungen att fylla tomrummet efter dem. Tanken på att inte ha dem runt sig, gjorde henne rastlös. Vad skulle hon fylla tiden med? Det var naturligt att vända sig mot maken. Han behövde en kärleksfull medhjälpare, ett hem där han kunde finna ro efter bråda arbetsdagar, något hon hade sörjt för att han fick. Nu var det på tiden att hitta tillbaka till det de hade varit innan de fick barn. Att de kunde blåsa liv i gnistan igen tvivlade hon inte på, för den fanns där fortfarande. Den var bara försummad. Förträngd och glömd mellan dagar, veckor och år som hade rusat i väg.

Silverbröllopsfirandet markerade början på en ny tid för dem. Och vad var bättre än att börja firandet i Rom? Den här våren hade hon gett Karl ständiga vinkar om att de borde resa tillbaka till Italien. Hon hade högt, i tid och otid, erinrat sig gångna tider, och allt de hade sett och gjort. Låtit en och annan tidning med en reseberättelse ligga uppslagen, skenbart tillfälligt på soffbordet. Hon hade till och med gett honom en specialutgåva av Hawthornes *The Marble Faun*, med fantastiska historier från Italien, i födelsedagspresent när han fyllde år senast. Hon hade tjatat så mycket att Rose till slut hade himlat med ögonen och förklarat att hon aldrig behövde resa dit, hon som hade proppats full av moderns berättelser om staden. Det var som om hon skulle ha varit där själv.

Karl hade skrattat och lovat Cecilia att han en dag skulle ta henne med tillbaka till kaféet vid piazzan. De skulle gå arm i arm i en av parkerna och äta glass under stjärnhimlen igen. Det kittlade i magen vid tanken på att resan kanske var nära förestående. Det var inte något hon hade tagit ur tomma luften.

Karl hade varit väldigt hemlighetsfull den senaste tiden. Och härförleden hade hon sett honom lämna Bennett resebyrå. Hon var i alla fall tämligen säker på att det var honom hon såg, även om det var på avstånd, och hon satt i vagnen. När de möttes hemma senare den dagen, hade han gett henne klart besked om att inte kika i hans papper. Som om det skulle falla henne in att göra något sådant. Hon blev faktiskt lite förnärmad när han sa det.

Uppmaningen hade ändå väckt obehagliga minnen och känslor hos henne. De hade gjort festförberedelserna till en blandad glädje. Med ens hade hon kommit ihåg felskären. Grälen. De svåra dagarna. De hotade med att överskugga alla de lyckliga.

Hon hade kikat i hans papper en gång, även om det inte var meningen. Brevet hade rätt och slätt fallit på golvet, när hon drog ut en bok från översta hyllan i biblioteket. Chocken när hon förstod vem det var från, och vad det betydde, gjorde henne fortfarande kall. Hon hade aldrig trott att det skulle ske dem. Närheten de delade hade varit äkta, hade den inte det?

Under veckorna efteråt hade hon inte vetat hur hon skulle uppföra sig, var hon skulle göra av sig, eller hur hon skulle hantera raseriet och sorgen som hade väckts i henne. Hon hade ingen att dela sin förtvivlan med och kände sig ensam för att den hon vanligtvis skulle ha vänt sig till, var just den som hade svikit henne. Därför gjorde hon det som hon var uppfostrad till – hon lade locket på det plågsamma, förträngde känslorna och tankarna, och lovade sig själv att de aldrig skulle hamna där igen. Hon måste bara bli en mer uppmärksam hustru, en mer kärleksfull mor, en mer älskvärd värdinna.

Familjen Winther skulle vara en lycklig familj, och det var hennes ansvar att se till att det blev så.

Medan de rörde sig genom rummet, nickade Karl och Cecilia både till höger och vänster och tog emot alla gratulationerna från gästerna. Cecilia var nöjd. Det hade varit en storslagen entré. Precis som hon hade drömt om. Oförglömlig för dem – och förhoppningsvis oförglömlig för alla som var närvarande. Festen var sommarens – ja, kanske till och med årets – största sociala begivenhet i Trondheim. Ett firande det skulle talas om under dagarna och veckorna som följde.

Allt var noga planerat. Från den röda mattan vid ingångspartiet till det skyhöga, glittrande champagnetornet som hade väntat gästerna när de kom in i hallen. Sigrun och husorna hade skrubbat huset från källare till vind. Alla mattor hade blivit piskade, möbler och silvret putsat.

Cecilia kastade en snabb blick mot fönstren som vette ut mot Kjøpmannsgaten. Mellan de tunga sammetsgardinerna skymtade hon några få skådelystna som stod på trottoaren på den andra sidan. En gles församling. Det var inte som förr i tiden, när gatan fortfarande hette Søgaden, och både barn och vuxna måste stå på tå för att få en glimt av de vackra klänningarna och de fantasifulla frisyrerna. Den gången hade flaggor vajat från varje flaggstång, och det var ljus och liv i vartenda hus. Staden, människorna och handeln hade blomstrat, och skeppen låg tätt uppåt älvfåran.

Glimten av förgången storhet gjorde henne vemodig. Hon och maken var de sista resterna av den gamla Søgade-släkten. Karls föräldrar var inflyttare från Flensburg som hade kommit till Trondheim i mitten av 1700-talet. Mäktiga handelsmän som hade byggt sin rikedom på trälast och skeppsfart. Karl var några och tjugo när fadern dog, och han hade styrt handelshuset Winther med stadig hand sedan dess. När nedgångstider drabbade många av de stora köpmännen och handelshusen i slutet av 1870-talet, bara få år efter att Cecilia hade flyttat till staden, och en konkursvåg sköljde över dem, var Karl bland de få som hade klarat att hålla huvudet över vattenytan. Det var tider med lite handel, men han hade vetat bättre än att satsa allt på ett kort. Han vågade bryta mot traditionerna och satsa nytt. Grosshandel med kolonialvaror, spannmålsvaror och salt. Export av koppar och svavelkis. Aktier i en rad banker och industriföretag och investeringar i egendom. Det var inte sällan han talade om vilken ny och utmanande värld deras barn stod inför. Barnen själva, särskilt äldste sonen, tyckte det var en spännande värld, där möjligheterna var många. Cecilia var skeptisk. Saker *var* bättre förr – det var inte bara något man sa.

Tre barn hade de blivit välsignade med. Christian August var äldst och nyligen gift med fröken Ellinor Bendixen, dotter till en köpman från Kristiania. Därefter följde Fredrik som just hade vänt tillbaka efter ett halvhjärtat försök att studera till arkitekt i Köpenhamn. Till slut, men inte minst, var det Rose. Sjutton år och envis, på gränsen till obstinat. Inte så olik Cecilia själv som barn. *Viljestark*, hade lord Ashmore kallat henne den gången, och fått det att låta som en god egenskap. Cecilia, däremot, var inte lika säker. Egenmäktighet var en farlig egenskap hos en ung kvinna och kunde lätt stå i vägen för både hennes egen och familjens lycka.

Enligt Rose var det kärlekssorg som hade fört Fredrik hem igen, något han själv inte hade nämnt med ett ord. Det var inte gott att veta vad som var sant, för Rose och brodern var som katt och råtta. Dessutom lättade inte de unga sitt hjärta för henne som de hade brukat göra. Cecilia måste erkänna att det gjorde ont ibland. Erkännandet av att de inte behövde henne på samma sätt som förr, utan sökte stödet och tryggheten – kärleken också – hos andra.

Det hade bara varit Rose, Karl och hon det senaste året. Utmanande ibland, speciellt när Karl var på affärsresa, och hon var ensam med dottern. Rose stängde ofta in sig på sitt rum, och de få gångerna hon visade sig i salongen, var hon ändå inte där med henne. Varje gång slog det Cecilia att ensamheten aldrig kändes så stark som när man var ensam tillsammans med någon annan.

Det var så hon kunde känna själva tomheten ibland. All tid hon tillbringade i salongen ensam. De ändlösa timmarna med broderiet eller en bok i händerna. Så tyst det var. Inget hårt trampande i trappan eller smällande i dörrarna. Hon hade alltid skällt på pojkarna när de väsnades, och bett dem dämpa sig. Hade hon vetat då hur mycket hon skulle sakna det … Christian som alltid var rastlös vid middagsbordet, Fredrik som hade tankarna någon helt annanstans. Hon måste komma ihåg att berätta det för barnen när de själva blev föräldrar. Att de en gång skulle komma att sakna det som irriterade dem mest. Nu var familjen samlad igen, och hon kunde inte ha önskat sig något mer. Familjen betydde allt för henne. Den var hjärtat som slog, och lungorna som andades. Själva ryggraden i hennes liv. Utan den skulle hon inte överleva.

Hon tittade efter dottern bland gästerna. Till slut fick hon syn på henne, men förmådde inte fånga hennes blick. Inte förvånande hade Rose uppmärksamheten riktad åt ett helt annat håll. Sedan debuten i sällskapslivet året före hade dottern svärmat för en lång rad unga män, och hon var inte bra på att dölja det. Cecilia hade otaliga gånger tvingats påminna henne om hur en ung flicka skulle uppföra sig. Man skulle inte ge unga män hopp där det inte fanns. Men Rose lyssnade inte. Lyckligtvis hade hon inte hamnat i trubbel ännu, men Cecilia såg fram emot den dagen Rose var lyckligt gift.

De senaste veckorna hade Rose svärmat för grossist Schrøders son. Dottern besökte Dorothea, Didriks syster, så ofta hon kunde. Cecilia tvivlade inte på att hon blev uppvaktad av Didrik där. Så snart den här festen var över, fick hon rycka upp det med roten innan det skedde något de alla skulle ångra. Visserligen hade Schrøder arbetat upp en ansenlig förmögenhet på att sälja allsköns krimskrams, men hans son var ändå inte ett tillräckligt gott parti för Rose.

Cecilia ryckte till när magra, kalla fingrar grep tag om hennes arm. Hon kikade åt sidan och stirrade rakt in i änkefru Mathilde Skjønbergs genomträngande, stålgrå blick.

– Gratulerar, kära du. Änkefrun lät sig kyssas på var kind. – Det är rätt och slätt förtrollande, Cilla. Till och med vädret är på din sida. Du måste vara väldigt nöjd.

Strimmor av solljus från fönstret spelade i den äldre damens hår och fick det att verka mer vitt än grått. Hade inte Cecilia vetat bättre, skulle hon tänkt att det var en söt, gammal mormor som stod vid sidan av henne. Men det fanns över huvud taget inte något mormorsaktigt över Mathilde Skjøn berg – Tilda bland vänner. Karl brukade kalla henne för Trondheims dockmästare. »Hon styr oss alla som marionetter«, hade han sagt en gång. Självklart med en glimt i ögat, för Karl och Tilda var trots allt släkt, om än avlägset, och Tilda var Christians gudmor. Cecilia visste samtidigt att Karl menade det. Tilda var en av Trondheims rikaste änkefruar, och hon hade en myndighet som fick vuxna män att framstå som småpojkar i kortbyxor.

Tilda knep ihop läpparna och höjde hakan en smula. – Jag var ännu mindre imponerad av den halvnakna stackaren som tog emot oss när vi kom. Han såg inte bekväm ut där han stod.

– *Halvnaken*, Tilda? Cecilia kastade en snabb blick omkring sig. Hade någon hört henne? Hon viskade: – Jag förstår inte vad du … Å, fakiren.

Cecilia hade själv tvingats svälja besvikelsen när han dök upp tidigare på dagen. Hon hade väntat sig något mer *exotiskt*. En gyllene färg i huden och sådana där vida byxor. Bara fötter. I stället hade det stått en halvfet karl med bred tröndersk dialekt på trappan. Han hade visserligen haft turban på huvudet, men det var också allt som påminde om den indiske fakir hon hade sett på *Hjorten* en gång för flera år sedan. Hon fick skylla sig själv som hade litat på kusken. Han hade bedyrat att han hade *förbindelser* i de kretsarna.

Den inhyrde butlern, däremot, gjorde ett gott arbete. Han hade ansvaret för både champagnetornet och vinserveringen den här kvällen. Dessutom kunde han hänvisa till brittiska anor, även om han inte verkade förstå särskilt mycket när hon hade tilltalat honom på engelska före festen.

– Fakiren ska du inte tänka mer på, lugnade Tilda henne, men hon hade redan förmått göra Cecilia nervös. Det var typiskt Tilda. Först piskade hon upp stämningen och så bagatelliserade hon det hela. Cecilia misstänkte att det var ett sätt att hålla alla runt henne på tårna. Det fanns inte en varelse i staden som inte önskade att tillfredsställa och blidka Mathilde Skjønberg. Cecilia erkände gärna att hon var en av dem.

– Det kommer att bli en strålande bjudning, Cilla, fortsatte Tilda. – Ja, det är det redan. Se dig omkring. Alla som betyder något i den här staden är här. Och Ellinor ser då också ut att trivas, inte sant?

Svärdottern stod ett stycke bortanför dem, tillsammans med Christian och deras vän Høirup. Ellinor hade lagt det rödbruna håret i förtjusande lockar. Det fick henne att se yngre ut än hon var. Den champagnefärgade klänningen i taft och silke klädde henne väl, och Cecilia kunde belåtet slå fast att den satt stramt om hennes liv. Svärdottern hävdade annars att klänningar och dräkter skulle vara både lösa i livet och komfortabla att promenera i. Det var en ny rörelse i huvudstaden som arbetade för bannlysning av korsett och höga klackar, hade svärdottern förklarat. Cecilia fnyste. En stol kunde vara komfortabel. Men en klänning? Skulle det liksom vara Guds straff till kvinnorna att ge dem smala midjor? Hon kastade en snabb blick ner över sin egen klänning. Sydd för tilldragelsen, i grön satäng och broderad med stenar. Klänningen hade korta ärmar och urringning både fram och bak.

Det stack i nacken, och hon såg sig omkring. Karl betraktade henne från den andra sidan av rummet. Hans sneda leende fick det att strömma värme genom henne, och han blinkade tvetydigt till henne. Jo, gnistan fanns där fortfarande.

– Javisst gör hon det, svarade hon kort på Tildas fråga. – Ellinor smälter in i de flesta sällskapliga tilldragelser.

Det var på hösten i fjol som Christian hade kommit hem på besök för att berätta för dem om Ellinor. Hon var annorlunda, hade han sagt. Friskare och långt livligare än någon annan kvinna han hade mött. Ellinor tyckte om att vandra i skogen och på fjället. Hon engagerade sig till och med för politik, och arbetade i faderns butik. Cecilia och Karl hade växlat blickar. Äldste sonen hade charmat kvinnor med sitt skeva leende, likt sin far, och chokladbruna ögon ända sedan han var gammal nog att gå och tala, men han hade aldrig klarat att bestämma sig för någon av stadens giftasvuxna, fina fröknar. Nu var han trollbunden.

Där Rose hade ärvt hennes viljestyrka och envishet, hade Christian ärvt Karls livsglädje och optimism. Men Karl trodde också på hårt arbete som ett medel för att nå sina mål, medan Christian förväntade sig att få det mesta serverat på silverfat. Det ledde ofta till upphettade diskussioner mellan far och son.

Christian hade gett klart och tydligt besked om att Ellinor var kvinnan han tänkte gifta sig med. Han hade knutit händerna och bitit samman käkarna, precis som om han väntade sig motstånd. Cecilia måste erkänna att hon hade varit skeptisk. Hon tyckte inte om de här moderna kvinnorna. Hon tyckte inte om nyrika människor heller. Kände sig obekväm runt dem. Det fanns en orsak till att man hade regler, seder. Det gjorde samspelet mellan människor förutsägbart. Vad var poängen med att förändra allt som redan stod stadigt som berget?

Till Cecilias förvåning hade Karl varken protesterat eller ställt några närgångna frågor. Hon misstänkte att det var för att han var glad för att sonen äntligen såg ut att komma till ro. Kanske kunde han nu bli en ansvarsfull och vuxen man? Hon var glad å sonens vägnar, men ändå betänksam. Ellinor verkade så avlägsen från kvinnan Cecilia hade föreställt sig att sonen en dag skulle gifta sig med. En bildad, ung flicka från en god familj i deras egen umgängeskrets. Vänlig, kanske lite tystlåten, som visste hur man skulle styra ett stort hushåll och behaga sin make. En kvinna som kunde reglerna för vad som passade sig – och inte. Som varken måste läras upp eller sättas på plats.

Hon hade hoppats att Christian skulle fråga henne och Karl till råds den dagen han önskade finna sig en hustru och slå sig till ro. Om han hade frågat henne, kunde hon gärna ha bläddrat i kartoteket med visitkort och presenterat en bunt med väl kvalificerade, giftasvuxna kandidater för sonen. Men det var självklart önsketänkande. Christian hade alltid gjort som han ville. Att han skulle bli tillsammans med en kvinna som var intresserad av friluftsliv och politik, och som på toppen av det hela expedierade i butik, var ändå en chock. Vad i all sin dar skulle hon säga till sina väninnor och andra bekanta? Det var ändå bra att de unga skulle bosätta sig i Kristiania, då kunde man i alla fall bättra på sanningen, eller bara berätta delar av den.

Bröllopsinbjudningen kom kort tid efter. Herr och fru Bendixen hade glädjen att inbjuda till bröllop i Kristiania i mars månad. Cecilia hade blivit förvånad. Mars var en fullständigt oförutsägbar månad – varken vinter eller vår. Varför i all världen ville någon välja mars som ram för något så romantiskt som ett bröllop?

Självklart hade det både slaskat och snöat när de steg av tåget i huvudstaden. Christian önskade dem välkomna iförd en vargskinnspäls så skräckinjagande att hon fruktade att han skulle visa tänderna mot dem. Ellinors familj drev huvudstadens största och mest erkända pälsaffär. Bendixens Pels på Kirkegaten hade många stora namn på kundlistan, polarfarare och till och med kungliga. Och inte nog med det, alla de tre döttrarna hjälpte till i affären. Det var ett familjeföretag, hade Christian understrukit, som om det skulle vara förmildrande på något som helst vis. Det var då Cecilia förstod det. Självklart måste det vara ett vinterbröllop! Hur skulle familjen Bendixen annars få visa fram sina varor?

Det första mötet med svärdottern hade förstärkt de redan ambivalenta känslorna Cecilia hade för sonens utkorade. Ellinor var förvisso betagande. Käck och leende. Rolig. Hon hade närmast kastat sig över Cecilia och kysst henne på båda kinderna, och det hon saknade i utseende, tog hon förvisso igen i väsen. Cecilia hade aldrig betraktat egenskapen »rolig« som särskilt intressant. Ellinor var både högljudd och stod för sina åsikter, och hon drog sig inte för att sätta Christian på plats heller. När i all sin dar kom det på modet? Cecilia kunde inte förstå att Ellinor fick sålt en enda päls. Hon betackade sig i alla fall för en sådan framfusig expedit.

Bruden hade burit en mycket praktfull cape i hermelin över brudklänningen, och fru Bendixen hade bytt från den ena pälskappan till den andra. Cecilia hade ingen förståelse för människor som måste visa upp sig på det sättet – i en usel förhoppning om att skaffa sig respekt. Herr och fru Bendixen kunde ikläda sig all världens dyraste pälsar, men de steg inte i anseende i hennes ögon av den orsaken. Familjen Winther hade ett släktträd som gick århundraden tillbaka, och detsamma hade hennes egen familj. Hon tvivlade på att Bendixen kunde skylta med något liknande.

Cecilia hade inte sett svärdottern sedan bröllopet. Brudparet hade varit på en lång bröllopsresa runt om i Europa. Köpenhamn, Paris, Rom … Hon hoppades att de hade haft en lika bra upplevelse som den Karl och hon hade haft. Att resan markerade början på ett långt och lyckligt äktenskap utan för många gupp och hinder på vägen. Var det inte det alla nygifta önskade sig? Och det föräldrar önskade för sina barn? Det spelade inte så stor roll vad hon själv ansåg om sättet de levde. Vad de tyckte om eller inte. Om svärdottern skrattade högt eller pratade för mycket … Så länge de hade det bra och sörjde för att uppträda oförvitligt och inte besudlade namnet Winther, var Cecilia nöjd.

Det kändes ändå märkligt att tvingas förhålla sig till en människa hon inte kände, på ett sätt som om de hade känt varandra länge. En människa som alla förväntade sig att hon skulle tycka om och behandla som sin egen dotter. Cecilia hoppades verkligen att hon efter hand skulle se samma kvaliteter i Ellinor som Christian gjorde. Det skulle göra allt så mycket enklare.

Rose hade redan blivit förtjust i svägerskan, men Cecilia tvivlade på att det var Ellinors inre egenskaper som verkat lockande för dottern. Rose lät sig alltför lätt hänföras. Och Ellinor var ung och vacker och representerade allt det Rose drömde om. Vackra klänningar, en stilig make som avgudade henne, spännande resor, uppmärksamhet … Rose var varken mogen eller reflekterade tillräckligt för att se förbi allt det yttre. Hon såg inte det Cecilia såg. De underfundiga leendena de andra kvinnorna utväxlade när Ellinor öppnade munnen. Alla som vände sig om varje gång svärdottern skrattade högt, och Christian som höjde ögonbrynen mot hustrun.

Cecilia skakade av sig tankarna och riktade uppmärksamheten mot Tilda igen. Den äldre damen spanade omkring sig. Vem såg hon efter den här gången?

– Jag kan inte se unge Schrøder, sa Tilda till slut. – Didrik, är det inte det han heter?

Cecilia tappade modet. Frågan måste ju komma, även om hon innerst inne hade hoppats att det dumma ryktet inte skulle ha uppmärksammats av Tilda. Hon borde ha vetat bättre. Ingenting gick Tilda förbi. Hon uppfattade det mesta som rörde sig i staden.

– Han kommer senare. Till dansen. Cecilia knep hårt ihop läpparna.

Den äldre damen höjde ögonbrynen frågande. – Till dansen, säger du? Det ska bli intressant … Hon drog Cecilia närmare. – För säg mig, vem är den unge, ljushårige mannen som definitivt inte kan ta blicken från vår Rose där borta? Hon nickade diskret mot ena hörnet av salen. – Jag kan inte minnas att jag sett honom förut.

Cecilia kisade och stelnade till. Henning Høirup hade rört sig genom rummet, och nu stod han tätt intill Rose och viskade något i hennes öra. Hans mun var bara några centimeter från dotterns örsnibb. Cecilia kunde se att Rose var röd om kinderna, och hur hon omedvetet svängde på överkroppen. Ett sött leende krusade sig om läpparna. Cecilia suckade.

Gudskelov var Rose och Høirup placerade så långt från varandra vid bordet som det över huvud taget var möjligt. Det hade hon själv gett hushållerskan klara instruktioner om.

Strupen var torr när Cecilia svarade Tilda: – Det är herr Høirup. En dansk operasångare som Christian och Ellinor träffade i Köpenhamn. Jag hade självklart ingen aning om att han skulle komma tillsammans med dem, men jag kunde ju inte låta bli att bjuda honom.

– Hm. Tilda lade huvudet på sned och smuttade på champagnen. – Kära nån, undrar om inte Didrik kommer i senaste laget.

2

Några dagar tidigare

– Nu ser jag det! Tåget, det kommer!

Roses ansikte lyste upp när en liten svart fläck visade sig i horisonten, och alla som stod på perrongen stirrade i samma riktning. Karl rättade till silkesscarfen, och Fredrik drog upp händerna ur rockfickorna och gned dem mot varandra. När Rose tog ett steg framåt, grep Cecilia tag i hennes kappärm och höll henne tillbaka. Dottern vände sig snabbt om. Blicken blixtrade. – Mor, jag är sjutton år gammal. Jag kan se efter mig själv. Hon slet armen till sig och flyttade sig demonstrativt närmare perrongkanten.

– Låt henne vara i fred, Cilla. Karl såg lugnt på henne och log. – Ingenting kan gå galet här.

Karl var alltid lika lugn, det var som om ingenting kunde bringa honom ur fattningen. Det irriterade Cecilia ibland. Varför kunde han inte se det hon såg? Om Rose snubblade, helt ofrivilligt, på den långa kjolen eller på sina egna fötter, och stupade ner på rälsen … Hon slöt ögonen ett ögonblick och skakade av sig den förskräckliga bilden.

Karl menade att hon oroade sig för mycket. Han hävdade att hon var född bekymrad. Cecilia visste att han tog fel. Som barn hade hon varit bekymmerslös. Orädd, på gränsen till vårdslös. Av typen som tyckte om att balansera på höga stengärdsgårdar och gå exakt lite för långt in i skogen. Hon hade tyckt om spänningen och hjärtklappningen det gav henne. Men det var innan allvaret – själva livet – hade hunnit ikapp henne. Ända sedan Fredrik blev sjuk som liten, och varit nära att dö, hade hon burit på en oro inom sig.

När hon öppnade ögonen igen, riktade hon blicken mot lokomotivet som kom forsande mot dem. Ett moln av ånga vällde ut ur skorstenen. Oväsendet var öronbedövande. Det tjöt i en vissla, och det skrek så gällt i bromsarna att hon måste hålla händerna för öronen. Så höll hon dem tills lokomotivet hade stannat, och alla ljud hade tystnat. Rose stod på tå medan hon spanade mot de främsta vagnarna, och Cecilia tänkte att det var längesen hon hade sett dottern så entusiastisk.

Dörrar gick upp, och folk strömmade ut. Fredrik, som var plågad av hösnuva, snörvlade lätt vid sidan av henne. Hon skulle till att erbjuda honom sin näsduk, men tvekade med ens. Han var inget barn längre, och skulle nog bara känna sig besvärad om hon bad honom snyta sig. Hon visste att han tyckte hon pjoskade för mycket med honom som det var. Alltid bekymrad för om han hade klätt sig varmt nog, ätit och druckit tillräckligt, sovit gott. Hon kunde inte förvänta sig att han skulle förstå varför hon inte klarade att släppa taget om honom. Kanske inte förrän han fick egna barn och fick känna på samma rädsla för att något ont skulle hända dem.

Där kom de äntligen. Christian och Ellinor. Som de sista ut ur tåget. Det kittlade i magen, och hon vinkade glatt. En bagagebärare var genast på plats och hjälpte de resande med den ena resväskan efter den andra, och staplade alltsammans upp på en tralla. Du milde, hur skulle de få plats med alltsammans i landån?

Cecilia betraktade Ellinors långa slanka gestalt. Svärdottern blev stående ett ögonblick på perrongen och såg sig om. Hon verkade oförskämt pigg efter att ha skumpat och skakat på ett tåg i en liten evighet. Det rödbruna, blanka håret var fäst i en mjuk knut i nacken, smyckat med ett hårband av sammet – detsamma som på bältet och jackslagen. En rolig liten detalj. Cecilia nickade belåtet för sig själv.

Blicken dröjde vid Ellinors midja ett ögonblick. Klänningslivet satt något löst, men svärdottern var lika smal som på bröllopet, och det var gott och väl tre månader sedan nu. *Nu får du sluta*, tillrättavisade hon sig själv. Hade hon inte själv ogillat alla de spekulativa leendena och de självsäkra nickarna under veckorna och månaderna efter att hon hade gift sig med Karl, kanske? Som om alla gifta kvinnor visste vilken söt hemlighet det var hon bar på under den strama korsetten. Men de visste över huvud taget ingenting. Och hon som hade trott att man blev med barn bara man nuddade vid en man. Det var en tid när hon trodde att hon var ofruktsam. Obrukbar. Det var obehagligt att tänka tillbaka på. Hon skulle inte vara den som sände Ellinor små, underfundiga leenden.

Bäraren sa något till Ellinor, och svärdottern böjde sig lite närmare och gjorde en grimas som tydligt visade att hon inte förstod vad han sa. Christian var snabbt på plats för att förklara, och Ellinor knyckte lätt på huvudet och utbrast så ingen kunde undgå att höra det: – Och jag som trodde att han talade ett annat språk. Usch, så dumt av mig.

Svärdotterns spontana utbrott roade Cecilia. Den breda, trönderska dialekten *var* svår att förstå. Hon hade självklart inte förstått ett skvatt när hon själv kom till staden – ja, hon kämpade fortfarande med att förstå den. Såvida de inte talade väldigt tydligt och med få ord.

Rose kastade sig i armarna på Christian så snart storebrodern kom bort till dem. Hon kramade honom hårt, och han flinade. – Jag måste säga att du har blivit stark, syrran. Du kramar nästan sönder mig.

När Rose till slut släppte taget om Christian, var det Cecilias tur. Christian omfamnade henne, innan han höll henne på en armlängds avstånd och betraktade henne med den mörka, alltid lite retsamma blicken. – Mor! Lika ung och vacker som alltid. Hade jag inte vetat bättre, skulle jag ha trott at det var din 25-årsdag vi kom för att fira – inte att du stått ut i 25 år med honom där! Han blinkade spjuveraktigt mot fadern.

– Passa dig nu, pojk! Karl klappade honom kamratligt på axeln. Det var skönt att höra dem ha en sådan gemytlig ton. Cecilia hoppades det skulle vara. – Din mor har knappt fått en blund i ögonen de senaste nätterna. Hon har glatt sig så åt att ni skulle komma. Karl flyttade blicken till Ellinor, som hade ett stadigt grepp om Christians arm. Cecilia funderade på om det var för att hon var nervös, eller om det var för att demonstrera att han var hennes nu. Karl sträckte ut armarna mot svärdottern. – Ellinor. Lika bedårande som sist vi sågs. Han kysste henne lätt på båda kinderna. – Jag hoppas allt är väl med familjen i Kristiania?

Ellinor formade läpparna till en liten, rosa trutmun. – Tack, allt är väl. Mor och far hälsar så mycket. De var ledsna för att de måste tacka nej till inbjudan. Men de befinner sig alltså alltjämt i Italien. Hon lade betoningen på Italien, som om det var viktigt att understryka att de var långt borta. – De måste ju utnyttja möjligheten att resa nu när det är lågsäsong för päls! Hon skrattade högt och drillande och fick alla runt sig att skratta med.

– Javisst, svarade Karl. – Det hade jag inte tänkt på.

Cecilia sneglade upp på maken. Nej, precis det hade han inte tänkt på. Men hade han tänkt att det snart var deras tur att uppleva Italien igen? Hon hoppades att hon hade rätt när hon kunde ana en förväntan i hans blick.

Svärdottern vädrade liksom in doften av allt det främmande. Som om det var en exotisk plats hon hade kommit till, där allt var nytt och spännande. Så rynkade hon på den söta uppnäsan som hade antydan till en mängd fräknar över näsroten. Det var väl så det gick, när man varken bar hatt eller parasoll och traskade runt på skogens stigar.

– Den tågresan var inte något att skryta om, är jag rädd. Det skakade och skramlade, och vi tvingades byta tåg på ett eller annat gudsförgätet ställe, och därefter tog det en bra stund innan vi kom vidare igen. Ellinor drog djupt efter andan. – Jag tror jag föredrar sjövägen, eller vad säger du, Christian?

Christian log snett mot henne. – Tja, men så slapp du att bli sjösjuk, min kära. Det är väl ändå bra? Och det här gudsförgätna stället du pratar om heter Hamar. Han såg på Karl och Cecilia och log urskuldande. – Ellinor blir illamående bara hon *ser* en båt gunga. När vi var på väg från Kristiania till

Danmark, tillbringade jag halva tiden ensam i restaurangen. Hon är och förblir stadsjänta, vet ni. Han puffade skämtsamt till hustrun. – Det är bra att du kommer att ha fast mark under dina nätta fötter under lång tid framöver.

Ur ögonvrån skymtade Cecilia en lång och ljushårig man som hon definitivt inte kände igen ansiktet på, komma gående rakt mot dem på perrongen. Sättet han gick på, avslöjade att han visste precis vart han skulle, och hon blev överraskad när Christian lyste upp när han fick syn på honom. – Henning! Min gode vän. Där är du ju. Var resan behaglig där bak?

Fredrik och Rose såg frågande på varandra, och Karl rynkade förundrat pannan. Christian lade handen på främlingens axel och förde honom mot dem. – Mor. Far. Det här är Henning Høirup. Han är operasångare från Köpenhamn.

Han framlade det som om det var den mest naturliga saken i världen. Att ta med sig en, för dem, främmande man till deras firande.

– Operasångare, Christian? Det var förvåning i Karls röst.

– Javisst, och en av de bästa också, utbrast Christian.

Cecilia blev betänksam. Om han var en av de bästa … Varför reste han i tredje klass? Men hon lät bli att säga något.

Høirup öppnade munnen, men hann inte säga något innan Christian fortsatte med samma tydliga förtjusning. – Vi träffade Henning på bröllopsresan och bjöd lika så gott med honom hit. Vi har hunnit lära känna varandra bra på de här veckorna. Han gav operasångaren ett kamratligt slag på axeln. – Henning är en kraftkarl!

Høirup tog Cecilias hand i sin, och kysste den galant. Hans blonda hår gungade lätt när han bugade, och det slog henne att det nog var naturliga lockar. Hon kunde gott föreställa sig hur han kämpade med att släta ut det varenda morgon.

– Det är en ära att få möta er, fru Winther. Er son och svärdotter har talat så varmt om er.

När herr Høirup log, drog den ena mungipan sig lekfullt uppåt. Hans hud var lätt fräknig, men det var klädsamt för att det gav färg åt den ljusa huden, och ögonen var intensivt blå. För övrigt var han över huvud taget inte så som hon hade föreställt sig att en operasångare skulle vara. Korpulent, på gränsen till fet. En kropp som kunde rymma den stora stämman. Høirup var raka motsatsen – både lång och slank och mycket *nordisk*.

– Har ni det? Jag menar, tack, herr Høirup, skyndade hon sig att tillägga. – Och ni är självklart hjärtligt välkommen till oss. Vi är inte bortskämda med operasång här i staden. Det slog henne att hon kanske borde ha vetat vem han var. Om han var så känd som Christian påstod. Var skulle han bo? De hade inte gjort i ordning något gästrum. Och hur blev det med färden tillbaka till Kjøpmannsgaten? Vagnen skulle redan vara fylld till brädden av alla Ellinors resväskor och hattaskar. De fick hejda en droskvagn.

– Vi mötte, som sagt, Henning i Köpenhamn, och när jag berättade för honom om vår förtrollande lilla stad, ville han gärna följa med, fortsatte Christian entusiastiskt. – De stora scenerna har ju sommarstängt. Vi kan hjälpa honom med några engagemang i sommar, inte sant, far? Du har så många kontakter – både genom herrklubben Harmonien och på teatern och *Hjorten* och … Han sneglade bort på Karl, som stod i djupa tankar och tydligen inte följde med i det han sa. Rose, däremot … Det gick en ryckning genom Cecilia när hon såg hur fängslad dottern var. Kinderna hade fått en upphetsad rödfärg, och det ante Cecilia att det absolut inte var den råkalla vinden som gjorde det.

Hon suckade inom sig. Det var så typiskt Christian att göra något sådant. Han handlade alltid överilat. Ofta tanklöst, men utan att mena något illa med det. Men att ta med sig en livslevande operasångare till Trondheim? De hade ingen operascen. Hon kastade en blick på Ellinor. Vad tyckte hon om allt det här? Tänk att tvingas slå följe med en vilt främmande man, och det på bröllopsresan till och med. Vad tänkte Christian på?

– Vi borde väl egentligen ha sparat på Henning ett tag till, fortsatte Christian när Karl inte svarade. – Ja, hållit honom dold för dig till den stora dagen, menar jag, mor. Han log snett. – Han är på ett sätt vår gåva till dig. Jag vet ju hur förtjust du är i vacker musik.

Värmen spred sig i bröstet på Cecilia. Hade verkligen Christian gjort sig allt det här besväret för henne? Hon som just hade tänkt att det var en hopplös idé att ta med sig en främmande sångare hit. Och så hade han gjort det för henne? Hon såg upp på honom. – Tack, Christian! Det är den bästa gåva jag kunde ha fått, ska du veta.

– Om du undrar, ska han bo på Hotel Scandinavie. Vi tänkte det var bäst. Allt är ordnat.

Allt är ordnat. Det var ingenting som klingade bättre i hennes öron än just de orden. Hon andades lättat ut.

Nu klarade inte Ellinor att dölja en gäspning längre. Hon var snabbt uppe med den handskklädda handen och placerade den framför munnen. – Beklagar, vi är bara så trötta efter resan, suckade hon. – Det ska bli skönt att sova i en ordentlig säng i natt. De här hytterna är inte något att skryta om.

– Kupéerna, korrigerade Christian henne skrattlystet. Han kikade bort på brodern, som hittills hade hållit sig i bakgrunden. – Vänta bara till den dagen du blir en gift man, lillebror. Han puffade till brodern så Fredrik jämrade sig, och Cecilia tyckte synd om honom. Hon tänkte att Christian borde veta bättre. Fredrik hade aldrig varit lika stark som storebrodern. – Då blir det slut på friden och lugnet du tycker så bra om.

Ellinor daskade maken på armen och satte upp en tillgjort förnärmad min. – Passa dig, du, så jag inte tar tåget tillbaka igen! Hon knyckte lätt på huvudet och skrattade så högt att de som var kvar på perrongen, kastade långa blickar åt deras håll.

– Förstår ni vad jag menar? frågade Christian och höjde ögonbrynen. – Det är lika mycket ljud i henne som i Henning här.

Karl skrattade gott och lade armen om Cecilias axlar. – Jag tror sannerligen att vår son har funnit sin like, Cilla. Det här bådar gott!

Cecilia var inte lika säker.

3

Tilda hade satt sig i biedermeierstolen vid solfjäderspalmen borta vid det öppna fönstret. Hon hade inte så lätt för att gå längre. Skaran som hade stått på trottoaren på andra sidan av gatan, hade lösts upp och drypt av. Fakiren också. Såvida han inte satt i köket och fick något att styrka sig med av Margit innan han begav sig tillbaka till Høylandet.

Cecilia kände sig fortfarande orolig efter samtalet med Tilda. Tänk om den här operasångaren faktiskt ställde sig in hos Rose? Hur skulle det gå när unge Schrøder anlände? Ett lätt tryck lade sig över pannan, och Cecilia tog en rejäl slurk av champagnen. Det var varken tid eller plats för att bekymra sig över dotterns flyktiga svärmerier. Hon måste ta hand om gästerna.

Johannes Bach, Karls barndomsvän och studiekamrat från handelsskolan i Hamburg, kysste henne artigt på handen, innan han slog Karl kamratligt på axeln. Cecilia log medan hon betraktade honom. Var han inte en aning ostadig redan? Johannes hade ovanan att lukta på champagnekorken redan *innan* festen började. Tillsammans med hustrun Alvilde var han den förste som anlände – och den siste som lämnade.

Cecilia tyckte om honom. Johannes hade en förmåga att se ljust på tillvaron – även när andra människor bara såg mörker.

– 25 år av kärlek. Det är sannerligen något att skåla för. Han svängde på glaset, som nästan var tomt. – För silverbrudparet!

Det blänkte i kristall när alla gästerna höjde glasen mot dem. – För silverbrudparet!

– Det är en fin församling med hederliga människor här idag, sa Johannes när alla hade skålat, och surret av röster tilltog igen. – Gudskelov är det inga advokater här, Karl. Det är bra. Staden kryllar ju av dem i dessa dagar. Att inte en stackare kan få ha sina affärer i fred … Han skakade på huvudet och flinade.

– Det är sant, min gode vän. Det är ändå bra att två som vi kan hålla moralen uppe. Karl blinkade till Johannes.

– Usch ja, det är förfärligt, sa Alvilde.

Cecilia nickade. Det var många som hade satt sig i stor skuld de senaste åren, och nu ville kreditorerna ha sina pengar tillbaka. Det talades om det både i tidningarna och i Kvinnoföreningen. Cecilia skattade sig lycklig över att inte Karl hade satt dem i en sådan situation.

Alvilde Bach var liten och fyllig, klädd i en plommonröd klänning och några kolossala pärlhalsband som nästan försvann under den stora dubbelhakan. Nu kikade hon nyfiket på Cecilia. – Och dina föräldrar, Cecilia, kunde de inte komma?

Cecilias hjärta ökade takten. Vad skulle hon svara på det? Hon hade självklart skickat inbjudan till England, det var ett bra tag sedan, men hon hade inte fått något svar. Hur längesen var det hon såg föräldrarna och systern senast? Hon räknade inte månader, utan år. Kunde det ha varit på Christians konfirmation? Det var gott och väl sju år sedan. Den gången hade hon glatt sig åt att se dem igen, men var lättad när de reste tillbaka. Merparten av tiden hade de tillbringat ute på Rosenlyst, men allt fadern var intresserad av, var att prata jakt och fiske med Karl, medan modern hade klagat över de irriterande flugorna och allt oväsen barnen skapade när hon skulle vila middag. Och Elizabeth … Systern hade bara varit med som en tyst prydnad, vandrande rastlöst fram och tillbaka i rosenträdgården. Cecilia hade försökt få tillfälle att tala med henne, utan att lyckas. Det var som om systern hade slutit sig helt inne i sig själv.

Hon skulle aldrig ha erkänt det för en levande själ, men hon hade faktiskt hoppats att de inte skulle göra resan den här gången. Bara tanken på att ha dem boende hela sommaren gav henne magknip och andnöd samtidigt. Vad skulle de ha pratat om? De hade knappt delat något från sina liv de senaste åren. Det hade bara varit den vanliga julhälsningen och en gratulation när någon fyllde jämna år. Breven hade varit korta. Bara de nödvändiga artighetsfraserna och några allmänna vändningar om allt och ingenting. Om hon hade varit en god dotter, skulle hon ha skrivit oftare. Besökt dem. Saknat dem som en god dotter skulle ha gjort. Hon hoppades innerligt att hennes egna barn aldrig skulle känna det på samma sätt gentemot henne. Men så hade deras barndom varit lycklig.

Cecilia skakade svagt på huvudet. – Nej, dessvärre, Alvilde. De kunde inte komma. Det är en lång resa, vet du, och mina föräldrar börjar bli gamla.

– Självklart. Självklart. Alvilde nickade så hakorna gungade. – Har du förresten hört att Huitfeldts talar om att uppföra ett nytt hus på brandtomten? Det ska visst bli ett storslaget palä. Större och flottare än något annat hus på Kjøpmannsgaten. Hon såg förväntansfullt på Cecilia, som om hon just hade avslöjat en stor hemlighet. – Och i sten, självklart, tillade hon. – Något annat har man ju inte lov till.

– Det är gott att höra, svarade Cecilia och lät sig inte dras med. Men byggplanerna skulle nog irritera Karl, som alltid kivades med Huitfeldtbröderna. – Det ska bli fint när allt har byggts upp igen, inte sant? Vår vackra gata förtjänar inte ett sådant svart, skämmande sår.

Det var knappt en månad sedan en fruktansvärd brand hade lagt det sista kvarteret av gatan i aska. Otroligt nog skonades bryggorna den här gången också. Raderna av lövträd tjänade som gnistfångare. De kunde fortfarande känna den sura lukten av rök och aska när det var vått ute och vinden stod i rätt riktning. Branden hade gjort Cecilia ännu mer påpasslig, och hon hade bett tjänsteflickan om att gå en extra runda i huset innan hon lade sig – för att se till att alla levande ljus var släckta och att gaslågor skruvats ner. Rädslan för att huset skulle antändas medan de sov, släppte aldrig helt taget. Tänk att förlora allt man hade. Att plötsligt stå på bar backe. Det var en förskräcklig tanke.

Cecilia visste att det var många som väntade på det elektriska ljuset. Karl var en av dem, men Cecilia var inte säker på om det skulle göra henne tryggare, att tvingas skruva på en strömbrytare. Hon hade ofta tänkt att de hellre borde bygga ett nytt hus i sten, de också.

– Låt oss tala om något trevligare, Alvilde. Cecilia log. – Hur går det med barnbarnen?

Tjänsteflickorna, samt de två inhyrda husorna, stod raka och ranka vid dörren in till det uppdukade bordet när gästerna kom i procession in i matsalen. Cecilia hade alltid tyckt om den här delen av middagen bäst. Gästernas uttryck när de fick se det festsmyckade bordet. Glädjen och förväntningen. De beundrande blickarna och bekräftande nickarna. Det var värt alla förberedelser.

Ljusen i ljuskronan och i de präktiga silverkandelabrarna var tända, och hon konstaterade belåtet att gardinerna var fördragna så att den ljusa sommarkvällen stängdes ute, och det mjuka ljuset kom till sin rätt. Nyputsade silverbestick låg snörrätt på den kritvita damasten som var dukad med den finaste fajans. Blått och vitt med motiv av kinesiska pagoder och hängande pilträd. Servisen hade gått i arv från Karls föräldrar, och även om hon kunde tänka sig att byta ut den mot något enklare, var den fortfarande dekorativ. Inte en fläck kunde skönjas på kristallglasen som stod fint uppställda på rad vid varje kuvert. Placeringskorten hade hon själv skrivit och dekorerat med små blomstermotiv.

Hon beundrade rosorna i den imponerande bordsdekorationen som stod på bordet framför henne. Trädgårdsskötsel, speciellt rosor, var hennes största intresse. Det visste alla som kände henne. Rosor var så berusande vackra och väldoftande. Därför såg hon alltid till att ha färska blommor i huset. På alla bord, skänkar och piedestaler. I alla rum – även i badrummet och i gästrummen som inte var i bruk.

Blomsterdekorationerna till kvällens festbord var levererat till dörren av fru Christiane Steens »Frö, blomster & liksvepningshandel«. Liksvepning. Bara ordet gav Cecilia rysningar, även om de tre tingen på många sätt representerade livets gång. Man började som ett frö, man blomstrade, och till slut dog man. Så enkelt och så brutalt var livet. Cecilia tyckte inte om att något var på väg att vissna. Att dö. Ting, blommor, människor – de skulle stråla av liv.

Vid varje kuvert låg en tryckt meny med förgyllda bokstäver och en konstfärdig bård. Överst på menyn stod Karls och Cecilias initialer samt talet 25. Hon hade kontrollerat varenda en av dem för att se att talet stämde. Menyn bestod av fem rätter. Hon och kokerskan Margit hade gått igenom gästboken så de inte riskerade att servera något de hade serverat förut. Cecilia skummade snabbt över menyn: Sköldpaddssoppa, egenskjuten hjort, stekt kyckling med portvinssås, ost och frukt och citronfromage till dessert. Vinerna hade självklart Karl valt ut. Det var franska och tyska, handplockade hos Lundgreens Enke på torget. Och självklart champagne. Mycket champagne!

Margit hade också lagat *sodd* efter alla konstens regler. Den skulle serveras som vickning när alla hade dansat och roat sig, och hungern återigen gjorde sig gällande. Sodd var en måltid för kungliga, hade Cecilia lärt sig när hon kom till Trondheim. Men hon hade rynkat på näsan första gången hon fick den serverad. Hur en soppa med grönsaker och köttbullar kunde betecknas som festmat, var för henne ett mysterium. Hon skulle väl hellre beskriva det som fattigmanskost, men visste bättre än att förnärma någon genom att säga det högt. Dessutom var det kokerskans familjerecept, och var det något alla i familjen Winther visste, var det att inte förnärma kokerskan. Kokerskor som Margit växte inte på träd.

Det gällde att hålla henne nöjd och att berömma maten när det var på sin plats.

Enda malörten i glädjebägaren var att minnestallrikarna saknades. Cecilia drog skälvande efter andan. Hon hade lagt ner så mycket arbete och förväntan i de där tallrikarna. De skulle ha varit en unik gåva till gästerna. Specialbeställda från porslinsfabriken Meissen i Dresden. Det hade kostat en förmögenhet.

Cecilia kunde fortfarande känna känslan av träspån och papper mot händerna när hon hade packat upp dem, omgiven av tjänstefolket, i köket. Alla andlöst spända på att se tallrikarna. Porslinet var tunt och kallt mot huden. Vitt och ljusblått. Precis som hon hade beställt dem.

Försiktigt hade Cecilia lyft upp en tallrik och hållit upp den i ljuset från köksfönstret.

– Så vacker! hade tjänsteflickan Olava flämtat.

På ljusblå botten var det målat en vacker ros, och över den stod deras namn med förgyllda bokstäver – »Karl & Cecilia Winther«. Cecilias hjärta slog snabbt av glädje över de utsökta detaljerna. Det var som om hon kunde känna lukten av rosen – så naturtroget var den målad. Och nederst på assietten stod det i guld: »52 år av kärlek.«

Hon hade stelnat till och stirrat stint på siffrorna. 52 … Femtiotvå? Det kunde inte vara möjligt … Hon hade lämnat tallriken vidare till hushållerskan, Sigrun, som stod orörlig vid sidan av henne, och börjat gräva vidare i högen av spån och papper tills fingrarna rörde vid en ny tallrik. Hon drog upp den – snabbare den här gången. Samma tal lyste mot henne. 52 …

Det var över 30 tallrikar i den lådan. Handgjorda. Handmålade. Fraktade med skepp från Tyskland. Hon hade väntat i månader. De skulle ha varit pricken över i. Hon hade varit så spänd. Cecilia sjönk ner på den ena köksstolen. – Det är bara att packa ner dem igen, hade hon sagt tyst. – Sätt dem i skjulet. De kan oavsett inte användas.

*

Lyckligtvis var det ingen av gästerna som kände till minnestallrikarna, inte ens Tilda, och Cecilia hade förvisso inte tänkt berätta något för dem om dem. I stället betraktade hon det lilla kaoset som följde innan gästerna hittade sina platser. Ellinors ljusa skratt dansade över damasten, tydligt uppmuntrat av något bankdirektör Gabrielsen hade sagt. Han brukade dessvärre bli påträngande när han fick något att dricka. Cecilia hade aldrig vant sig vid hans hungriga blick och de glansiga läpparna som alltid såg ut som om de var insmorda i fett. Hon ryste, men tröstade sig med att hans andra bordsdam, borgmästarfrun Constance, visste att sätta honom på plats om han skulle bli för närgången. Svärdottern slog henne heller inte som någon känslig själ. Ellinor kunde bita ifrån om det var nödvändigt.

Det var en blandad glädje att ha sonen och svärdottern i huset. Det som hade verkat som godmodigt retande på tågstationen, framstod nu mer som konstant missnöje. Ellinor sa något som Christian blev kraftigt irriterad över, något som gjorde Ellinor stött. I nästa runda var det Christian som sa något som Ellinor uppenbart blev sårad över – och så fortsatte det. Varken Karl, Rose eller Fredrik hade nämnt det med ett ord, och Cecilia undrade om hon var den enda som uppfattade det så. Det hade varit så mycket att göra innan festen att hon inte hade funnit något tillfälle att tala med Karl om det. Han skulle nog ändå ha bett henne sluta att bekymra sig. De var nog bara trötta efter att ha varit på resande fot så länge.

Hon kikade bort på sonen. Det var *något* som inte stämde. Christian, som satt mittemot Ellinor, verkade opåverkad av hustruns så tydliga närvaro. Han deltog inte i samtalet, utan var överraskande tyst, nästan butter. Det var inte likt honom. Christian älskade uppmärksamhet. Att vara medelpunkt var något han var född till. Nu försvann han i skuggan av sin livliga hustru. Cecilia visste inte vad hon skulle tycka om det. Karl skulle ha sagt att det var rätt åt Christian. Att sonen hade gott av att låta andra glänsa för en gångs skull. Ellinor var trots allt ny i familjen, och gästerna tyckte det var spännande att lära känna henne. Ändå passade det sig inte att Ellinor satte maken i skuggan.

– Frun?

Karen, den nya tjänsteflickan, satte soppterrinen framför henne. Cecilia betraktade henne medan hon öste upp sköldpaddssoppan. Hon kunde inte minnas att flickan hade varit så lång när hon mötte henne för första gången för ett par veckor sedan. Rak i ryggen var hon också, och med starka, rena drag. Höga kindben och fyllig mun. Mörk i håret. Hon verkade reserverad. Helt olik den andra husan, Olava, som var babblande, på gränsen till tröttsam.

Karen var anställd mer av god vilja än av behovet av en tjänsteflicka till. Karens far hade arbetat för Karl i många år, men hade mist livet under de mest tragiska omständigheter den här våren. Han hade fallit ner från ett tak på en byggplats, om hon mindes korrekt, medan frun och de fem barnen väntade på honom hemma. Att erbjuda äldsta dottern anställning som tjänsteflicka var ett magert plåster på såret.

Blicken vandrade vidare runt bordet. Fredrik småpratade med kusinen Myrtel, dotter till Karls syster Wilma, som satt blek och mager vid sidan av Johannes Bach. Wilma, arma själ, hade varit sjuklig så länge Cecilia hade känt henne, och dottern hade ärvt något av moderns känsliga, nästan genomskinliga utseende. Det var därför hon hade placerat Fredrik vid sidan av henne. Fredrik var både rolig och intressant. Han fick alla att må väl och kunde samtala om det mesta, allt från litteratur och musik till politik och arkitektur. Om hon skulle beskriva sonen med ett ord, skulle det vara »behaglig«.

Karl hade också en äldre syster, men hon var gift och bosatt i Tyskland. Det var sällan hon besökte det gamla landet. Cecilia lät blicken följa raden vidare nedåt tills hon kom till bordsändan. Då måste hon böja sig lite fram och sträcka på halsen för att se gästerna.

Hon stelnade till och munnen glappade. Raskt slöt hon den och pressade samman läpparna innan hon lutade sig framåt igen. Det kunde omöjligt stämma. Snett till höger om henne, vid ändan av bordet, satt dottern, på platsen Cecilia själv hade valt för henne. Strålande glad och med blossande kinder. Vid sidan av henne satt en ung man med brett och charmerande leende. Høirup. Den fördömde operasångaren. Hur i all världen hade han hamnat *där*?

Cecilia knöt händerna under bordet. Hade hon inte klart och tydligt gett Sigrun besked om att placera Rose och Høirup så långt bort från varandra som möjligt? Och hade hon inte själv sett till att det blev gjort? Hon hade räknat kuverten, irriterat sig över att det blev ett ojämnt antal gäster på grund av den här objudne operasångaren, och dubbelkollat bordsplanen. Hon förstod helt enkelt inte hur det hade gått till. Det måste vara ett högst beklagligt, olycksaligt – ja, närmast *oförlåtligt* missförstånd mellan Sigrun och en av husorna som hade dukat bordet.

Nu var goda råd dyra. Vad kunde hon göra? Det var omöjligt att börja flytta runt på gästerna. Det skulle bara väcka uppseende och skapa stor skandal. Något det nog redan hade gjort. Herr och fru Winthers dotter i muntert samtal med en främmande operasångare. En kringresande trubadur! Och det var lätt att se att de trivdes i varandras sällskap. Sällan hade hon sett Rose så fängslad och samtidigt så angenämt berörd ut.

Cecilia stönade inom sig och försökte fånga hushållerskans blick, men Sigrun var upptagen med att ge order till tjänsteflickorna. Inte fick hon ögonkontakt med dottern heller. Cecilia hade inget annat val än att svälja chocken och låtsas som om allt var precis som det skulle. Hon fick hoppas att de andra gästerna inte lade märke till skandalen som – precis nu – utspelade sig vid ändan av bordet.

– Du ser blek ut, viskade Karl och rörde lätt vid hennes hand. – Det är väl inte något galet med soppan?

Hon skakade på huvudet. Karl kunde varken göra något från eller till, och hon ville inte riskera att han blev arg. – Det är över huvud taget ingenting fel med soppan, kära du. Allt är perfekt.

– Då så. Du ser förresten fin ut i kväll. Den vackraste av alla här. Han kysste hennes hand.

Vanligtvis skulle hans komplimang ha värmt henne. Hon älskade att han viskade ljuva ord i hennes öra. Det fick henne att känna sig speciell. Men nu hade hon mer än nog av att andas normalt, och för all del inte leda uppmärksamheten mot turturduvorna vid bordsändan. Hon sände honom ett kort leende och tog en slurk av vinet.

Några av gästerna skrapade fortfarande skålen tom på soppa när Karl klingade i glaset och reste sig från stolen. I handen höll han en papperslapp med något klotter på.

– Kära Cecilia. Min allra käraste Cilla, började han.

Cecilia kände ett sug i magen. Hon kikade upp på honom och försökte samla sig för att höra hans ord.

– Någon kommer kanske tycka att jag har rätt att ge mig själv en aldrig så liten klapp på axeln – ja, kanske till och med ett stort glas med konjak – som belöning för att jag har hållit ut som gift man i 25 år och ännu inte har några gråa hår att hänvisa till.

Skratt bröt ut runt bordet, och Johannes Bach var som alltid den som skrattade högst och längst.

– Nå, något grått hår har du väl, tillade Cecilia, och skrattet nådde nya höjder. Hon märkte att det hjälpte upp chocken och den förfäran hon nyss hade känt.

– Men saken är den att jag absolut inte behöver någon klapp på axeln för att ha hållit ut med den här vackra, enastående kvinnan som sitter här vid min sida, fortsatte Karl. Han såg ner på henne med samma varma blick som hade förtrollat henne när hon mötte honom för första gången. Den sände fortfarande varma strålar genom hennes bröst och fick det att kittla underbart i magen.

– Däremot är det du som förtjänar all ära för att ha hållit ut med mig, Cilla.

Hon svalde tungt. Mötte flyktigt blicken hos några av de som satt runt dem. Hon förtjänade väl ingen ära. Hon hade inte gjort eller varit annorlunda än vad som förväntades av henne.

– I medgång och motgång. På ljusa toppar och i mörka vågdalar. Du har inte gett mig annat än glädje och lycka under alla de här åren, Cilla. Och du har gett mig den största gåvan en man kan önska sig. Han slog ut med armen. – Tre fina barn – alla sunda och med vettet någorlunda i behåll.

Cecilia kunde inte undgå att lägga märke till att han såg på Christian, som snabbt kikade bort. Var det menat som ett stick till sonen? Hon hoppades innerligt inte det, men det var aldrig lätt att veta. Vägen mellan skämt och allvar var så kort. Hon visste det av erfarenhet. Christian kunde uppröras över minsta sak, och Karl skulle använda det mot honom och kalla honom för både känslig och hetsig. Olämpliga egenskaper för en som, en gång i framtiden, skulle styra familjeföretaget.

– Så sant. Johannes Bach, som hade blivit rödmosig på kinderna och på näsan, vred på glaset, men blev snabbt tillrättavisad av Alvilde, som, av rent strategiska orsaker, hade blivit placerad mittemot maken.

– Inte så högt, Johannes, väste hon över bordet, något som i sig själv var komiskt med tanke på att hon ofta överträffade maken när det gällde att vara högljudd. Alvilde hade alltid mycket på hjärtat.

Karl kikade ner på lappen han höll i händerna. Darrade han lite på handen? Cecilia trodde inte att hon hade sett honom så rörd förut. Hans röst var grötig när han fortsatte: – Du är inte bara min fantastiska hustru, Cilla, utan också min själsfrände och mitt livs stora kärlek. Jag kunde inte ha önskat mig en bättre livsledsagare. Det finns ingen bättre än du.

Hon klarade inte att möta hans blick när han sa det. Även om han säkert menade det, mindes hon hans svek den gången. Hon hade förlåtit honom, saken var utagerad, men det sved fortfarande.

Cecilia lyfte huvudet när hon kände Tildas blick på sig. Den äldre kvinnan nickade omärkligt mot henne. Vad hon visste och inte visste, var aldrig gott att veta. Tilda var den första som hade tagit in Cecilia i värmen när hon kom till Trondheim som nygift. En främmande fågel i ett främmande land. Tilda hade räckt henne handen och lett henne tryggt genom stadens gator och introducerat henne för alla som var värda att känna. Hon hade nästan blivit som en mor för henne.

Tilda hade inte varit änka den gången. Albert Tinius Skjønberg var en generös man. Inte bara i storlek, utan som människa också. Cecilia mindes de kraftiga polisongerna och hans rungande skratt med glädje. Skrattet hade startat någonstans djupt nere i magen, innan det rullade upp genom den stora kroppen medan det vann både volym och kraft på vägen, och till slut vällde ut och fick alla i närheten att vända sig om och nicka uppskattande. Västen var alltför trång över hans stora mage, men klockkedjan var alltid blankputsad. Varje dag spatserade Albert från det stora träpalatset på Munkegaten med utsikt mot domkyrkan i söder och Ravnkloa i ändan mot norr.

I fickan hade han sötsaker som han delade ut till barnen, som självklart flockade sig runt honom. Ofta stack han en slant eller två till en fattigkarl också. Intill den dagen när Albert inte kom längre än till landshövdingeresidensets hörn. Där sjönk hans stora kropp ihop, för att aldrig mer resa sig. Tilda hade gått sorgklädd sedan dess.

Karl rensade strupen. Det var tydligt att han var rörd. – Ända sedan du kom hit till Trondheim för allra första gången, har du visat en osedvanlig styrka och vilja att anpassa dig till nya förhållanden. Ett nytt land och ett nytt språk. Ja, du har till och med lärt dig tycka om sodd.

– Men supen låter hon lyckligtvis stå, sköt Tilda in.

– Men det gör inte Karl! hojtade Johannes och tog en ny slurk av vinet.

Karl skrattade. – Jag ser fram emot nya 25 år med dig, min kära. Eller 52, som det stod på minnestallrikarna som Cecilia hade glatt sig åt att dela ut till var och en av er i dag. Han kastade en skälmsk blick på gästerna. – Om ni går ut köksvägen, kan ni säkert få en tallrik stucken i handen. De är av det finaste porslin, ska ni veta. Handgjorda i Tyskland.

Flera skrattade högt nu, och Cecilia kunde inte annat än att svälja stoltheten och skratta med. Ändå tyckte hon att Karl kunde ha besparat sig att skämta om tallrikarna. Han visste hur mycket arbete och omtanke hon hade lagt på dem.

Karl höjde glaset och såg ner på henne. – Den här skålen är till dig, Cecilia. Världens bästa hustru och mor.

Det skrapade i stolsben när alla reste sig och höjde kristallglasen till gemensam skål. – Till Cecilia!

– Välförtjänt, sa Tilda högt. Hon var den enda som blev sittande. – Du borde ha fått medalj för lång och trogen tjänst,

Cecilia. Hon småskrattade belåtet och fick en uppgiven blick från Karl.

– Du får det att låta som en uppoffring, Tilda, sa han. – Det låter inte särskilt romantiskt.

Tilda fnös lätt. – Och du har alltid varit en hopplös romantiker, Karl Christian Winther! Du blåser dit vinden för dig! Hon snörpte på munnen.

Karl stirrade på henne ett långt ögonblick. Så höjde han glaset mot henne, och hon lyfte sakta sitt mot honom medan hon såg enträget på honom. Eller var det trotsigt? Cecilia skulle aldrig bli klok på de två.

– Jag tycker det är i högsta grad romantiskt, suckade Ellinor högt. Hon fick många uppskattande nickningar tillbaka. – Tänk att ägna sig åt varandra genom ett helt liv på det sättet. Ett sådant tal önskar jag mig också, Christian, den dagen vi har varit gifta i 25 år, sa hon och såg hängivet på maken.

– Då får du göra dig förtjänt av det också, svarade han underfundigt och inhöstade flera undrande blickar från gästerna. Men Christian slätade över orden med ett flin, som han alltid gjorde, och Ellinor viftade med handen och kallade honom dumbom. Svärdottern log som om ingenting i världen kunde bringa henne ur fattningen, men Cecilia var skakad. Snabbt nickade hon till Sigrun och husorna, som fick bråttom att servera nästa rätt.

4

Operasången mot slutet av middagen skulle vara den perfekta avrundningen på måltiden. Äldste sonens uppseendeväckande gåva till föräldrarna. Hur imponerade skulle inte gästerna bli över att få sig serverat ett stycke Verdi, eller kanske Puccini, till citronfromagen, av en tvättäkta operasångare?

Men allt skulle ha varit så mycket bättre om inte Rose betraktat Høirup som själva garneringen på tårtan, tänkte Cecilia. Dottern hade knappt tagit blicken från honom under middagen. Cecilia tvivlade på att Rose hade fått i sig så mycket som en skärböna av maten hon hade fått sig serverad. Cecilia överraskade sig själv genom att tänka att Didrik Schrøder kanske inte var ett sådant dåligt val ändå. Son till en krämare, javisst, men ändå en välbeställd en. Så snart middagen var över skulle han infinna sig – och hon hoppades att Rose blev så upptagen av att låta sig kurtiseras av den unge Schrøder att den danske trubaduren glömdes bort.

Henning Høirup reste sig från platsen vid ändan av bordet. Han ställde sig med ansiktet vänt mot silverbrudparet, men Cecilia undvek att möta hans blick. Även om hon ogillade att han överöste Rose med uppmärksamhet, var hon inte blind. Høirup hade en blick och en utstrålning som kunde charma ihjäl även borgmästarfru Constance. När han slog ut med armarna och öppnade munnen, strömmade de vackraste toner ut. Det var en sång som fick prismorna i ljuskronan att vibrera och stearinljusen att fladdra, även om luften i rummet stod stilla. Cecilia kunde höra hjärtesuckarna från damerna som satt runt bordet. Høirups röst var som sammet. Den svepte sig om henne och smekte henne. Cecilia blev varm, och med ens var det som om ett hav av känslor vällde upp i henne. Hon såg för sig moderns uttryckslösa ansikte, systerns rastlösa vandring i rosenträdgården, och faderns milda ansikte som försökte le bort smärtan. Hon såg Fredrik när han var nära att dö i polio, och Karl den gången han tvingades erkänna det fruktansvärda sveket. Det var som om den här dagen, firandet av dem som äkta par, hade öppnat såret på nytt. Hon förstod inte varför.

Fredrik hade varit sjuk den gången. Ingen av dem visste om den lille pojken skulle överleva. Hon satt hos honom dag och natt. Åt och sov knappt. Blev bara en skugga av sig själv. Karl var där också. I alla fall till att börja med. Efter hand drog han sig tillbaka. Blev smärtan för mycket för honom? Rädslan för att mista Fredrik?

Så en dag hade hon funnit brevet. Varför hade hon inte blivit mer arg på honom den gången? Rasande? I stället hade hon räckt honom brevet utan ett ord. Karl hade gråtit som ett barn. Det hade varit en huvudlös, desperat handling, förklarade han. Ett försök att dämpa smärtan. Och saknaden efter henne. Hon fanns ju inte där för honom längre.

Hon hade förlåtit honom. Ursäktat honom också. Hon hade ju inte funnits där för honom. Hon hade samlat alla känslor, all kärlek och omsorg, kring Fredrik. Hon hade inte klarat att vara både mor och hustru. Hon hade svikit dem alla.

Det var längesen nu. Hon trodde hon hade klarat att lägga det bakom sig. När man förlät, var det väl också ett löfte om att gå vidare? Om att lägga det bakom sig och inte se tillbaka? Inte känna sig svartsjuk varje gång Karl talade med en annan kvinna, gav kvinnan komplimanger eller sa något roligt, som fick henne att skratta. Det var sådan maken var. Glad, uppmärksam, utåtriktad. Hon hade ingen orsak att tvivla på hans kärlek till henne.

När sången till slut tystnade, och ljusen slutade fladdra, bröt applåderna lös. Flera reste sig från stolen och klappade ivrigt. – Bravo! ropade Johannes, och Rose, som också hade rest sig upp, närmast hoppade upp och ner medan hon applåderade förtjust och såg ut som världens stoltaste … nå, bordsdam.

– Jag visste att jag gjorde något rätt när jag bjöd Henning med mig hem, hörde hon Christian säga när applåderna tystnade. – Att han skulle inta staden med storm. Jag lovar er, mina damer och herrar, det här är bara början!

– Det tror jag på, instämde Tilda torrt.

– Och nu är det min tur att överraska, sa Karl och det gick en glad skälvning genom Cecilia. Nu hade det stora ögonblicket kommit. Hon slöt ögonen en kort stund, och bakom ögonlocken såg hon för sig de vackra kupolerna mot den klara, blå himlen. Den varma morgonsolen som smekte kroppen genom nattlinnet när hon steg ut på balkongen. Karl som slog armarna om henne bakifrån och viskade syndiga ord i hennes öra.

Hon öppnade dem snabbt igen när Karl knäppte med fingrarna. Dörrarna gick upp, och in kom ingen annan än den inhyrda butlern. Han bar på något stort och fyrkantigt. Hon kunde inte se vad det var, för det var täckt av en lärftduk. Karl gjorde en ny rörelse, och alla runt bordet flämtade när lärftduken föll.

Det var en vacker målning av Ponte Sant'Angelo – änglabron över Tibern – i solnedgång och med Peterskyrkan i bakgrunden. Det var som om hon kunde känna doften av Rom och den varma sommarbrisen mot huden. Hon svalde. Så dum hon kände sig. Hon hade ingen orsak att vara så besviken. Resan till Italien – den hade bara levt i hennes fantasi. Rom var oändligt långt borta. Hur skulle de bara kunna åka från alla förpliktelser och allt arbete här hemma?

– Nu kan du fara till Rom så ofta du vill, proklamerade Karl stolt. – Visserligen i drömmarna, men oavsett så ofta du vill. Han såg spänt på henne. Föll presenten dig i smaken?

Cecilia harklade sig och log. – Tack, den är verkligen vacker. Jag kunde inte ha önskat mig något finare.

*

Innan dansen tog vid, anlände ytterligare tjugo gäster. Flera var från det yngre gardet, barn till vänner, som alla var konfirmerade och därmed gamla nog att delta i festligheterna. Hela sällskapet var samlat i finsalongen där en provisorisk scen var hopsnickrad vid den svarta flygeln. Cecilia noterade att Didrik Schrøder stod i andra raden tillsammans med föräldrarna. Kvintetten av musiker som var inhyrd för kvällen, stod klar för att inta scenen.

Men innan de kom så långt, steg plötsligt Ellinor upp på scenen framför gästerna. Cecilia rynkade pannan. Vad var det svärdottern hade planerat?

Ellinor önskade alla välkomna till kvällens lilla varieté, och hon introducerade sig själv som aftonens konferencier. Det här var en överraskning från barnen Winther till sina föräldrar.

– En sådan charmerande ung kvinna, viskade någon bakom Cecilia. – Så frisk och full av liv.

– Och vid flygeln har vi ingen mindre än den formidable Henning Høirup. Ellinor slog ut med armarna när Høirup kom närmast glidande in från sidan.

Cecilia himlade med ögonen. Självklart kunde mannen mer än att sjunga. Han var en multikonstnär av rang. Vilka andra dolda talanger hade han? Hon tordes inte tänka tanken ens.

Hans fingrar rörde sig lekande lätt över tangenterna. Drillande toner och mörka partier. Musiken fyllde det stora rummet. Den ena dörren gick upp, och Christian kom in när musiken blev lägre. Det var lätt att se vem han skulle föreställa. Håret var lagt i precis samma bena som Karls, och han hade tidningen under armen. Alla vände sig om när Johannes Bachs mörka skratt rungade genom rummet, och Christian satte sig ner vid ett litet, runt bord. Det var ett vitt trädgårdsbord med fötter av smidesjärn. Det brukade stå i trädgården på baksidan. Cecilia började ana vart det här skulle ta vägen … Och förvisso, dörren gick upp på nytt och in kom Rose i en fladdrande kjortel med en stor ficka fram. Cecilia flämtade. Det var ju hennes trädgårdsförkläde. Heltäckande och ytterst praktiskt när hon skulle klippa och sköta rosorna, men fullständigt opassande för offentligheten. Dotterns hår, som hade samma färg som hennes eget, var uppsatt i en exakt likadan frisyr som hon själv brukade ha – ja, till och med hennes pärlemorkammar hade hon tjuvlånat.

Rose vimsade runt medan hon nynnade på »Rule, Britannia«. Folk småskrattade och nickade lovordande till varandra. I ena handen höll Rose en ros med lång stjälk. Hon drog upp rosensaxen ur fickan – hennes rosensax! – och började klippa små bitar av stjälken. Rose var hotfullt nära Christians huvud nu, och utan att tänka på vad hon gjorde, grep hon en test av hans hår också – och klippte den rakt av. Publiken flämtade innan de brast ut i skratt. Cecilia såg förskräckt på Karl, som hade kastat huvudet bakåt och skrattade högt. Johannes var mörkröd i ansiktet och slog sig på låret och även borgmästaren skrattade gnäggande i skägget.

– Men min kära Cilla, vad är det du gör? Christian såg förfärat på Rose.

– *Oh dear*, jag är så ledsen! utbrast Rose. – Jag gick helt i mina egna tankar ... Jag såg dig inte alls! I ena handen höll hon en liten hårtuss och i den andra den avklippta rosen. Förtvivlat försökte hon rätta till Christians frisyr, men gav upp. Hon sjönk ner på stolen och lade handen teatraliskt över pannan och stönade: – *Oh dear, I think I need a cup of tea.*

Cecilia kunde inte annat än att skratta. Hon visste mycket väl att det var en vänlig gliring angående hennes brinnande intresse för rosor och trädgårdsarbete, och hon gick förvisso i egna tankar de gånger hon styrde och ställde i trädgården, antingen det var här hemma eller ute på Rosenlyst. Tid och plats hade en förmåga att försvinna när hon vandrade mellan allt det gröna och blomstrande där ute.

Föreställningen fortsatte. Fredrik framförde en dikt till kärleken som han skrivit själv, och Rose ackompanjerade Høirup vid flygeln medan han sjöng. Cecilia kikade bort på Didrik

Schrøder. Han var mörk i blicken och stod med armarna i kors, och verkade långtifrån nöjd med det han var vittne till.

När föreställningen var över, ställde hela ensemblen upp sig framför gästerna för att ta emot applåderna. Christian och Fredrik bugade djupt, och Rose och Ellinor neg och log. Høirup log också från öra till öra, van som han var vid att stå på en scen. Han grep tag i Roses hand och virvlade henne runt och mot sig som i en dans. I något som framstod som ett infall av ren iver, blandat med en stor portion dumdristighet och otaliga glas med champagne, placerade han en solid kyss på Roses kind. En förfärad flämtning gick genom salen.

5

Cecilia vågade inte se på de andra gästerna. Hon höll blicken stelt riktad mot den provisoriska scenen och log som om ingenting hade hänt. Inom sig var hon allt annat än lugn. Hon kände sig yr och illamående. Det var knappt att knäna bar henne. Vad måste inte gästerna tro och tänka? Och vad skulle hon företa sig – om något? Allra mest hade hon lust att marschera upp på scenen och våldsamt skaka om den lymmeln som hade förgripit sig på Rose inför alla deras vänner och bekanta.

Otroligt nog fortsatte appläderna oavbrutet. Bakom Cecilia var det någon som fnissade, men hon tordes inte vända sig om för att se vem det var. Karl stod vid sidan av henne och klappade och ropade »bravo!«. Glädjen och förtjusningen verkade ärlig. Hade han verkligen inte lagt märke till den skandalösa kyssen?

Tilda hade i alla fall sett den. Änkefrun satt i en länstol, blek och stram. Den hopsnörpta munnen och den nästan omärkliga nicken hon sände Cecilia, sa allt: »Du håller på att förlora greppet om Rose.« Modet sjönk i Cecilia. Det var den värsta känslan av alla. Att hon hade misslyckats som mor. Att hon inte klarade att se till Rose och sörja för att dottern hade ett obesudlat rykte den dagen hon träffade mannen hon skulle gifta sig med.

Cecilia sänkte blicken och slöt ögonen ett ögonblick tills applåderna hade gett med sig. Det kändes orättvist. Rose hade ingen skuld i den här skandalen. Det var Høirup som stod bakom den här *cirkusen*. Som hade tagit sig friheter gentemot Rose. Hur vågade han? Var det han som hade flyttat runt på placeringskorten också? Det kokade i Cecilia.

Och precis när hon trodde att saker och ting inte kunde bli värre, plockade Ellinor upp en av rosorna som hade fallit i golvet under föreställningen, och gick snabbt fram till Karl. Hon räckte honom blomman och neg djupt, med fladdrande ögonfransar och röda kinder. Karl skrattade, öppnade armarna och kysste Ellinor lätt på båda kinderna. Gästerna runt dem brast ut i skratt. Cecilia rynkade ögonbrynen. Å ena sidan var hon tacksam för att svärdottern drog uppmärksamheten bort från Rose och Høirup. Samtidigt gillade hon inte svärdotterns flirtande umgänge med Karl. Ända sedan tågstationen hade Karl och Ellinor haft en lätt och smått gäckande ton sinsemellan, och det var ständigt både kyssande av händer och kinder. Såg han inte själv hur dumt det var? Hur opassande? Och hur var det med Christian? Vad tänkte han om hustruns uppförande? Om faderns? Cecilia kikade bort på sonen, som fortfarande stod på scenen. Det var omöjligt att tolka hans ansiktsuttryck.

Det var outhärdligt varmt i salongen. Cecilia viftade med handen framför ansiktet och kastade en snabb blick mot fönstren. De stod redan på vid gavel. Om det bara kunde komma en liten bris … Korsetten var hårt snörd, och det var svårt att andas ordentligt. Det flimrade för ögonen. Hon hade haft så stora förväntningar inför den här festen. Hon hade glatt sig i veckor – ja, i månader, och gjort allt för att även den minsta detalj skulle bli perfekt. Ingen skulle få förstöra glädjen för henne nu. Inte Ellinor och absolut inte den här sprätten Høirup. Hon grep ett champagneglas från brickan Olava bar runt, och tömde halva glaset. Den kyliga drycken lugnade ner henne, och med en kraftansträngning tog hon sig samman.

Fredrik kom bort till henne medan gästerna spred ut sig ut över salongerna. Musikerna spelade upp, och både stämningen och cigarröken låg tät under taket. Sonen log lite osäkert. – Vi förnärmade dig väl inte, mor?

– Förnärmade mig? Självklart inte, Fredrik. Jag fann det hela väldigt roligt. Hon klappade honom på armen. – För att vara ärlig tänker jag att ni känner mig alltför väl. Att bli parodierad på det sättet … Jag är gammal nog att tåla så pass, vet du.

Fredrik andades lättad ut. – Bra. Vi stod mellan diktläsning eller dikt *och* sketch. Både Christian, Rose och Ellinor röstade för det sista. Sketchen var för övrigt Hennings idé. Men Ellinor är också en källa till roliga påfund, utbrast han entusiastiskt. – Det är så hon bubblar över ibland.

– Säger du det … Cecilia log svagt. »Ibland« var en underdrift, tyckte hon, men det sa hon självklart inte. Svärdottern och operasångaren hade verkligen tagit ledning över saker och ting. Det förundrade henne inte, så som de höll på, brist på hämningar och omtanke för vad andra må tänka och känna. Det värsta var ändå att de skapade oordning, och att de andra välvilligt följde efter. Det var som om hon själv stod på utsidan och kikade in i sitt eget hem. På sin egen bjudning.

– Det var en lysande föreställning, Fredrik. En jag aldrig kommer att glömma. Han skulle bara ha vetat hur sant det sista var. – Och jag är säker på att alla de andra roade sig också – ja, till och med Tilda!

Änkefrun satt och nickade till i länstolen, med händerna vilande mot käppen. Cecilia gruvade sig redan för att höra vad hon hade att säga om den där kyssen. Kände hon Tilda rätt, skulle hon komma med förmaningar om både det ena och det andra.

Fredrik flinade. – Det får väl vara ett betyg gott nog. Om Tilda är nöjd, är alla nöjda, är det inte det far brukar säga?

Cecilia skrattade. Fredrik hade en förmåga att få henne att skratta när hon behövde det som mest. – Jo, något sådant. Hon strök honom snabbt över kinden. – Gå och fortsätt roa dig med de unga nu. Det är din uppgift att se till att kusin Myrtel och de andra fröknarna roar sig. Och håll ett öga på din syster också …

Fredrik himlade med ögonen. Cecilia knuffade honom kärleksfullt vidare, men blev stående, osäker på var hon själv skulle göra av sig. Alla pratade med någon, många hade kastat sig ut i dansen, och det gladde henne att se att gästboken vandrade mellan gästerna. I morgon skulle hon njuta av att läsa alla hälsningar, dikter och teckningar. Några brukade vara oerhört färgstarka, och med detaljerade beskrivningar både av gäster och interiörer. Hon hoppades för all del att de inte skulle bli *för* detaljerade. Vissa saker fick gärna glömmas bort – inte hamna i gästboken.

Borta vid den stora kaminen i vardagsrummet stod flera av de manliga gästerna med ryggen mot henne. Karl också. Hon hade alltid tyckt om att betrakta honom på avstånd, när hon var säker på att han inte kunde se henne. Karl var nästan ett huvud högre än männen som stod tillsammans med honom. Flera höll ryggen rak medan de rullade fram och upp på tårna medan de talade. Hon hade alltid tänkt att det var ett sätt att framstå som längre. Men de skulle oavsett aldrig nå upp till Karl Winther vare sig i rikedom eller anseende och i alla fall inte i hennes ögon. Det var så det gjorde ont i bröstet ibland. Kärleken hon kände för honom och för barnen, visste inga gränser. Det gjorde henne rädd också. Kunde man älska en människa för mycket? Älska den så högt att man sköt den ifrån sig?

Bland de mörka kavajerna kunde hon med knapp nöd skymta något champagnefärgat och glänsande. När en av herrarna gick lite åt sidan för att ge plats åt ännu en gäst, såg hon att det var Ellinor som stod där – som enda höna i tuppflocken. Hon gick närmare och spetsade öronen. Inte för att det var nödvändigt, det var omöjligt att inte höra svärdotterns ljusa, genomträngande röst.

– Självaste Nansen tittade in i vår affär. Ja, kan ni tänka er? Det var jag som expedierade den dagen, och jag trodde jag skulle dåna!

Herrarna runt henne såg på varandra, småskrattade och nickade bekräftande.

– Och när han var färdig med att handla, och det var inte lite han skulle ha, kan ni tro, var jag så fräck att jag frågade efter hans namnteckning. Och vet ni vad? Det enda jag hittade att skriva på, var dagens utgåva av Morgenbladet. Han skrev sitt namn tvärs över ansiktet på tidigare statsministern

Hagerup! Ellinor knyckte på nacken och skrattade så högt att flera vände sig om och såg undrande på den lilla församlingen framför kaminen.

Cecilia hoppades att Rose lade märke till det, och att dottern också förvånade sig över Ellinors uppförande. Men Rose syntes inte till någonstans. Cecilia kikade bort på Karl, som skrattade högt tillsammans med de andra innan han nickade uppskattande och sa, riktat till Ellinor: – Det är inga tvivel om att din far är en mycket duktig affärsman. Herr Bendixen har byggt upp ett solitt företag på kort tid. Det inger respekt.

Ellinor knyckte på nacken. – Ja, det påstås att fars pälsverk är bland världens bästa. Hon såg till att möta blickarna till var och en som stod runt henne.

– Fru Ellinor har sannerligen upplevt mycket under loppet av sitt unga liv, hörde hon en av männen säga med tydlig förtjusning i rösten.

– Så mycket är det då heller inte, herr borgmästare. Men lite har jag då levt …

Cecilia kunde knappt tro sina öron. Koketterade Ellinor verkligen inför självaste borgmästaren? Var fanns Christian? Borde inte han ha varit här tillsammans med Ellinor? Cecilia hade faktiskt inte upplevt maken. En ung kvinna, nygift, till och med, som gjorde sig till för andra män på det sättet? Hon gned sig lätt över pannan. Huvudet värkte, men hon valde att negligera smärtan. I stället tog hon en ny slurk champagne och bestämde sig samtidigt för att ingripa. Hon gick bort till Karl och grep honom i armen. Han log mot henne och klappade henne på handen.

– Ellinor berättar spännande historier från huvudstaden, Cecilia. Det är väldigt roligt att lyssna på, ska jag säga dig.

– Så spännande är det väl inte, kära svärfar. Ellinor log sött. – Men det är klart, det sker mycket i Kristiania. Det är kanske inte så underligt att Christian bekymrar sig för hur jag ska tackla småstadslivet när vi nu flyttar hit …

Svärdottern knep snabbt ihop läpparna. Det var tydligt att hon hade sagt något hon inte skulle säga.

– Flytta, säger du? Hit? Både Karl och Cecilia såg förvånat på henne.

Ellinor stönade. – Usch, nu avslöjade jag mig visst. Christian tyckte att vi skulle vänta till efter festen med att berätta det …

Cecilia visste inte vad hon skulle säga. Hon var inte förberedd på det här. Inte maken heller. Hon kunde bara föreställa sig vilka tankar som for genom hans huvud. Karl hade verkligen gjort sitt bästa för att hjälpa Christian. Han hade sörjt för att äldste sonen fick ett ståndsmässigt hem, introducerat honom för sina viktigaste förbindelser och utrustat honom med tillräckligt med fickpengar för att leva ett komfortabelt liv i Kristiania. Han hade till och med gjort Christian till direktör för firmans kontor där, fast Christian hade tillbringat långt mer tid runt spelborden och på Köpenhamns krogar än på skolbänken under studenttiden. Nu hade Christian tillsyn över investeringar och byggprojekten i huvudstaden. Det hade fungerat fint så långt, även om varken lönen eller fickpengarna alltid räckte till. Varför ville sonen plötsligt ge upp allt det här? Det var ju precis hans brist på uthållighet, att han aldrig klarade att hålla fast vid något, som gjorde Karl betänksam när det blev tal om att överlämna rodret för familjeföretaget till äldste sonen. Dessutom hade Christian Ellinor nu, och hon hade sin familj i huvudstaden. Var inte det nog för att hålla dem kvar där? Vad skulle Christian ta sig till i Trondheim?

Cecilia kunde se hur käkmusklerna arbetade i makens ansikte. Den lätta ryckningen i ögonvrån. Christian hade lämnat en viktig post i huvudstaden – inte bara för honom själv, utan för Karl också. Vem skulle tillvarata Winthers intressen i Kristiania nu? Bra företagsledare växte inte på träd. Dessutom sved nog besvikelsen över att sonen återigen hade bekräftat alla hans fördomar gällande honom – att Christian inte hade ryggrad, att han var en simpel slashas som var både oansvarig och arbetsskygg.

Ändå slog Karl ut med armarna och sa högt och tydligt: – Det här är fantastiska nyheter, Ellinor. Att få hem Christian och dig är den största gåva vi kunde ha fått. Han vände sig mot henne. – Inte sant, Cilla?

Cecilia blev svaret skyldig. Självklart gladde det henne att de skulle få sonen och svärdottern närmare, men hon kände sig fullständigt överrumplad. Svärdottern kände hon knappt, och det hade skett så mycket i kväll som aldrig borde ha skett. Hon behövde tid att betänka sig. – Jo, visst är det fint … började hon och log lättat när Karl höjde glaset.

– För Ellinor och Christian – och en strålande framtid i vår stad!

– För Ellinor och Christian, upprepade de andra männen och höjde sina glas.

Cecilia kikade ner i sitt. Det var tomt.

6

Kvällen fortskred och det pratades och dansades. Damerna smuttade på sherry och portvin och åt ljuvlig konfekt, medan herrarna drack groggar och rökte. Cecilia rörde sig från rum till rum och passade på att prata med alla gästerna. Men när bankdirektör Gabrielsen hade bjudit upp till dans för fjärde gången, sökte hon sin tillflykt till salongen där de yngre hade samlat sig. Tilda och Karl var också där. Detsamma var Henning Høirup, medan Didrik Schrøder lyste med sin frånvaro.

Christian och operasångaren stod för större delen av pratandet. De förtäljde äventyrliga berättelser om spännande resor, främmande platser och stora upplevelser, som fick Rose att sätta sig ytterst på soffkanten medan hon lyssnade uppmärksamt och upprymt.

– Herr Høirup har verkligen upplevt mycket, sa hon med beundran i rösten. – Har ni en dröm som ännu inte är uppfylld?

Høirup vaggade på huvudet medan han smakade på frågan. Så fäste han den gnistrande blå blicken på Rose och slog teatraliskt ut med armarna. – Drömmen, fröken Winther, det måste vara att stå på en av de stora, italienska operascenerna.

Att sjunga under stjärnorna för hundratals – ja, kanske tusentals människor.

– Det låter fantastiskt! utbrast Rose.

Høirup nickade och fortsatte att berätta om Europas fantastiska operascener, om ljuskronor som sprack när operasångerskan tog ett högt C – och sände glittrande kristaller som stjärnfall över publiken.

Rose satt med halvöppen mun, och Cecilia våndades under dotterns kritiklösa beundran. Hon försökte fånga hennes blick för att åtminstone få henne att stänga munnen. Tänk att sitta så, som en bedjande, dreglande hundvalp. Hade dottern glömt allt om hur en ung kvinna skulle bete sig? Och var hon den enda som såg det? Cecilia kastade en snabb blick på maken, men Karl verkade ytterst behagad där han sög på cigarren och blåste stora, ulliga ringar upp mot taket. Hon såg bort på Tilda, som satt med en skeptisk min och följde samtalen med uppmärksamma ögon. Ellinor, däremot, försökte dölja en gäspning bakom den välvårdade, mjölkvita handen. Cecilia kikade omedvetet ner och granskade sina egna händer. Konturerna av en svag, brunaktig fläck skämde den högra handen. Den hade då inte funnits där för ett tag sedan? Raskt täckte hon den med andra handen och lyssnade med ett halvt öra till det Christian nu berättade om den nya lokaljärnvägen som hade öppnat i huvudstaden. Något hon för övrigt fann föga intressant.

– Holmenkollbanan tar dig från Majorstuen och ända upp till Besserud, sa sonen entusiastiskt. – Den tar dig långt in i skogen. Tänk om vi kunde fått något liknande här?

Karl nickade och höll för en gångs skull med. – Men det är åtminstone bra vägar upp till Fjellseter nu. Det kan vi tacka

Brännvinsföreningen för. Det är de som har stått för finansieringen.

Äntligen gav Tilda ett ljud ifrån sig. – Det är en något märklig kombination, tycker du inte, Karl? Brännvin och friluftsliv? I mina öron skorrar det.

Cecilia kvävde en gäspning. Visst drömde hon om att resa mer. Hon ville tillbaka till Rom. Besöka kända museer och katedraler. Uppleva nya dofter och smaker. Hon tyckte om att promenera, och hade älskat att rida när hon växte upp. Men att trampa in i granskogar, korsa poler på skidor och bestiga fjälltoppar? Nej, de drömmarna fick sonen och svärdottern gärna ha för sig själva.

– Kommer du att sakna arbetet i butiken nu när du är gift, Ellinor? frågade Rose. Cecilia tyckte det var bra att se dottern så engagerad igen, även om hon hade föredragit att det hade varit något annat än butiksverksamhet, operasångare och polarfarare.

Ellinors vanligtvis så livliga ansiktsuttryck blev vemodigt. – Ja, det kommer jag nog att göra från tid till annan. Jag är ju nästan uppväxt bakom disken. Hon sneglade bort på Christian innan hon såg på Rose igen. – Men det finns en tid för allt, är det inte det man säger? Jag kan inte stå i butiken nu när jag är gift. Dessutom flyttar vi hit. Hon skakade på huvudet så korkskruvslockarna dansade och bytte samtalsämne. – Är du intresserad av mode och sådant, Rose?

Rose nickade ivrigt. – Ja, mycket. Jag tycker om att läsa i modejournalerna, även om mor och jag ofta är oeniga om vad som är klädsamt och inte. Hon höjde hakan lätt och vände bort ansiktet från Cecilia.

Ellinor skrattade drillande. – Det är väl som det ska vara, inte sant? Ni tillhör olika generationer. Jag kan definitivt inte enas med min mor. Hon tycker det är upprörande att jag åker skidor i byxor.

– *Byxor*, Ellinor? Sådana som män har? Cecilia såg förfärat på henne, och Christian suckade tungt.

– Det är ytterst oklädsamt, sa han så eftertryckligt att de andra rynkade pannan i förvåning.

– Jo då, men det är ytterst komfortabelt att gå med byxor när man åker skidor, fortsatte Ellinor. – De långa kjolarna är bara i vägen. De ger ingen rörelsefrihet, och …

Tilda hade fått röda fläckar upp över halsen. Det var aldrig något gott tecken. Hon reste sig från stolen och stöttade sig mot käppen. – Ni får ursäkta mig, jag behöver ett miljöombyte.

Christian gav Ellinor en uppgiven blick. – Alla de här nymodiga dumheterna du håller på med! Har jag inte sagt att du får sluta med det? Nu har du lyckats att jaga bort Tilda. Hon är en viktig bekantskap i den här staden. Du borde anstränga dig för att hålla dig väl med henne. Dessutom är hon min gudmor.

Ellinors axlar sänktes. Det hade nog inte varit meningen att förnärma någon. Men byxor, skidåkning … Cecilia hade inte väntat sig att svärdottern skulle vara så liberal av sig. Dessutom hade Christian rätt. Tilda var en kvinna du ville ha med dig – inte mot dig. Ändå kunde inte Cecilia låta bli att tänka att sonen var i överkant grov mot hustrun. Ellinor var ny i familjen och i staden. Hon hade inte funnit sin plats ännu, och hon kunde omöjligt veta vad som behagade – eller inte behagade – Tilda. Christian borde förstå att hon behövde tid.

– Nå, jag tycker det låter mycket praktiskt, sa Rose och fick allas uppmärksamhet. – Det finns ridbyxor för kvinnor i tidningarna jag läser. Hon satte näsan lätt i vädret. Ellinor sände henne ett tacksamt leende.

– Det är något annat, sa Cecilia. – Det är själva principen. Kvinnor går inte i byxor. Så är det bara.

– Nu tycker jag att vi ska avsluta den här diskussionen och hellre koncentrera oss på att ha en trevlig kväll, sa Karl. – Även om jag måste erkänna att diskussionen roar mig.

– Den roar inte mig. Christian lade armarna i kors. – Jag håller med mor. Det finns regler för vad som passar sig för kvinnor. Och inte. Att gå i byxor faller in i den sista kategorin.

– Om man väljer att se så allvarligt på det ... Karl viftade bort ett moln av rök. – När blev du så intresserad av sådant, Christian? Du har alltid slagit mig som en fri själ. Du har alltid gjort det du önskar. När blev du intresserad av att följa regler och konventioner?

Cecilia höll andan. Måste de starta ett gräl nu? Hon ville inte ha något av det. Inte nu. Inte under festen. – Kan du inte gå och tala med Tilda, Karl? Ge henne en sherry eller något. Hon log avväpnande.

– Jo visst. Tilda och jag har både det ena och det andra att diskutera. Han reste sig från stolen och riktade cigarren mot Christian. – Vi kan kanske fortsätta det här samtalet senare? Jag är spänd på att höra orsakerna till varför du har bestämt dig för att flytta hem igen.

Karl fick inte något svar. Christian satt fortfarande fördjupad i mörka tankar.

7

Månen visade sig med en svag kontur mot den ljusa natthimlen, och flera av gästerna verkade matta av både dans och för mycket dricka, när vickningen till slut ställdes på bordet. Cecilia förundrade sig över att Tilda fortfarande var med. Hon var alltid en av de första att tacka för sig, men den här kvällen försiggick det tydligen så mycket att hon inte ville missa något.

Marie Schrøder, mor till den försmådde Didrik Schrøder, kom bort till Cecilia. Hennes klänning var lång i kjolen och hade stora puffärmar som fick henne att se ut som en väl utslagen pion.

– En utmärkt fest, sa hon och lutade sig så nära att Cecilia kunde skilja de olika blomsternoterna i hennes parfym från varandra. Ros, jasmin och sandelträ. – Jag hör förresten rykten om att min son och din dotter har ett gott öga till varandra? Hon log och blottade det lilla mellanrummet mellan framtänderna. Det fick henne att likna en ivrig liten gnagare. – Vilken lycka det hade varit om de två fann varandra.

Cecilia besvarade inte leendet. Marie Schrøder fick önska det så mycket hon ville, men någon allians mellan Winther och Schrøder kunde hon se i stjärnorna efter. Dessutom var det varken tid eller plats för att föra ämnet på tal. – Det har jag dessvärre inte hört något om. Du ska inte tro på allt du hör, kära Marie, och i alla fall inte lösa rykten.

Det ryckte osäkert i Maries mungipor. – Jo, så är det, men den här gången … Jag tänkte att du kanske skulle finna ryktena trevliga. Så fel kan man alltså ta. Du får ursäkta mig, Cecilia. Hon vände på klacken och gick sin väg.

Cecilia suckade. Var befann sig Rose egentligen? Hon hade inte sett henne på en bra stund. Hon gav sig till att leta efter henne. Då och då stannade hon och utväxlade några ord med några av gästerna.

– Tror du att du kommer att känna dig instängd här i staden, du som är så van vid att tillbringa sommaren ute på Rosenlyst? Borgmästarfrun såg på henne med en bekymrad rynka i pannan. – Du och Karl är hjärtligt välkomna ut till oss på Havstein. När som helst. Det hoppas jag du vet.

– Det är snällt av dig, Constance. Det kan mycket väl hända att vi tackar ja till det. Cecilia log och gick vidare.

Till slut fann hon dottern. Rose stod delvis dold bakom dörren i den ena salongen, som var, och det var säkert ingen tillfällighet, tom på gäster. Henning Høirup stod där tillsammans med henne. Rose fnissade åt något Høirup sa, och han lutade sig ner mot henne.

Något skedde inom Cecilia. Det var som om en kran öppnades – och allt som hade skett av små och stora katastrofer den kvällen – forsade ut. Hon blev rasande. Utan förvarning grep hon dottern bestämt i armen, samtidigt som hon sände operasångaren en myndig blick. – Om herr Høirup kan ursäkta oss? Jag behöver några ord med min dotter. I enrum. Hon sköt ut honom ur rummet och stängde dörren efter honom.

– Släpp mig. Rose ruskade sig lös och gned armen. – Vad är det du håller på med, mor?

Cecilia svarade inte på frågan, utan fräste: – Vad är det du tänker på, Rose? Eller, rättare sagt, vad är det du tänker *med*?

– När blev det förbjudet att tala med gästerna, mor? frågade Rose surt. – Jag trodde det var sådant man gjorde av ren hövlighet? Det är så du har uppfostrat mig.

– Herr Høirup är ingen gäst. Han är operasångare – och en kringresande sådan. Han är inte ens anställd vid en operascen. I kväll underhöll han gästerna som faktiskt *blev* inviterade. Det är det han får betalt för, Rose. Det är det han lever av!

Roses ögon blixtrade. – Han blev *visst* inviterad. *Christian* inviterade honom.

Cecilia knöt nävarna och darrade av indignation. – Jag hade ingen aning om att din bror hade med sig någon annan än Ellinor, Rose. Jag blev överrumplad. Dessutom är det jag som bestämmer vem som är välkommen i det här huset – och inte. Høirup tillhör den sista gruppen. Och du, unga fröken, ska att hålla dig borta från honom. Tänker du inte alls på vad de andra gästerna tror och tänker? Du har inte råd att göra bort dig på det här sättet. Han är inte värd det.

– Du känner honom inte, mor. Rose slog ner blicken. De långa, täta ögonfransarna kastade skuggor över hennes kinder.

Det var ett smart drag. Cecilia kunde inte stå ut med att barnen var ledsna.

– Det gör inte du heller, Rose, sa hon mer dämpat. – Det gör ingen av oss.

Dottern hade tydligen fått det lilla andrum hon behövde. Funnit det lilla hålet i Cecilias försvarsverk som hon kunde smita ut genom. – Ingenting jag gör är gott nog för dig, eller hur? Hon knyckte på nacken, slet upp dörren och marscherade ut ur rummet.

Cecilia blev stående ett ögonblick medan hon försökte samla sig. Huvudet värkte och hon slöt ögonen. Avlägset, som långt bortifrån hörde hon Johannes Bachs vrålande skratt.

Tjänsteflickorna gick i skytteltrafik mellan serveringsrummet och salongerna med silverfat med champagneglas. Den inhyrda butlern verkade överarbetad där han fyllde det ena glaset efter det andra. Hans panna glänste av svett, och kinderna lyste röda mot den kritvita skjortkragen.

Cecilia ryckte till när ett spetsigt finger petade henne på axeln. Cecilia vände sig om och såg in i Tildas matta, grå ögon. Var kom hon ifrån? Hon hade varken hört eller sett henne komma. Hade hon suttit i en stol hela den här tiden, utan att Cecilia hade lagt märke till det? Hade den äldre damen rätt och slätt sovit? Eller hade hon hört alltsammans? – Tilda, du skrämde mig.

– Det är nu det gäller att visa vem som bestämmer, Cilla, slog Tilda fast och avslöjade att hon hade uppfattat det mesta. – Rose låter sig styras av ungdomlig dårskap. Tanklöshet, blandat med starka känslor och allt det där. Hon vet inte bättre själv. Men det gör du.

– Jag är hennes mor. Självklart är det jag som bestämmer. Hon gör som jag säger. Cecilia var irriterad. Vad visste Tilda om sådant? Hon, som aldrig hade fått barn.

Cecilia hade verkligen försökt föregå med gott exempel. Hon hade lärt Rose allt hon behövde veta om att bete sig och klä sig korrekt. Hon hade lärt henne att spela piano, måla och brodera. Rose hade varsamma händer och sydde små, fina stygn. Det enda Cecilia aldrig hade lyckats att överföra till dottern, var kärleken till blommor. Det var en liten paradox med tanke på namnet dottern hade fått.

– Jag ser att du försöker, Cecilia. Tilda grep hennes hand. – Jag tvivlar inte på att du gör så gott du kan. Det är bara att hoppas att vingarna bär Rose den dagen hon bestämmer sig för att flyga i väg. Och att hon flyger i rätt riktning.

– Och Høirup bör inte vara den hon flyger till. Inte Didrik Schrøder heller, för den delen. Cecilia suckade. – Det är som om hon förväntar sig att något nytt och spännande ska ske hela tiden. Christian har alltid varit den som har haft myror i byxorna. Men Rose, hon följer inte långt efter …

Tilda log överseende. – Hon är ung. Hon sätter dig på prov. Hon såg på henne med smalnade blick. – Har ni funderat på att sända bort henne?

– Sända bort henne, Tilda?

Den äldre damen rynkade de tunna, grå ögonbrynen. – Se inte på mig som om jag just hade föreslagit att du skulle sälja henne till en arabisk prins, Cilla. Det jag menar, är att flickebarnet kan må bra av att uppleva något annat. Innan hon gör något hon inte bör göra. Och du vet lika väl som jag att ryktesmaskinen i den här staden är en av de allra bästa. När det en gång har fått vatten på sin kvarn, så …

– Det vet jag mycket väl. Och det är därför vi är så vaksamma … Cecilia blev kall och varm om vartannat. Vem var det hon försökte lura? Det var uppenbart att de inte var tillräckligt vaksamma. Rykten uppstod inte från ingenting.

– Men nu ska du inte tänka mer på det här. Det här är Karls och din kväll. Tilda teg lite. – Det är ändå något jag inte förstår … Om du är så emot den här operasångaren, varför i himmelens namn placerade du honom vid sidan av Rose?

Cecilias hals snördes ihop. Hon hade ju vetat att det här skulle komma. Ingenting undgick Tildas skarpa blick. – Det var inte meningen att det skulle bli så. Det måste ha skett något galet under dukningen. Jag har inte hunnit tala med Sigrun om det ännu. Jag …

Hon blev avbruten av en skarp smäll utifrån. Det lät som ett skott. – Vad i alla …? Hon såg förskräckt på Tilda innan hon skyndade mot fönstret och kikade ut.

– Ser du något? Tilda kom närmare.

Cecilia skakade på huvudet i samma ögonblick som ett nytt skott rispade luften. Hon sjönk samman. – Det kommer nerifrån älven. Vänta här inne, Tilda, så ska jag ta reda på vad som försiggår. Hon skyndade mot hallen och stötte på hushållerskan framför ytterdörren. – Vad är det som sker, Sigrun? Det är väl inte ännu en brand?

Sigrun skakade kraftigt på huvudet. Hon var blek och vred sina händer. – Det är några som skjuter utanför, fru Winther. Jag talade just med drängen. Han påstår att det kommer från allmänningen nere vid älven. Herr Winthers vapenskåp står öppet. Det saknas en hagelbössa …

– Från vapenskåpet? Herregud … Hjärtat dunkade hårt i bröstet på Cecilia. – Och var är han? Var är min make?

Sigrun ryckte på axlarna. – Jag vet inte, fru Winther. Jag kan inte hitta honom någonstans.

– Ge mig min sjal, kommenderade Cecilia hushållerskan. – Och inte ett ord till gästerna!

Smällarna fortsatte när hon korsade gatan och småsprang nerför den korta, branta sluttningen mot bryggorna. Skotten blev skarpare ju närmare hon kom. Cecilia ryckte till för varenda smäll. Vad i hela världen var det som försiggick?

– Kasta! ropade en mörk röst, och strax efter ljöd ett skott – och ljudet av något som sprack. När det blev tyst igen, följde ett drillande, nästan hysteriskt skratt. Det kunde väl inte vara …

Cecilia tvärstannade när hon såg vem som stod på bryggkanten i den ljusa sommarnatten. De rödbruna lockarna gick inte att ta fel på. Bakom Ellinor stod Karl, han hade ett bra grepp runt svärdottern. Gode Gud … Cecilia kände sig plötsligt yr. Maken som höll armarna runt en annan kvinna, var en bild som hade förföljt henne i åratal. Att hon faktiskt skulle få uppleva det, och att den här kvinnan skulle vara hennes egen svärdotter …

Karl stod nästan kind mot kind med Ellinor nu. Svärdottern höll hagelbössan medan hon knep igen ena ögat och siktade.

– Håll geväret helt stadigt nu, sa Karl. – Så ja. Så trycker du av.

Ellinor verkade på inget sätt stadig på benen. Inte Karl heller. De siktade mot en okänd punkt på den ljusa natthimlen. Vid sidan av dem stod ingen annan än Didrik Schrøder, redo med lerduvekastaren. Cecilia flämtade när hon såg vad som stod i den.

– Minnestallrikarna … viskade hon andlöst innan hon lade handen för munnen. I en kort sekund ville hon vända och springa därifrån i hopp om att de inte hade upptäckt henne. Men det var för sent. Karl vände sig långsamt mot henne och log fåraktigt.

– Cilla, min kära! Jag sa ju att tallrikarna skulle komma till nytta på något vis!

8

Cecilia hade ingen uppfattning om vad klockan var när hon vaknade. Hon slöt morgonrocken om sig, gick bort till fönstret och drog gardinerna åt sidan. Det skarpa morgonljuset träffade henne mitt i ansiktet och bländade henne. Hon slog upp fönstret på vid gavel och kikade ut. Det var folktomt på gatan. De mäktiga trädkronorna rörde sig knappt. Älven rann stilla förbi. Hon visste inte varför, men med ens fick hon gåshud och slog armarna om sig. Huvudet kändes tungt och kroppen tom. Det var som om något eller någon hade sugit all kraft ur henne. Efter episoden med Karl och Ellinor som sköt prick på minnestallrikarna, hade resten av festnatten förlöpt i tungt champagnerus. Där och då hade det verkat som en god idé att dränka sorgerna.

Cecilia stönade och gned fingertopparna mot pannan. Hon hade glatt sig så åt festen. Lagt ner en massa arbete och tid på gästlistan, menyn, blommorna och bordsplaceringen. Ingenting hade lämnats åt slumpen. Hon kunde inte fördra överraskningar. Det hade ändå blivit tillräckligt många av dem i går kväll.

Den festliga, sprudlande och uppfriskande Ellinor hade stått för flera av dem. Svärdottern balanserade hela tiden på den hårfina gränsen mellan att chockera och hänföra. Hon hade verkligen solat sig i glansen under festen. Hade till och med flirtat med borgmästaren och Karl. Sättet hon lutade på huvudet. De halvt sänkta ögonlocken. Det drillande, smittande skrattet. Cecilia visste att Karl hade blivit lika överraskad som hon när det slapp ur Ellinor att hon och Christian skulle flytta till Trondheim. Ändå hade han, vid en eller annan tidpunkt mellan sodden och det dumma lerduveskyttet, lovat Ellinor att han skulle skaffa dem ett ställe att bo på. Något nytt och flott, hade han sagt, med allt de kunde behöva av möbler och utrustning. Som om det bara var att knäppa med fingrarna? Han som den senaste tiden hade manat till måttlighet för att visa sympati med alla dem som inte hade klarat sig så bra de senaste åren. Som hade förlorat allt de ägde. Och var skulle Christian och Ellinor bo under tiden? Det skulle bli oerhört utmanande att bo under samma tak som svärdottern hela sommaren och kanske hösten dessutom.

Himlen över Småbergene brann i rosa, rött och orange på andra sidan Nidälven. Det var vackert, men Cecilia förmådde inte glädja sig över det. Om hon bara hade varit säker på att Christian var lycklig. Det var svårt att sätta fingret exakt på vad det var, men sonen verkade mer butter och innesluten än tidigare. Drack han inte mer än vanligt också? Han var ständigt och jämt ute med den här förfärlige Høirup.

Cecilia kikade bort på den tomma sängen. Hon mindes vagt att hon hade beordrat Karl att sova på soffan på kontoret, och att han hade åtlytt henne som en kuvad hund. Det var rätt åt honom. Att göra bort sig på det sättet. Det gick verkligen inte an.

Någon harklade sig bakom henne, och Cecilia vände sig snabbt om. I dörren stod hushållerskan med frukostbrickan i händerna. Hon måste ha varit så fördjupad i tankar att hon inte hade hört att hon knackat på.

– Frun ringde? Sigrun såg forskande på henne över kanten av rostat bröd, skuret i perfekta trekanter, smör och apelsinmarmelad och kannan med rykande, varmt te.

Cecilia strök de kalla och fuktiga handflatorna över morgonrocken. Hon kastade en blick i spegeln men såg snabbt bort igen. Håret låg i oregerliga, fuktiga lockar i nacken. Ögonen var rödkantade, huden gråblek. Känslan av att ha varit långt borta satt fortfarande i henne.

– Jag hörde inte att du kom, sa hon och kröp upp i sängen igen. Hon drog täcket med ejderdun tätare om sig. Cecilia kunde inte minnas att hon hade dragit i klocksträngen. Hon måste ha vaknat och så somnat igen.

Sigrun ställde ifrån sig brickan på det runda bordet i Louis seize-stil med marmorplatta och förgyllda ben som stod vid fönstret. – Frun ska se att det är sommaren som äntligen har kommit. Hon log uppmuntrande. – Det är en fin dag att tillbringa ute i trädgården. Flera av rosorna har slagit ut.

Cecilia sträckte på sig. – Vi får innerligt hoppas att du har rätt, Sigrun. Cecilia älskade soliga sommarmorgnar. Det var alltför få av dem här uppe i norr.

Hushållerskan arrangerade de stora kuddarna så Cecilia fick bättre stöd i ryggen och hämtade frukostbrickan.

Cecilia serverade sig själv te från kannan i den tunna porslinskoppen. Earl Grey. Som fått dra i exakt två minuter. Två sockerbitar och en skvätt mjölk, precis som hon önskade teet varje morgon. Och inte bara om morgonen, utan genom hela dagen. Karl och barnen brukade reta henne för det. Utan de dagliga kopparna med te kommer inte mor att fungera, sa de. Något de hade fått med i sketchen i går också. Både Karl och pojkarna föredrog svart kaffe.

Cecilia drog in den ljuvliga doften av bergamott och kände sig genast mer uppiggad. – Är allt städat efter festen?

Sigrun nickade. – Ja, fru Winther. Allt är i perfekt ordning. Jag har just skickat hem de inhyrda tjänsteflickorna.

Cecilia litade på hushållerskan. Husor, kokerskor, drängar och kuskar hade kommit och gått, men inte Sigrun. Det var något tryggt och gott med hennes närvaro. På samma sätt som det var något lugnande och betryggande med att dricka te. Hon behövde bägge delar.

– Och herr Winther? Har han visat sig vid frukostbordet ännu?

– Nej, frun. Hushållerskan var på vippen att säga något mer, men så hejdade hon sig.

Sigrun hade varit hos dem länge nog för att veta att hon inte skulle fråga i otid. Hon visste sin plats. Hur mycket hade hushållerskan sett och hört i går kväll? Hon måste i alla fall ha lagt märke till förväxlingen av placeringskorten.

– Och hur är det med barnen, har de stigit upp? frågade Cecilia mest för att säga något, medan hon bredde smör på toasten.

Sigrun drog på smilbandet, och Cecilia anade varför. Barnen kunde knappt kallas barn längre. De var unga vuxna, på väg ut i den stora världen.

– Bara herr Fredrik, frun, svarade Sigrun. – Fröken Rose känner sig inte så bra och vill gärna ha frukosten serverad på sängen. När det gäller herr Christian och fru Ellinor, vet jag inte … Då ringer frun när hon är klar för att klä om. Sigrun neg och vände sig om för att gå.

Cecilia harklade sig. Hon *måste* nämna det. Något annat skulle vara onaturligt. Sigrun hade ju varit i matsalen, hon också. – En sista sak innan du går, Sigrun …

Hushållerskan tvärstannade. Hade hon en aning om vad som skulle komma? – Ja, fru Winther?

Cecilia gick rakt på sak. Om en av tjänsteflickorna var skyldig till felet, ville hon veta det. – Hur kommer det sig att fröken Rose blev sittande vid sidan av herr Høirup i går? Jag gav dig klart besked om att placera dem så långt ifrån varandra som möjligt. Jag dubbelkollade till och med att alla var placerade efter bordsplaceringen innan jag klädde om. Så hur i all sin dar kunde det ske?

Sigrun vred på sig. – Jag lade självklart märke till det meddetsamma, fru Winther, men då var det ju för sent att göra något åt det. Jag förhörde husorna efter soppan, men ingen av dem kunde ge någon förklaring till hur det hade skett. Därför tänkte jag att frun själv måste ha flyttat om placeringskorten i sista stund. Men nu förstår jag att det inte var så … Jag beklagar verkligen det inträffade, fru Winther. Hon kikade ner i golvet.

Cecilia stirrade tyst på Sigrun en stund innan hon svarade. Det fanns ingen orsak att tro att hushållerskan inte talade sanning. – Då förblir det här ett mysterium tills vidare. Jag tänker ändå gå till botten med hur det kunde gå till, förr eller senare. Tack, Sigrun. Det var allt.

I detsamma slog en förskräcklig tanke ner i henne. Kunde Rose själv ha bytt ut placeringskorten?

9

Cecilia satt vid toalettbordet och fäste pärlörhängena. Det luktade fortfarande cigarr om hennes hår, något hon inte kunde fördra. Ett par droppar rosenvatten bakom örat skulle hjälpa något. Hon lyfte upp den lilla glasflaskan och strök några väldoftande droppar bakom örat och på insidan av handlederna.

Hon ryckte till när dörren gick upp. Karl visade sig i öppningen. Han såg ut som en skugga av sig själv. Blek och med svarta ringar under ögonen. Det tjocka, mörka håret stod åt alla håll. Skjortsnibbarna hängde utanför byxorna, och skjortan var uppknäppt i halsen och visade lite av håret på bröstkorgen. Det var inte mycket som påminde om den stilige, mäktige, självsäkre Karl Christian Winther som hade hållit årets festmiddag i går kväll! Där och då fröjdade det henne att se honom sådan.

– Får man lov att önska god morgon? började han. Rösten var mörk och hes. Han drog fingrarna genom håret, osäker på vad som väntade honom. Riskerade han att få en kudde kastad efter sig? En hårborste?

Men Cecilia var uppfostrad till att behärska sig, och ett kyligt bemötande var långt mer ändamålsenligt för att få maken dit hon ville ha honom. Han skulle få krypa lite. Det förtjänade han efter att ha mist förståndet i går.

– Du får gärna fråga om det är en god morgon, sa hon. – Ärligt talat tror jag den är bättre för mig än den är för dig.

Orden blev hängande mellan dem medan han korsade rummet med långsamma steg. Han stannade bakom henne, och deras blickar möttes i spegeln. Han dunstade av konjak och cigarr. Frånvarande i sina tankar fingrade hon på ett hårspänne som låg på toalettbordet. Hon kunde känna värmen från hans kropp mot ryggen. – Tycker du det var ett lyckat firande, Karl?

Han strök handen över ansiktet. – Ja ... ja, det tycker jag verkligen? Alla hade trevligt och maten smakade förträffligt. Vinet också. Men det valde jag ju ut själv. Han skrattade ihåligt, men slutade snabbt. – Hör här, Cilla, jag vet att du är arg på mig. Men det som skedde i går kväll, det var bara lite oskyldigt nöje, inte sant?

Hon vände sig på stolen och såg upp på honom. Det ryckte lätt i hans ena ögonvrå. – Och vad var så roligt med det ni gjorde, om jag törs fråga? Jag fann det över huvud taget inte festligt. Varken den delen där ni sköt *mina* minnestallrikar i bitar, eller på sättet du höll runt Ellinor. Din egen svärdotter! Och det inför Didrik Schrøder. Vet du inte hur hans mor pratar? Hon kunde ha tjänat en förmögenhet om hon sålde varje rykte, varje lögn, hon far med.

Cecilia kunde höra hur arg hon lät. Karl borde ha vetat bättre än att sätta henne – dem – i förlägenhet på det sättet. Hon var fortfarande skakad, chockad ända in i märgen. Synen av maken med armarna runt Ellinor lät henne inte vara i fred.

Om han visste vad den gjorde med henne. Allt tvivel och all oro den väckte. Hans felsteg den gången när Fredrik var sjuk, hade lämnat henne sårbar och svartsjuk.

Oskyldigt nöje ... Kanske var det oskyldigt för honom, men för henne var det blodigt allvar. Hon slog ner blicken. Tårarna sved bakom ögonlocken.

Han tog hennes hand – Kom.

Hon tvekade. Så lät hon sig dras upp ur stolen, men undvek hans blick. Han skulle inte slippa undan så lätt.

– Nu ska du höra på mig, Cilla. Det var bara ett plötsligt och dumt infall unge Schrøder och jag fick. Jag skulle visa honom vapensamlingen, den unge mannen är intresserad av sådant, och det var då vi fick idén om att skjuta på lerduvor. Ellinor fick syn på Didrik och mig när vi var på väg ut genom dörren. Jag bar på geväret, och det fångade självklart hennes uppmärksamhet. Och eftersom hon har jagat tidigare ...

– *Jagat?* Cecilia kikade hastigt upp på honom. – *Ellinor?* Nej vet du vad ...

– Ja, hon har inte skjutit själv, då. Men Bendixen är jägare, och han har tagit med sig döttrarna på jakt ända sedan de var tämligen små. Det var så Bendixens Päls började. Han sålde päls från djur han egenhändigt hade skjutit.

Cecilia stönade. Som om det inte var nog med att stå i butik och åka skidor i byxor. Det var visst ingen ände på vad Ellinor hade gjort och prövat i sitt unga liv.

– Ellinor tiggde och bad så vackert om att få följa med oss, så vi tänkte, varför inte? Hon är ju familj nu. Jag såg ingen orsak till att neka henne det. Dessutom hade vi alla druckit ett glas eller tio för mycket ... Han log skevt.

Cecilia höjde handen. – Det räcker. Jag vill inte höra mer. Hade hon inte varit vår svärdotter, hade hon inte kommit över det här husets tröskel.

Karl lade fingret under hennes haka och tvingade den uppåt tills deras blickar möttes. – Det var ju inte Ellinors skuld eller idé. Jag tycker hon bara är charmerande, jag. Och en frisk fläkt. Det är i alla fall helt säkert. Han lade armarna om Cecilia och drog henne intill sig. – Jag är säker på att du och Ellinor kommer att bli goda väninnor när ni blir bättre bekanta med varandra, och det får ni god möjlighet till, nu när de ska flytta hit.

Cecilia svalde och sköt honom lite ifrån sig. Där kom den igen. Förväntningen om att svärdottern och hon själv skulle bli så goda väninnor. Att de, som över huvud taget inte hade något gemensamt, bortsett från att de båda älskade Christian, skulle komma så bra överens. Det kändes orimligt.

– Vad tycker du om det, Karl? Att Christian flyttar hem igen? Det var trots allt du som sände honom till Kristiania för att övervaka affärerna där. Jag kan inte tro att du är så hänförd som du gav uttryck för i går.

Det var tydligt att Karl tänkte sig för innan han svarade. – Du har rätt. Jag ska erkänna att jag blev överraskad. Han har bott i huvudstaden i knappa två år, och jag tror inte han förstår hur viktig vistelsen och arbetet är – både för honom själv och för familjen Winther. Det är en unik chans till att knyta förbindelser, lära känna firman och testa sin affärstalang. Men det är väl typiskt Christian … Han hoppar från det ena till det andra, utan hänsyn till vad andra må tänka eller tycka. Det har han alltid gjort. Men om han tror att jag kommer att skräddarsy en överordnad ställning till honom här, tar han fel. Han får sannerligen kavla upp ärmarna och visa sig värdig rollen som min arvtagare. Jag kämpade hårt för att rädda handelshuset Winther när jag var i hans ålder, och jag överlämnar det inte till Christian med mindre än att jag vet att han kommer att styra det med stadig hand in i framtiden, även efter att jag är borta.

Cecilia våndades, något hon ofta gjorde när Karl talade om deras son på det sättet. Det var inte sällan han var uppgiven över något Christian hade sagt eller gjort. Hon fick alltid en ingivelse att försvara honom. – Nu får du inte vara för hård mot honom, Karl. Och du har förvisso lovat Ellinor ett ställe att bo på. Och inte vilket ställe som helst, du sa att du skulle se till att de fick en lägenhet som ingen annan hade sett maken till i den här staden förut. Den skulle överträffa allt hon, och alla andra för den sakens skull, hade sett förut. Flottare än den finaste lägenhet i Frogner. Hon skakade på huvudet. – Det var det du sa … Eller har du kanske glömt det?

– Usch, ja, jag gjorde visst det, men det är inte något som kommer att ske över en natt. Han kliade sig i bakhuvudet.

– Just det! Cecilia fnyste. Det var typiskt Karl att haspla ur sig något sådant när han hade fått för mycket att dricka. I makens ögon var det ingen riktig fest förrän gästerna dansade på borden och ljuskronorna svajade. Eller innan värden, svärdottern och dotterns försmådda friare sköt prick på värdinnans minnestallrikar. – Under tiden ska de väl bo här hos oss, utgår jag ifrån?

– Det kommer att gå alldeles utmärkt, det är jag säker på. Ellinor är ju så livlig och varm av sig. Du såg väl hur hon strålade i går, Cilla? Alla älskar henne.

– Jag vill snarare säga att de blev överrumplade.

Han såg förvånat på henne. – Jaså? På vilket sätt då?

– Nå, du vet, allt det här pratet om polarfarare, klädreformer och kvinnorättigheter, skidåkning och jag vet inte vad … Det passar sig absolut inte. Dessutom var det *vår* silverbröllopsdag, det var vi som skulle firas, oss uppmärksamheten skulle …

Karl smackade med tungan. – Aha, så det är alltså *det* allt det här rör sig om? Ellinor stal uppmärksamheten från dig på vår stora dag. Han log skevt. – Du är väl inte svartsjuk på din egen svärdotter, Cilla?

Hon grimaserade. Hon visste att han retade henne, men det var likafullt sant. Skammen brände i henne. – Nu är det du som är dum. Jag är då inte svartsjuk på Ellinor.

– Det är bra. För det finns inte något ont i Ellinor. Hon skulle ha blivit uppriktigt förskräckt och ledsen om hon fick veta att du tror hon stal uppmärksamheten med vilje. Han strök henne över kinden. – Rose tycker om henne.

– Och inte bara henne.

Han rynkade pannan. – Vad ska det betyda? Jag är inte i form för gissningslekar i dag, Cilla. Jag har dundrande huvudvärk och …

– Operasångaren! Fann du det inte underligt att Rose var placerad vid sidan av honom? Såg du inte hur betagen hon var i honom? *Är* i honom? Hon granskade hans ansikte. – Eller trodde du kanske att *jag* hade placerat dem vid sidan av varandra?

Han ryckte på axlarna. – Verkligen? Høirup?

Hur var det möjligt att han inte hade lagt märke till det? – Rose slukar varje ord han säger, Karl. Hon talade inte med någon annan på hela kvällen.

– Jag kan inte säga att jag lade märke till precis det, Cilla. Jag tyckte bara Rose verkade glad för att ha Christian tillbaka, och det är ju en bra sak. Men jag såg väl inte så noga efter. Jag har ju bara ögon för dig, Cilla. Det vet du. Han flinade.

– Det här är allvar, Karl. Cecilia drog djupt efter andan. Karl kunde verkligen gå henne på nerverna då och då. Hon tålde inte den skämtsamma ton han använde när hon hade något viktigt att tala med honom om. – Jag har knappt sett Rose så uppslukad av någon förut. Av *något*! Den unge mannen hade inte behövt pressa ur sig så mycket som en ton. Han kunde bara ha knäppt med fingrarna så skulle hon ha följt honom till världens ände, det är jag säker på! Hon suckade tungt. – Rose låter sig ledas alltför lätt, Karl. Hon svärmar från den ena till den andra. Det ska inte till mer än ett leende. En förförande blick. Jag var inte sådan i den åldern.

Karl skrattade och slog armarna om henne. – Du var lite äldre, men det var inte *så* svårt att få dig dit jag ville. Han strök henne över ryggen. Hon kunde känna hans hårda kropp genom silkesklänningen.

– Vad menar du med det? frågade hon strängt. – Jag var då en ordentlig flicka. Och jag minns att du tvingades kämpa hårt för att övertyga far om att du kunde ge hans dotter ett bra liv här uppe i norr.

– Och jag minns att du frågade om det fanns isbjörnar där jag kom från. Han flinade. – Jag svarade att javisst, det fanns det, men att jag var så bra på att skjuta att du inte skulle bekymra dig. Minns du det?

Det ryckte i hennes mungipor, men hon hade bestämt sig för att inte le, och det trots att hon fann det han sa lustigt. Hon ville inte ge honom den glädjen ännu. – Du var som en barbar i mors och fars fina salonger. Hade det inte varit för att du kunde locka med hjortjakt och laxfiske i egen älv, är det inte säkert att vi hade stått här nu. Far lät sig både lockas och förföras, precis som jag lät mig förföras av dig.

– Och när det gäller mina övertalningsförmågor, ska de definitivt inte undervärderas. Hans blick var mörk av begär, och han drog henne varsamt mot sängen. – Jag får som regel det jag önskar.

Hon gjorde sig fri. – Men inte alltid, Karl. Vi har inte talat färdigt om Rose. Dessutom är jag redan påklädd och på väg ner. Fredrik sitter ensam vid frukostbordet.

Han suckade uppgivet. Hans varma andedräkt luktade fränt. Cecilia rynkade på näsan. – Så låt oss tala om Rose. Hon är bara sjutton år gammal och behöver tid att bli vuxen.

– Flera av hennes väninnor är förlovade redan, Karl. Rose är inget barn längre. Hon bör uppföra sig därefter.

Han slog villrådigt ut med armarna. – Ja, ja, du kanske har rätt. Kanske borde hon ha visat mer diskretion i förhållande till Høirup, men ingen skada skedd, eller hur? Rose är både vacker och charmerande. Det är inte konstigt att en man som Høirup försöker ställa sig in hos henne.

– Precis! Och du kan inte blunda för det. Tänk om han är ute efter att utnyttja henne på grund av den hon är? En ung, ogift kvinna från en god och välbärgad familj … Cecilia teg ett ögonblick. – Jag vill bara inte att något ska förstöra för Rose, Karl. Man kan aldrig vara för försiktig, inte sant? Det var det Tilda sa. Hon …

– Tilda? Det var som om Karl plötsligt vaknade till liv. – Vad har hon med det här att göra?

Cecilia vred på sig. – Inte annat än att hon säger att det gäller att se upp så inte Rose fördärvar för sig själv. Att hon inte låter sig utnyttjas av sådana som … som Høirup. Män som använder unga kvinnor som Rose för att klättra uppåt på samhällsstegen. Cecilia bet sig i läppen och funderade över hur mycket hon borde säga. – Tilda föreslog att vi borde skicka bort henne …

– Bort? Hur kan hon föreslå något sådant? Dessutom trodde jag du gruvade dig för den dagen Rose skulle flytta ut.

– Det gör jag fortfarande. Men Rose verkar så rastlös, och en utlandsvistelse kanske kan göra henne gott.

Karls ansiktsuttryck mildrades när han fick tänka efter. – Du menar på en bildningsresa av något slag? Är det något speciellt land du har i tankarna? Italien? Tyskland? Hon kan besöka din syster … Tja, det hade kanske inte varit så dumt? En bildningsresa har inte skadat någon.

Cecilia svalde. Tanken på att sända bort Rose fick det att vända sig i henne. Även om dottern ibland drev henne till vansinne, förmådde hon inte föreställa sig vardagen utan något av barnen kring sig. Hon väntade fortfarande på den dagen när det skulle kännas naturligt att släppa dem.

– Du vaktar henne oavsett väl, Cilla. Som en hök. Rose har ingen möjlighet att göra något galet. Han drog på smilbandet.

– Jag vill ändå att du talar med Høirup, Karl. Du måste förklara för honom, på ett lugnt och trevligt sätt, att det var ett missförstånd att han fick Rose till bordet. Han får inte ha några förhoppningar.

Karl fick tillbaka det trötta draget. – Vad gör jag inte för dig? Men allra först måste jag lägga mig ner lite. Det blev ingen behaglig natt på chesterfielden.

Cecilia gick bort till dörren. – Jag ska be Sigrun komma upp med ett glas vatten och något som kan hjälpa mot huvudvärken. Du ser ut att behöva det.

10

Fredrik satt ensam vid det stora, ovala matbordet som de hade ärvt efter Karls föräldrar. Det var i mahogny, med utdragsskiva. Spegelskåpet var i samma mörka träslag och hade utskärningar och förgyllda beslag. Sonen högst upp på ena långsidan med nacken lätt böjd och blicken vänd ner i tallriken. Han verkade inte höra att hon kom in.

Strimman av solljus vandrade över det blankpolerade bordet och träffade Fredriks lugg och fick håret att glänsa. Det var nykammat, och hon undrade hur lång tid det hade tagit honom att få det så slätt. Fredrik hade ärvt hennes färger, och ibland, oregerliga hår. Speciellt i fuktigt väder, något det ofta var vid den här tiden av året, lockade och krusade det sig vid tinningarna. Sonen verkade fördjupad i tankar. Han hade alltid trivts i sitt eget sällskap. Hon visste att inne i hans huvud fanns det ett litet universum av tankar, drömmar och betraktelser, och att han absolut inte var ensam.

Och över skänken i cederträ hängde ett stort stilleben av en blomsterdekoration. Cecilia hade otaliga gånger försökt tyda signaturen för att ta reda på vem konstnären var, men utan framgång. Hon ångrade att hon inte hade frågat svärmodern om det innan hon dog, för Karl var inte till någon hjälp. Av en eller annan orsak hade hon aldrig tyckt om tavlan, och hon hade försökt förstå varför. Till sist hade hon slutit sig till att det var för att den ena blomman hängde med huvudet. Det var mycket störande och, inte minst, frustrerande eftersom hon inte kunde göra något åt det. Kanske var det en idé att byta ut den mot målningen som Karl hade gett henne i present? Då kunde hon drömma sig tillbaka till Rom under måltiderna varenda dag … Men det fick vänta ett tag. Hon behövde tid för att svälja besvikelsen. Att hon kunde vara så dum och tro att de skulle resa till Rom.

Cecilia vände uppmärksamheten mot Fredrik igen. Hon kunde inte ge sig till tåls, utan petade honom lätt på axeln. – God morgon.

Sonen hoppade till så handen som höll i kniven gled åt sidan och en baconstrimla hamnade på bordet. Han plockade snabbt upp baconbiten och lade den på assietten. – Jag hörde inte att du kom. Har du stått där länge?

Hon försökte svälja skrattet som bubblade i henne. – Nej då, inte så länge. Jag beklagar, det var inte meningen att skrämma dig. Hon satte sig mittemot honom.

Fredrik såg trött ut, även om han var den morgonpigge i familjen. Alltid först uppe. Men han hade väl lagt sig sent, han också. Det var något med honom som fick henne att bli betänksam. Han hade ett plågat uttryck. Något inte ens en god frukost med ägg och bacon kunde lösa. – Du verkar inte speciellt pigg i dag?

– Gör jag inte? Han pressade fram ett leende och petade i äggröran med gaffeln. Ingen av hennes pojkar petade i Margits mat. Tvärtom, de brukade sluka den. – Det blev inte så mycket sömn i natt. Han teg lite. – Men det är inte det. Det är far …

Cecilia slöt ögonen. Nu kom det. Han var besvärad över fadern som hade gjort bort sig inför hela sällskapet.

– Vi pratade med varandra innan festen i går. Far undrade vad jag ska ta mig till nu när jag inte har tänkt resa tillbaka till studierna i Köpenhamn.

– Å … Cecilia kände sig lättad. – Vad kom ni fram till då?

Han vred sig. – Nå, jag tänker fortsätta studierna här. Men far föreslog att jag under mellantiden kan hjälpa honom i sommar. Han behöver hjälp på kontoret. Pappersarbete och sådant.

Den djupa sucken som följde, träffade henne över bordet, men inte så hårt som Fredrik nog hade hoppats. Cecilia harklade sig. Hon var tvungen att anstränga sig för att inte låta för undervisande. – Far är en mycket duktig affärsman, Fredrik, och du har mycket att lära av honom. Nu när du har lov, och vi bara ska vara i staden i sommar, är det väl bättre att hjälpa far än att driva längs gatorna? Vad ska du annars ta dig till?

Fredrik grimaserade. – Du har säkert rätt, och det är inte meningen att framstå som otacksam. Det är bara det att jag över huvud taget inte intresserar mig för fars affärer och ännu mindre för tråkigt pappersarbete. Han slog ut med armarna. – Kan inte Christian hjälpa honom? Det är trots allt han som ska driva allt vidare. Inte jag.

Cecilia undrade. Det fanns en underton i det Fredrik sa, som var svår att tyda. Han hade alltid verkat harmonisk – ja, närmast lättad över att det var Christian som skulle ta över familjeföretaget den dagen Karl kände att tiden var inne. Men nu tyckte hon att det fanns en bitterhet att spåra i hans röst. Hon sträckte handen över bordet och lade den på sonens. – Christian har just kommit hem, Fredrik, och han har Ellinor med sig. Även om far och Christian helt säkert har både det ena och det andra att diskutera, tvivlar jag på att det i örsta taget är kontorsarbete som står överst på Christians attgöralista. Han vill säkert visa Ellinor staden, träffa sina gamla vänner, och de har mycket att ordna med flytten och …

Fredriks ansiktsuttryck fick henne att hejda sig. Han verkade så moloken där han satt. Var han inte blek om kinderna också? De gamla, plågsamma minnena dök upp igen. De hade varit så nära att mista honom, och rädslan för att något skulle ske med honom, att han skulle dö, släppte aldrig taget om henne. Fredrik hade haft tur den gången, även om hans ena ben fortfarande var svagare än det andra. Men det var det enda synliga menet efter den förfärliga sjukdomen. Ändå tänkte hon alltid att Fredrik, mer än de andra barnen, mådde bra av frisk luft, vila och ro. Han var inte skapt för det hektiska stadslivet. Karl beskyllde henne för att vara överbeskyddande, och hon visste att Fredrik gärna skulle ha varit utan hennes bekymmer. Men han var hennes barn, och hon skulle alltid vara rädd för att mista honom.

– Jag är säker på att ni når något slags enighet, Fredrik. Vad sägs om att du hjälper far delar av sommaren? Det är ju tack vare fars affärer som vi är så lyckligt lottade att ha allt det här. Cecilia slog ut med armarna. Mot tallriken som var fylld med sprödstekt bacon, saftiga, små korvar och äggröra som lyste sommargul mot det sköra porslinet. Mot de praktfulla kandelabrarna i silver och all kristall och gulduret som stod på kaminen. Det var viktigt att barnen förstod värdet av det de hade, och var det kom från. De skulle förstå att ingenting var en självklarhet. Karl, och föräldrarna före honom, hade arbetat hårt.

Fredrik torkade sig i mungiporna med servetten och log kort. – Du ska inte bekymra dig, mor. Far och jag löser nog det här, som du säger. Tack för maten. Han reste sig, gick bort till henne och kysste henne på kinden. Han drog det ena benet lite efter sig. Cecilia hade många gånger föreslagit att han borde använda käpp, men Fredrik nekade blankt. Han ville inte se ut som en gammal krympling. – Jag tar en promenad. Vi ses till middagen.

– Kom ihåg regnrocken! ropade hon efter honom.

Men han hade redan stängt dörren bakom sig.

Cecilia blev sittande ensam medan hon stirrade frånvarande på målningen hon aldrig blev riktigt klok på. Det var visst mycket hon inte blev klok på nuförtiden. Inte minst gällde det förhållandet mellan sonen och svärdottern.

Christian hade varit väldigt tjusad av Ellinor i början, och Cecilia hade bestämt sig för att hon inte skulle stå i vägen för deras lycka, även om hon hade tvivlat på att Ellinor var den rätta makan för sonen. De få dagarna de nu hade tillbringat under samma tak, hade förstärkt tvivlet. Tonen de hade sinsemellan, var den en del av allt det här »moderna« som Ellinor var en förkämpe för? Det var ett direkt, ofta skarpt sätt att tala till varandra. Och gärna så andra hörde det också. Det var över huvud taget inte så som Cecilia var uppfostrad. Diskretion var en dygd, och något man skulle eftersträva. Man höjde inte rösten mot varandra, och det var inte allt som lämpade sig för allas öron. Vissa saker tillhörde den privata sfären mellan man och hustru.

Samtidigt hade Christian druckit häftigt på festen. Cecilia var säker på att han inte hade menat att låta så grov som han gjorde när han skällde på Ellinor i går kväll. I dag var en ny dag, och de kunde lägga allt det bakom sig.

Cecilia vände sig om när Sigrun kom in i rummet, bärande på en liten silverbricka. Hushållerskans kinder var röda och ögonen stora.

– Det har kommit brev, fru Winther. Från England! Hon sa det som om det var första gången i historien som ett brev faktiskt hade funnit vägen från Shere på den engelska landsbygden till Trondheim.

Cecilia tog emot kuvertet utan att säga ett ord. En liten stund blev hon sittande och strök fingrarna över det tjocka, krämgula papperet och frimärket med porträttet av drottning Victoria. Så kom svaret alltså … Alltför sent, men det hade åtminstone kommit.

Hon kände Sigruns blick på sig och kikade upp på henne.

Hushållerskan drog snabbt till sig blicken och harklade sig torrt. – Om det inte är något mer frun önskar, så …

Cecilia skakade svagt på huvudet och reste sig från bordet. – Jag tar en promenad i trädgården. Du kan be Olava duka av bordet. Herr Fredrik är klar med att äta.

Sigrun nickade besviket och försvann ut ur rummet igen. Hushållerskan skulle nog gärna ha velat veta vad som stod i brevet. För Cecilia, däremot, var det inte brådskande.

Fredrik trampade söderut längs Kjøpmannsgaten. Ett ögonblick tvekade han över om han skulle cykla rakt fram tills han kom till Bispegaten, som han brukade göra, eller ta till höger på Kongens gate. Han visste inte om han klarade av att cykla förbi det gapande, svarta hålet där Den Borgerlige Clubs gård, Huitfeldtgården och flera andra ståtliga hus hade stått för bara några veckor sedan. Men det var inte bara det som fick honom att tveka. Det var hela hans sinnesstämning. Den gnagande klumpen i magen.

Irriterat tog han till höger vid rådhuset och cyklade förbi brandstationen och de små popplarna. Han fortsatte vidare förbi banken, Löveapoteket och telegrafen. Dåligt samvete var ett otyg, och det var bortkastat såvida man inte gjorde något åt det. Allt skulle ha varit bättre om han hade vågat säga fadern sanningen. Nämligen att han över huvud taget inte intresserade sig för affärer, aktier och investeringar, och det trots att han hade en långt bättre förståelse för siffror än vad Christian hade. Att vara yngste sonen hade sitt pris, Christian skulle ärva det mesta, men det hade också sina fördelar. Så som friheten att själv välja vad han ville bli. Att välja vart han skulle fara, och vad han ville göra med sitt liv. Han önskade inte bli ställd inför samma förväntningar och krav som storebrodern, även om Christian hade fått sin vilja fram när han gifte sig med Ellinor. Allra minst önskade Fredrik att bli indragen i familjefirman utan att ha någon verklig makt där och sluta som broderns sekreterare och högra hand. Han skulle sitta kvar med allt arbete medan Christian roade sig och spelade bort förmögenheten …

Dessutom var det sommar, och det han önskade mest av allt, var att cykla runt i staden, läsa bra böcker, gå på kafé och läka sitt sårade hjärta, så han blev hel igen.

– I Herrens namn, se er för!

Prästen i Vår Frue kirke snurrade runt så den svarta prästkappan virvlade om hans ben när Fredrik snuddade vid honom med cykeln. I alla sina grubblerier hade han glömt att hålla blicken på gatan framför sig. Prästen, som nog var intet ont anande när han korsade den breda gatan, fick ett hastigare uppvaknande än han hade önskat sig den här morgonen. Så snart Fredrik hade återvunnit balansen, höjde han handen och ropade över axeln: – Beklagar så mycket, pastor Herlofsen! Önskar er en fortsatt bra dag!

Fredrik hoppades att inte polismästaren hade uppfattat det lilla uppträdet framför kyrkan, men när han kikade upp mot fönstret på Hornemansgården, stod polismästaren där i full uniform och drack morgonkaffet medan han skådade ut över staden och människorna han så samvetsgrant vaktade. Om han hade sett olyckan som nästan inträffat, hoppades Fredrik att han hade förstått att det var ett missöde. Det var väl ingen som försökte köra ner en stackars präst med vilje.

På andra sidan gatan, på trappan till Sommergården med det imponerande toskanska pelarpartiet och svanen över dörren, stod apotekaren med tummarna väl instuckna under västen medan han vägde på hälarna och ropade efter Fredrik: – Du får hälsa din mor och far!

Fredrik vinkade tillbaka och insåg hur mycket han hade saknat staden de månader han hade tillbringat i utlandet. Studievistelsen framstod som den värsta perioden i hans liv. Förtvivlan och hjärtesorgen över flickan han hade förälskat sig i, men som redan var bortlovad till en annan, var plågsammare än något annat han hade upplevt.

Det var först när han hade rullat förbi landshövdinge-residenset och vidare till höger längs Olav Tryggvasons gate, som till i fjol hette Strandgaten, som han insåg hur hungrig han var. Han hade ju knappt ätit en bit av den härliga frukosten Margit hade lagat åt honom. En tidig lunch på Britannia Café var en möjlighet, men han kände sig inte klädd för det. Tweedkavajen och de bruna byxorna passade bättre för en tur i skogen. Skorna var välanvända, och modern skulle nog se till att få dem kastade så snart hon upptäckte dem. Men de var behagliga på fötterna, och han såg inte poängen med att köpa nya.

Ett konditori kunde han gå på, och han skulle inte behöva leta länge heller, för staden hade flera. Det närmaste var Jacob Halseths ångbageri och konditori på hörnet av Krambugaten och Brattørgaten. Det stora stenhuset rymde både karamell- och konfektfabrik, mejeri och makaronifabrik. Det mest imponerande var ändå den underjordiska järnväg som han visste knöt ihop bageriet med packhuset på Krambugaten. Fredrik klappade på kavajfickan och kände att det låg några mynt där. Tillräckligt för en bulle och en kaffe åtminstone.

Han hoppade elegant av cykeln utanför det vita stenhuset, men såg till att inte landa på det svaga benet. Cykeln var en Styria – kedjedriven och med pedaler och luftfyllda däck. Dessutom hade den växel. »Norskt fabrikat – Prima material« stod det på emblemet på den brunsvarta ramen. Vidundret hade kostat honom 250 kronor, men den var värd varenda krona. Med den kunde han förflytta sig fritt runt omkring i staden, utan att tänka på benet och utan att någon lade märke till den lätta hältan. Inte för att han brydde sig så mycket om det. Han hade haltat så länge han kunde minnas, och ingen hade vågat reta honom för det när han växte upp. Alla barnen visste att de fick med Christian att göra om de försökte sig på något. Storebrodern var både längre och mer muskulös än de flesta pojkarna på gatan.

Dessutom gillade Fredrik uppmärksamheten som cykeln förde med sig. Med ett litet klämtande med ringklockan som var fäst vid styret, kunde han få fruarna att förskräckta hoppa åt sidan. En gång hade han skickat självaste biskopinnan in i domarens röda vinbärsbuskar. Efteråt var han livrädd för att biskopen själv skulle infinna sig vid deras dörr och ge honom en reprimand – i Guds namn – som han sent skulle glömma. Den förre biskopen hade varit mild och myndig, medan Nilssön Skaar var sträng och myndig. Det var något alla visste.

Fredrik stöttade cykeln försiktigt mot väggen, klappade den på sitsen och såg till att den stod på lagom avstånd från fönstret så att han kunde hålla ett öga på den. Två trappsteg ledde in till konditoriet. Det var ett bra tag sedan han hade varit här, han föredrog Erichsens uppe vid Vår Frue, och dessutom hade han varit borta länge. Men i dag var det alltså hit Styrian och hungern hade tagit honom.

Klockan över dörren gav ifrån sig ett klämtande när han kom in. På den långa köpmansdisken stod brickor och fat på fot med de läckraste kakor och korgar med bröd, rundstycken och andra bakverk. Det doftade nymalt kaffe, nybryggt te och vanilj och lukten fick det att kurra högt i magen. Fredrik såg upp och rakt in i ett bistert kvinnoansikte. Det hjälpte inte att madammens hår var uppsatt i en knut så stram att hennes ansiktshud blev dragen bakåt och ögonen blev till smala streck.

Han förväntade sig att hon skulle slå sina långa, knotiga fingrar mot glasdisken i ren otålighet, men det gjorde hon självklart inte. Fläckar på glaset var nog det sista madammen önskade.

– Vad kan jag fresta den unge herren med? Hennes röst var överraskande vänlig, och Fredrik ångrade sina tankar meddetsamma. Han, av alla, borde veta att man inte borde döma någon utifrån hur personen såg ut. Hans blick flackade ännu en gång över alla godsakerna som stod på och bakom disken. Snabba beslut hade aldrig varit hans styrka.

– Tja, en solskensbulle och en kaffe, tack, sa han till slut och madammen nickade.

– Hitta er bara ett bord vid fönstret, så kommer vi och serverar er strax.

Fredrik gjorde som hon sa. Han satte sig vid ett av de få fönsterborden. Det hade god utsikt mot cykeln och gatstumpen utanför. Han lade märke till att gatan var torr för omväxlings skull, men när han kikade upp, kunde han skymta ett blygrått lock som sakta, men säkert drog över den blå himlen. Det fina vädret kunde självklart inte vara. Och han hade så klart inte tagit med sig regnrocken.

Det satt ett äldre par några bord bortanför honom, men han kände dem inte. Nu kikade mannen upp från sin kaka och nickade lätt. Fredrik hälsade tillbaka. Det var härligt att få sitta här ostörd. De flesta av hans vänner hade rest från staden för sommaren. Dessutom var han inte den som tilldrog sig mest uppmärksamhet. Det var inte som Christian, som gick in i vilket rum som helst och fick allas ögon riktade mot sig. Inte minst från kvinnor – i alla åldrar. Hur hade de två blivit så olika? Frågan hade intresserat Fredrik länge. Han hade utan besvär följt med på de naturvetenskapliga ämnena – i motsats till storebrodern. Han hade lärt sig om arv och miljö, och det fascinerade honom att två bröder, som hade vuxit upp under samma tak, med samma förutsättningar, kunde bli så olika. Inte bara till utseendet, utan också när det gällde sättet de tänkte och betedde sig på. Intressena och livssynen. Inte för att han kände sig mindre värd på något som helst sätt, tvärtemot, han levde utmärkt i skuggan av storebrodern.

Fredrik stack handen i innerfickan och drog fram boken som låg där. Han gick knappt någonstans utan en bok eller skissblock. I dag var det unge Werther som var med på turen. Han hade läst boken förut, flera gånger till och med, men handlingen fängslade honom fortfarande. Historien om den unge mannen som aldrig ger upp kärleken, men som till slut tar sitt liv på grund av den, gav alltid Fredrik gåshud. Det var som om han kände Werthers lidelsefulla förälskelse i kroppen. Hoppet och drömmarna. Förtvivlan över att inte få den man älskar. Den brännande svartsjukan och den bottenlösa sorgen när man inser att det inte går. Att kärleken är förlorad.

Fredrik hade själv varit i den situationen den här vintern och våren. Han hade förälskat sig vansinnigt i en flicka han aldrig kunde få. Hon hade bott i samma hus som han i Köpenhamn. Ett ståtligt hus i stadens bästa område. Amelie hette hon, och han hade förlorat sitt hjärta till henne redan den första veckan han bodde där. Resten av vistelsen blev en smärtsam affär präglad av längtan och kärlekssorg. Han klarade knappt att äta. Att fokusera på studierna var omöjligt. Han hade snabbt förstått att han måste ta sig därifrån om han inte ville sluta som Werther.

Till familjen hade han skyllt på hemlängtan. Han hoppades att ingen – och i alla fall inte syskonen – fick nys om den verkliga orsaken till att han kom hem igen. De skulle reta honom och kalla honom för en hopplös romantiker. Sanningen var att han trodde på den stora, totala kärleken. På en kärlek som var större än universum. I alla fall större än honom själv. Han visste att *hon* fanns där ute någonstans. Och att hon bara väntade på att han skulle komma haltande förbi …

Cecilia vandrade runt i den lilla trädgården på baksidan. Det var mer korrekt att kalla den en trädgårdsplätt. En liten fyrkant med plats för några rosenbuskar och en vitmålad bänk. Handflatorna var kallsvettiga, och händerna skälvde lätt när hon drog upp brevarket, som var vikt i fyra delar, ur kuvertet. *Ta dig samman, Cecilia*, förmanade hon sig själv. Det fanns absolut ingen orsak att vara så nervös. Det var bara ett brev.

Hon vek ut arket och höll det lite på avstånd för att kunna läsa det bättre. Hon hade alltid haft bra syn, men den senaste tiden hade det blivit allt svårare att läsa på nära håll.

Dear Cecilia. Hon kände igen moderns handstil meddetsamma. Hjärtat ökade ögonblickligen takten. Blicken gled snabbt över orden medan huvudet försökte tyda det som stod skrivet mellan raderna. Modern hade aldrig varit öppenhjärtig om något alls. Cecilia kunde se henne för sig där hon satt vid den mörkbruna chiffonjén i sovrummet hemma på Oaktree Manor. Chiffonjén hade utskurna lejonhuvuden och många små lådor som saker kunde försvinna i. Lukten av torrt cederträ och möbelpolish svävade förbi henne ett ögonblick. Cecilia föreställde sig moderns strama ansikte, det var uttryckslöst, där hon satt rakryggad och doppade pennspetsen i bläckhornet. Hade hennes ansikte blivit mjukare med åren? Hade även hon fått ett nät av små linjer som talade om vilka av livets vägar som var tagna – eller bortvalda?

Oavsett hur intensivt Cecilia försökte, förmådde hon inte återkalla minnet av moderns leende. Hade hon någonsin sett henne le? Le äkta och från hjärtat? Så som Karl fick henne att le varje gång han andades henne varmt i nacken och det kittlade så. Eller varje gång Christian berättade en rövarhistoria för henne. För att inte tala om Fredrik, som brukade snubbla på den tjocka mattkanten i salongen för att han i regel hade näsan begravd i en bok medan han gick. Och sist, men inte minst, Rose … Dottern kunde spela så vackert på pianot att det lämnade Cecilia med ett saligt leende på läpparna och en värkande klump i halsen. Det var sådana små saker som roade henne och gjorde henne glad och lycklig. Hade modern någonsin känt samma glädje?

Fadern var vid dålig hälsa, skrev modern. Det hade börjat med en svår hosta i vinter, och den ville inte ge med sig. Nu var modern bekymrad över vad som skulle ske om han gick bort – och Elizabeth och hon själv stod ensamma kvar.

Cecilia var inte förberedd på den nyheten. Fadern hade varit stommen som höll familjen uppe. Det gjorde ont att han var vid dålig hälsa, kanske döende, utan att hon hade vetat om det. Vad skulle ske om han försvann?

Peter cirklar redan runt oss som en gam över ett kadaver, skrev modern vidare. Det var som om den skarpa stämman gav genljud i Cecilias öron. Hon såg för sig munnen som snörptes ogillande, och den otåliga knycken på nacken.

Peter, ja. Cecilia mindes kusinen som en knubbig pojkvasker i knäbyxor och med slätkammat hår. En lipsill och en morsgris. Hon och systern hade nästan skrämt vettet ur honom när de gömde en i högsta grad levande padda i hans sjömansmössa. Peter, som var flera år yngre än de, hade tjutit och sprungit rakt till föräldrarna och skvallrat, något som hade resulterat i en veckas husarrest för flickorna. Och nu skulle den lille pojken ärva allt de ägde? Hela godset och rosenträdgården, stallet och åkrarna runt? Den lilla insjön som de älskade att ta roddturer på? Groddammen. Skogen där det som aldrig skulle ske, skedde.

Hon läste vidare. Det stod inte ett ord om Elizabeth. Cecilia antog att ingenting hade ändrat sig, att systern var densamma. Lika tyst och tung till sinnes som alltid. Föräldrarna hade för längesen gett upp att nå in till henne.

Svaret Cecilia hade väntat på, kom till slut – efter alla moderns bekymmer om sjukdom, döde och girige kusinen Peter, som väl hade blivit en vuxen man med hustru och egna barn nu. Även om tanken på att någon kunde falla för honom och dessutom få barn med honom, var otänkbar. *Därför kan vi dessvärre inte komma*, avslutade modern. *Vi önskar er ett fint firande.*

Brevet var signerat *Your Mother*. Ingen kär hälsning. Cecilia blev stående en stund med brevet i handen och stirrade ut i luften. Så höjde hon arket mot näsan och drog in doften av det. Varför? Vad hade hon förväntat sig? En antydan av rosorna i trädgården, eller av moderns tunga, kryddiga parfym? Cecilia visste vilken av de två hon skulle ha föredragit. Men brevet luktade ingenting. Bara av papper och bläck. Om bläck över huvud taget hade en lukt.

11

– Här kommer jag med kaffe och bulle.

Fredrik stängde boken, utan att ha läst så mycket som en halv sida, och log mot madammen med den stränga uppsynen och den vänliga rösten. I ett kort ögonblick var han säker på att käken lossnade, för det var inte madammen som stod vid hans bord. Däremot var det en änglalik varelse med läppar rosa som hallon. Blont hår omgärdade hennes ansikte som den vackraste solskensdag. Det var som att stirra in i personifieringen av en romantisk dikt. Han svalde torrt och slöt snabbt den gapande munnen.

– Jag kommer med kaffet och bullen du beställde, upprepade hon när han inte svarade. Så lyfte hon kannan med kaffe, sockerskålen, mjölkkannan och koppen från brickan och ställde på bordet. Hans blick följde hennes händer. De var nätta, men med knogar som var en aning röda och ömma. Han fick lust att gripa tag i dem, stryka dem varsamt och lägga dem intill sin kind, men det var självklart en dum tanke. Hon drog raskt händerna till sig igen och stack dem i förklädsfickan. Var det för att han hade sett så på dem? Han hade inte menat att göra henne förlägen.

– Tack, jag … tack, stammade han till slut. Inom sig stönade han. Måste han framstå som en komplett idiot just nu? Kunde han inte bara ha sagt ett högt och tydligt »Tack, fröken«, lett artigt och fortsatt att läsa i boken? Inte för att det spelade någon roll, för hon verkade inte bry sig om det. Hon log och neg – och gick sin väg.

Det brann i Fredriks kinder. Om han bara hade sett henne komma. Då kunde han ha tänkt ut en vettig replik – eller i vart fall sagt något om vädret. I stället hade han sett ut som en gapande idiot där han satt. Hon var säkert van vid det. En vacker flicka som hon efterlämnade väl varje ung man trollbunden.

*

Cecilia stoppade tillbaka brevet i kuveret. Hon skulle självklart svara på det, men inte nu. Det var tusen andra saker hon måste ta itu med, och hon behövde tid att smälta att fadern var sjuk. Och lille kusin Peter. Som inte var så liten längre.

Hon kikade upp på raden med fönster som vette ut mot bakgården. Flera av dem stod på vid gavel. Hon hade ännu inte sett skymten av Rose. Huvudvärk, hade Sigrun sagt. Själv tvivlade Cecilia på att det var det som plågade dottern. Rose var nog arg på henne efter episoden i går. Sårad och förnärmad. Cecilia ångrade ändå inte att hon hade sagt dottern några sanningens ord. Det var viktigt att Rose visste att det var ett misstag att hon fick Høirup till bordet.

Cecilia lyfte på en rosengren som hängde med huvudet. Modern hade aldrig frågat henne om hur hon hade det.

Känslor skulle inte visas eller talas om. Att gråta, om det var nödvändigt, måste göras i enrum. Modern hade varit en mästare på att stänga känslorna inom sig. Oavsett hur oregerlig, uppspelt eller ledsen Cecilia hade varit, mötte modern henne med samma oberörda min. Kanske borde hon vara glad för att Rose tordes visa känslor. Cecilia suckade. Om det bara inte hade varit så många av dem.

Hon kikade upp igen när hon hörde höga röster. De kom från Christians och Ellinors rum, och tonen lät inte speciellt älskvärd.

– Alltid måste du gå på tvärs mot det som är förväntat av dig, Ellinor. Hade vi inte kommit överens om att vi skulle vänta med att berätta om flyttplanerna till efter festen?

– Jag lät mig ryckas med, hörde Cecilia Ellinor svara. – Stämningen var så god … Det bara for ur mig, Christian.

Det var obehagligt att lyssna på. Cecilia var av den uppfattningen att sådana oenigheter skulle hållas bakom stängda dörrar. *Och* fönster. Hon kastade en blick mot det öppna köksfönstret och hoppades att inte hela staben lät sig underhållas av grälet där uppe.

– Det mesta bara far ur dig. Det är det som är det stora problemet, Ellinor, fortsatte Christian. – Du vet inte när du ska hålla mun!

Cecilia stelnade till. Det var då definitivt ingen ton att ta gentemot sin hustru. Och hon som hade ursäktat sonen och tänkt att det var alkoholen som hade talat i går. Att han absolut inte hade tänkt vara så vass mot henne.

– Nu är du orättvis, Christian! svarade Ellinor. – Du brukade värdesätta våra samtal. Du sa att du fann dem roliga. Uppfriskande.

Cecilia höll andan medan hon väntade på Christians svar. Det kändes fel att tjuvlyssna på det här sättet, men det var inte hennes fel att fönstret stod öppet.

– Det är annorlunda nu. Vi bor under mina föräldrars tak. Det finns hänsyn att visa. Du kanske kommer att lära dig efter hand, sa han uppgivet.

Cecilia orkade inte höra mer. Tänk om de upptäckte att hon stod här ute. Att hon kunde höra vartenda ord … Så fruktansvärt pinsamt. Hon smög sig mot köksdörren och bad om att de inte hörde gruset knastra under skosulorna, men det var ingen fara. Trätandet fortsatte medan hon gick in. Innan hon nådde hallen, var Christian i full fart nerför trappan. Han försvann ut genom dörren innan hon fick önska honom så mycket som god förmiddag.

Med raska steg gick hon uppför trappan. Obehaget dröjde kvar i henne. Hon tvekade ett ögonblick utanför gästrummet, men inte ett ljud hördes där inifrån. På det lilla avlastningsbordet vid sidan av dörren stod två vaser med fräscha blommor i. Hade hon inte satt den ena vasen inne hos Christian och Ellinor? Cecilia skakade på huvudet. Hon fick undersöka det sedan.

Försiktigt knackade hon på dörren till Roses rum och väntade på svar.

– Kom in, ljöd en spak röst från den andra sidan.

Cecilia gick in. Dottern halvlåg i sängen, med ryggen uppstöttad av flera kuddar. Det tjocka, rödblonda håret var utslaget och låg i vågor ner över det vita bomullsnattlinnet. Luften var instängd, och gardinerna bara delvis frándragna. På toalettbordet låg kammar och hårspännen samt silverborsten med monogram som Rose hade fått i dopgåva. På nattduksbordet låg flera modemagasin, och på en puff i ena hörnet satt Roses porslinsdockor på rad. Det var något vemodigt i deras stirrande, mörka ögon. De hade varit en del av Roses barndom. Blivit lekta med och varit omskötta. Deras flätor hade sidenrosetter, och strumporna i de små, svarta lackskorna var kritvita. Det gladde Cecilia att dottern hade valt att låta dem bli kvar här. Att hon inte hade stuvat undan dem i en låda på den mörka vinden. Kanske var det ett tecken på att hon inte helt ville släppa barndomen? På lekfullheten och det icke bindande. På det oskuldsfulla och obesudlade. Cecilia ville inte släppa det, hon heller.

Hon betraktade dottern diskret. Återigen slog det henne hur lik Rose var hennes syster i England. Till utseendet, märk väl. De hade samma rödblonda hår. *Strawberry blonde*, skulle de ha sagt hemma. Rose, däremot, skulle aldrig i livet medge att hennes hår hade minsta antydan till rött i sig. Smilgroparna, som kom till synes när hon skrattade, var lika charmerande som Elizabeths hade varit när hon fortfarande log. Men det var svårt att locka fram Roses leende nuförtiden. Mungiporna pekade oftare nedåt än uppåt, och de få gånger Rose öppnade munnen, var det för att yttra bara det allra nödvändigaste.

– Klockan är snart elva, vännen. Jag ville bara höra hur det är med dig. Sigrun sa att du hade ont i huvudet.

Rose nickade med nöd och näppe. – Hon menade att det kunde vara vädret. Det är ju så skiftande ... Hon plockade frånvarande på kanten av täcket och undvek att möta hennes blick.

Cecilia dristade sig till att gå bort till sängändan. När hon till slut fick ögonkontakt med Rose, kändes det som en bragd.

– Du är fortfarande arg för det som skedde i går. Men du ska veta att jag inte ångrar något av det jag sa. Om du tror att jag och far placerade dig vid sidan av Høirup med vilje … Det var ett stort missförstånd, Rose. Det skulle aldrig ha skett, men det gjorde det alltså.

Hon ville ännu inte röja misstanken hon hade om att det var Rose som hade flyttat om placeringskorten. Hade hon tur, skulle Rose avslöja sig själv på ett eller annat sätt.

En ilsken rynka kom till synes mellan Roses perfekt bågformade ögonbryn. – Om du bara kunde sluta behandla mig som ett barn, mor. Hur ska jag finna »den rätte«, som du gillar att kalla honom, när jag inte får lov att konversera med någon?

– Jag trodde att det var Didrik Schrøder som var »den rätte« för ögonblicket …

Roses ansiktsuttryck ändrade sig hastigt. Hon stirrade på henne med stora ögon och öppen mun. – Hur … varför säger du det? frågade hon hest. Flyktiga, röda fläckar fick kinderna att glöda.

Cecilia skrattade kort och fördragsamt. – Du ser kanske på mig som en pryd gammal dam, Rose. Men jag har faktiskt både öron och ögon som fungerar utmärkt. Och nu har någon viskat i mitt öra att du har mött unge Schrøder i smyg. Jag hoppas verkligen Dorothea höll sig i närheten. Cecilia fäste blicken på dottern. – Jag måste erkänna att jag är besviken på dig, Rose. Jag trodde du visste bättre.

– Det är ingenting mellan oss. Dessutom är jag definitivt inte intresserad av Didrik längre. Rose vände bort ansiktet. Var hon arg? Besvärad? Ledsen?

Cecilia lade handen lätt på hennes arm. Den var kall, och hon hade lust att stryka den varm igen. Innan hon visste ordet av, vände Rose sig mot henne. Hon slog händerna för ansiktet, och överkroppen skakade lätt.

– Men kära Rose, gråt inte.

Snyftningarna kom i korta, skälvande stötar. Ögonen var fyllda med tårar när hon lät händerna sjunka ner till täcket igen. – Jag är inte annat än en besvikelse för dig, eller hur, mor? Precis som Christian är en besvikelse för far. Det är bara Fredrik som slipper undan, och bara för det att han var sjuk en gång för längesen. Han kan göra allt, medan vi andra ... Rose pressade samman läpparna.

Cecilia blev varm och kall om vartannat. Vad var det Rose satt där och sa? Hon, som aldrig hade gjort annat än att älska dottern sedan hon blev född. Allt Cecilia önskade, var att leda in Rose på den rätta vägen. Göra henne lycklig. Och när det gällde Karl och Christian ... Karl hade nog ofta uttryckt besvikelse över att Christian inte presterade gott nog. Men de var ändå deras barn, och de älskade dem. Hur skulle hon få Rose att förstå det?

– Nu är du orättvis, vännen. Du är inte, och kommer aldrig att bli, någon besvikelse för mig. Jag älskar dig.

– Det verkar inte alltid så, snörvlade dottern.

– Kalla det en mors lott i livet, började Cecilia försiktigt. Hon visste att hon balanserade på en knivsegg. En felaktig kommentar kunde vara nog för att dottern stängde henne ute i kylan. Det gällde att utnyttja de sällsynta ögonblicken av förtrolighet. Som nu. – Det är mitt ansvar att se till att du fattar bra beslut, Rose. När du blir mor själv en dag, kommer du att förstå det. Dessutom står passande unga män i kö för att kurtisera dig. En av dem kommer till slut att vara så lycklig att han får världens vackraste och sötaste flicka som sin hustru. Så varför använda tid och krafter på fel man?

– Du säger det bara för att trösta … Rose drog skälvande efter andan. – Men tack för att du försöker.

– Jag fick förresten brev från mormor i dag.

Det var underligt att säga det högt. *Mormor*. Det kändes galet att en kvinna som knappt hade fyllt rollen som mor, skulle få glädjen av – äran av – att bli kallad mormor.

Rose verkade med ens intresserad och torkade tårarna. – Och vad skriver hon? Varför kom de inte till firandet?

Cecilia strök henne över håret. – Morfar känner sig inte så bra nuförtiden. Resan blev rätt och slätt för lång.

– Du kanske bör resa till dem i stället, mor? Om morfar är sjuk, så …

– Luften är tjock här inne, är den inte det? Du borde verkligen öppna ett fönster … Cecilia gick bort till fönstret, slog upp det och fäste haspen så inte vinden skulle få tag i det. Blågrå skyar hotade i horisonten. Hon hoppades verkligen att Fredrik hade kommit ihåg att ta med sig regnrocken. En död fluga låg i fönsterkarmen, och hon borstade bort den. Det smärtade mer att tänka på fadern nu när det hade fått tid att sjunka in. Tänk om han dog utan att hon fick ta farväl. Kunde hon leva med det? Samtidigt gjorde tanken på att resa tillbaka till Oaktree Manor, även för ett kortare besök, henne illamående.

När Cecilia vände sig tillbaka mot Rose, verkade dottern mycket ljusare till sinnes. Hon bläddrade uppslukad i en modejournal. Cecilia skulle aldrig förstå sig på dottern. Rose var spenslig, men samtidigt så stark. Söt som konfekt, men med en tunga vass som en kniv ibland. Hon var en karusell av känslor.

Cecilia blev vemodig. Var det inte bara ett ögonblick sedan barnen var små? Hon hade inte fäst någon tanke vid det förrän nu i år. Åren med små barn hade gått så fort. Hon hade knappt lagt märke till att de hade gått från att vara små, knubbiga barn till unga, vuxna människor med nycker, viljor och åsikter de stod för. Det var först när Christian och Ellinor gifte sig i vintras som verkligheten hann ifatt henne. Tiden rusade obarmhärtigt i väg utan att hon kunde göra något för att hejda den. Barnen behövde henne inte längre. En önskan om att allt skulle vara som det alltid hade varit, slog rot i henne. Det var som att kämpa mot väderkvarnar. Varför önskade hon hålla dem tillbaka? Var det sig själv hon egentligen var rädd för att mista? För när barnen hade flyttat ut, vad fanns det då kvar? Hon hade Karl. Men barnen var *hon*. Själva livet.

Vad var väl hon utan dem?

*

Fredrik bläddrade till en ny sida i boken. Det var märkligt. Goethe brukade fängsla honom, men i dag hade han rätt och slätt tappat greppet om honom. För varje sida Fredrik bläddrade fram, passade han på att få en glimt av Henne. Hon stod med ryggen åt honom och dukade av ett av borden. Nu lutade hon sig lätt framåt så konturerna av kroppen med knapp nöd kom till synes genom klänningen. Han svalde tungt. Allt i honom var i uppror.

Bullen låg nästan orörd på assietten framför honom. Tänk om hon trodde han var kräsen och otacksam? Han plockade pliktskyldigt upp bullen och tog en bit. Den växte i munnen så han till slut måste skölja ner den med en slurk kaffe. Drycken hade självklart blivit ljummen. Vad tog det åt honom egentligen? Mer hann han inte tänka innan hon vände sig om och kom emot honom. Han försökte svälja, men vaniljkrämen klistrade sig fast i gommen. Tänk om han hade smulor i mungipan? Raskt plockade han upp servetten och torkade sig runt munnen.

– Smakade det? Hon log vänligt mot honom.

– Javisst smakade det. Han kikade ner på den halvätna bullen. Vad måste hon inte tänka om honom ... – Vackert väder i dag, förresten. Han kikade ut genom fönstret. Himlen var täckt av ett grått täcke, och gatan hade redan översållats av regndroppar.

Hon skrattade lätt och blottade en rad med pärlvita, raka tänder. Eller det vill säga, alla förutom en som stod lite skevt, men det var bara oerhört charmerande. – Det *var* i alla fall fint. Vi är ju inte bortskämda med sådant, konverserade hon lätt tillbaka.

Nu. Nu hade han chansen. Kom på något mer att säga, Fredrik. Fort! – Är ... är fröken härifrån? Ja, från Trondheim, menar jag?

Hon vände sig snabbt mot disken där madammen expedierade nya kunder och däremellan kastade långa blickar åt deras håll. – Ja, det är jag. Från Møllenberg. Hon nickade mot fönstret. – Är den din?

Fredrik kikade lite frågande ut genom fönstret, även om han visste att det var cykeln hon menade.

– Cykeln? Javisst, men den är inte ny. Jag köpte den begagnad. *Varför ljög han om det? Som om det hade något med saken att göra om den var ny eller inte.*

– Den är fin. Jag har alltid önskat mig en sådan. Hon log snabbt. – Nu får jag gå. Hon neg och bar brickan med smutsiga koppar tillbaka till disken.

Hans hjärta bultade hårdare under skjortan för varje steg hon tog. Hon sköt upp dörren till bakre rummet med höften medan hon balanserade brickan i händerna. Så vacker, nätt och formfulländad hon var. Elegant trots de enkla kläderna. Han försökte koncentrera sig på boken igen, men det var lönlöst. Han hällde i sig det kalla kaffet, lade betalningen på bordet och lyfte på hatten till hälsning till madammen bakom disken. Han kunde känna hennes stickande blick i nacken på väg ut.

Cykelsitsen hade fått några regndroppar på sig, och han torkade bort dem med jackärmen. Det hade redan kommit en rostfläck på styret, och det irriterade honom. Han var alltid påpasslig med att ställa cykeln under tak på bakgården hemma, men ändå hade den här fläcken dykt upp. Han kikade upp på den blysvarta himlen och gladde sig nästan åt att mäta sina krafter med ovädret. Regnet kanske kunde kyla ner honom? Fast han tvivlade på det …

12

Cecilia satt i salongen och lyssnade till det tröstlösa regnet som piskade mot rutan. Hon hade hoppats att det fina vädret skulle vara, men så fel man kunde ta.

Fredrik hade kommit tillbaka för en liten stund sedan. Drypande våt, precis som hon hade fruktat. Hon hade beordrat honom att ta en varm kopp te med henne så snart han hade bytt till torra kläder. Nu kunde hon höra hans steg i trappan, och snart stod han i dörröppningen med det våta håret kammat slätt bakåt.

– Kom och sätt dig här hos mig. Teet är rykande varmt. Hon log och hällde i kopparna medan Fredrik satte sig. Hon betraktade honom medan hon släppte två sockerbitar i hans kopp. – Det var verkligen ett fint framträdande ni hedrade oss med i går, Fredrik. Så som folk skrattade. Taket lyfte ju nästan.

– Javisst … Fredrik såg avvaktande på henne.

– Det var ett imponerande samspel mellan er fem, fortsatte hon, – ja, med hänsyn till att ni knappt kände Ellinor och Høirup innan ni började öva. Cecilia hoppades hon lät naturlig och inte frågvis på något vis.

– Nu när du känner honom bättre ... Hon höjde koppen mot munnen. – Vad är ditt intryck av honom?

– Av Henning? Fredrik tänkte sig för innan han svarade.

– Jag tycker bra om honom, mor. Han är inte bara en trevlig karl, han har också många talanger. Han inte bara sjunger, han kan dikta, spela piano och teater och ...

Cecilia höjde handen. – Jag vet, jag vet. Tack. Hon orkade inte höra mer om hur förträfflig den här operasångaren var. Det gjorde det bara svårare att *inte* tycka om honom. – Høirup har förvisso många talanger. Dessvärre misstänker jag att en av dem är att charmera unga fröknar ... Jag vill gärna att du ska vara mina ögon och öron när du umgås med Høirup, Fredrik. Och om Rose någon gång nämner honom, vill jag gärna veta det.

Fredrik såg skakad ut. – Säger du att jag ska spionera på Henning, mor? Och på min egen syster? Och så skvallra till dig efteråt?

– Var inte så dramatisk, Fredrik. Det är inte tal om att spionera. Allt jag ber dig om, är att hålla ett öga på det som sker runt dig. *Om* det skulle ske något. Din syster är bara sjutton år gammal. Hon har knappt debuterat i sällskapslivet, och det sista vi önskar, är att hon ska fördärva för sig själv eller bli fördärvad. När du får egna barn, Fredrik, kommer du att förstå.

Fredrik suckade. Den våta luggen föll framåt i pannan och fick honom att se ovårdad ut. – Jag ska hålla ett öga på henne. Han sträckte med ens på halsen mot fönstret.

– Vad är det du tittar på? Hon vände sig om, men hann inte säga mer innan det ringde på dörren. – Vem är det?

– När man talar om trollen … Det är Henning Høirup, sa Fredrik och förmådde inte dölja ett flin.

Cecilia blev irriterad. – Är det möjligt? Att den mannen inte förstår att han har överskridit sin besökstid i det här huset för längesen.

– Nu är du oresonlig, mor. Tänk om han har glömt något, eller om han rätt och slätt önskar tacka för i går? Dessutom är han Christians vän. Och på ett sätt min också nu, tillade han och räckte henne handen. – Kom, vi får ta emot honom.

Sigrun hade redan släppt in Høirup, och nu stod operasångaren i hallen medan han vred den drypande våta hatten mellan händerna. Hans hår hade börjat krulla sig, och där han stod en aning böjd i axlarna och våt om kläderna, såg han mer ut som en generad pojkvasker än som storcharmören som hade kysst Rose och fått halva staden att surra av förfäran kvällen före.

– Fru Winther! Han log brett och räckte henne handen.

Cecilia kunde nästan känna de ogillande blickarna från porträtten av Karls avlidna släktingar. Tavlorna hängde i tunga, förgyllda ramar på väggen i hallen och upp längs trappan. Hon lät honom kyssa handen, men drog den fort till sig igen.

– Jag ville bara tacka för en alldeles fabulös fest, fortsatte Høirup.

– Tack, herr Høirup. Vi satte värde på att du underhöll oss. Cecilia blev stående och såg avvaktande på honom. Hade han sagt det han hade kommit för att säga? Skulle han ta sin hatt och gå nu? Kanske sätta sig på tåget tillbaka till Kristiania? Det kunde omöjligt finnas mycket att hämta för honom i deras lilla stad.

Han harklade sig medan han studerade de leriga galoscherna. – Det var en sådan glädje och ära att få fröken Rose till bordet i går kväll, och … Han slog ut med armarna. – Nå, därför ville jag gärna höra om hon …

Cecilia var säker på att Fredrik roade sig där han stod vid sidan av dem. Han var nog spänd på vad hon skulle svara Høirup. Hon skulle visa honom att hon kunde avvisa operasångaren på ett vänligt, men bestämt sätt.

– Herr Høirup!

Karl kom nerför trappan i grevens tid. Han hälsade på Høirup och log. – Det var lustigt att du skulle komma precis nu, för det är något jag gärna vill tala med dig om, unge man. Han lade armen runt Høirups axlar och närmast sköt honom i riktning mot kontoret.

Cecilia lade märke till den längtansfulla blicken Høirup kastade mot trappan, säkert i hopp om att Rose skulle visa sig.

Fredrik harklade sig bakom henne. – Då tror jag att jag går upp och skriver några brev. Ja, såvida det inte var mer du ville tala med mig om? Skrattet bubblade i hans röst.

Hon daskade honom lätt på armen. – Nej, gå du bara.

Hon gick tillbaka till salongen, men förmådde inte slappna av, väl medveten om att Karl just i det här ögonblicket slet operasångarens hjärta i bitar. Hon skulle gärna ha varit en fluga på kontorsväggen, så hon kunde höra vad som blev sagt, och sett Høirups ansiktsuttryck när han insåg att bordsplaceringen och det hela hade varit ett beklagligt missförstånd. Det blev nästan sorgligt att tänka på. Han hade ju inte gjort något galet. Han var bara en ung man som hade blivit betagen av

Rose. Men det gällde att vara bestämd. Följa förnuftet, inte hjärtat. Om bara Rose också kunde förstå det. Det var inte bara operasångaren som skulle få sitt hjärta krossat.

Cecilia blev sittande och oroade sig tills hon hörde kontorsdörren gå upp och Høirup tog farväl. Så snart hans långa, slanka gestalt hade passerat fönstret i salongen, skyndade hon sig till kontoret. Karl hade nickat till i den behagliga stolen bakom skrivbordet i blankpolerad mahogny. Det var tydligt att han hade ansträngt sig för att verka mer upplagd än han var. Håret var kammat slätt bakåt, och han var nyrakad.

– Nå, hur gick det? Blev han väldigt ledsen?

Karl ryckte till. – Å, är det du? Han grep en halv cigarr som låg i askfatet framför honom, och tände den på nytt. Det enda försonande med den sura lukten var att den påminde henne om fadern. Nu var det som om lukten förstärkte saknaden efter honom.

– Nå ja, nej, det vill jag inte säga att han blev. Karl blåste ut ett moln av rök. – Høirup slår mig som en mogen och eftertänksam ung man. Han har huvudet på rätt plats. Han tog det jag sa med fattning.

– Så han blev inte arg?

– Över huvud taget inte. Han tackade igen för att han blev inbjuden, och för gästfriheten vi har visat honom. Han förstod budskapet också. Att det aldrig kan bli han och Rose. Karl grep en bunt med papper och började bläddra i dem. Det var ett tecken på att han hade saker att göra, och att han, kanske allra helst, såg att hon gick igen. Men han skulle aldrig be henne om att gå.

I dag gjorde hon sig dum och blev kvar. – Jag har äntligen fått brev från England. Från mor.

Karl såg upp och verkade med ens intresserad. – Jaha? Det var då sannerligen på tiden. Vad skriver hon för gott? Förutom att de inte kunde komma.

Cecilia ställde sig vid fönstret och strök handen över den släta fönsterkarmen. Den vitmålade ytan var sval mot fingrarna. – Hon skriver att far är vid dålig hälsa, och det oroar mig, Karl. Nu känner jag mig usel som var lättad över att de inte kom till firandet. Hon vågade knappt möta hans blick. – Är jag en dålig dotter? Om han svarade bekräftande, visste hon inte vad hon skulle göra.

– Du är ingen dålig dotter, Cilla, svarade han lugnt. – Varför är du alltid så hård mot dig själv? Kom hit. Han gav henne handen och drog ner henne i knäet. – Du är en fantastisk dotter, mor och hustru. Lyssnade du inte under mitt tal till dig i går?

– Jo då, men mor får mig alltid att tvivla. Du vet hur hon kan vara. Vad tänker du om att vi sänder Rose till England?

Karl såg förvirrat på henne. – *Sända Rose till England?* Men du vill ju inte resa dit själv ens. Du kan knappt stå ut med att vara i samma rum som din mor.

– Jag vet det! Rösten var högre och skarpare än Cecilia hade menat. Men var det något hon inte kunde fördra, så var det att bli tillsagd vad hon ville eller inte ville. – Rose skulle ha gott av att komma bort ett tag, och hon kunde lära sig språket ordentligt. Nu när far har blivit sjuk, behöver mor hjälp med Elizabeth också. Rose kan vara både rar och hjälpsam när hon vill. Dessutom är Rose deras barnbarn. Mor skulle behandla henne annorlunda än hon behandlar mig.

Karl drog fingrarna genom det tjocka, mörka håret, som han för övrigt hade oförskämt mycket av, jämfört med andra män i hans ålder. – Om du tycker det, så. Men hon kan inte resa ensam. Hon behöver förkläde och … Har du nämnt det här för Rose, Cilla?

– Nej, för guds skull. Det var bara en tanke som slog mig nu.

På Oaktree Manor skulle modern utan tvivel lära Rose betydelsen av att följa reglerna. Hon skulle lära sig vad plikt var. Dessutom, och det var kanske det bästa av allt, skulle Rose befinna sig långt ute på landsbygden. Det skulle inte finnas en ungkarl i passande ålder på mils omkrets.

– Då får du fundera på det, sa Karl och sköt henne varsamt upp ur knäet. – Nu har jag den här bunten med räkningar att ta itu med. Det kostar att hålla en kvinna som du lycklig. Han log, men hon kände honom tillräckligt väl för att se att det var halvhjärtat.

– Jag håller utan tvivel ordning på pengarna, Karl. Vartenda öre, varenda krona jag använder, står uppförd i boken. Sigrun och jag går igenom hushållsbudgeten varenda vecka, och det är sällan vi överskrider den. Det vet du mycket väl.

– Absolut. Du är faktiskt så noggrann att jag överväger att anställa dig som min bokhållare. Han log avväpnande. – Porslinstallrikarna är en sak, men nya sängkläder och nya gardiner till matsalen? Jag menar, är de vi har inte bra nog? Han gjorde en handrörelse mot interiören, som om det skulle vara ett bra exempel. Kontoret var mörkt och alltför dystert för hennes smak. Det bar prägel av viktiga förhandlingar och hårt arbete. Inte en krukväxt eller en lampskärm med rysch och pomponger hade kommit över tröskeln. Allt hon hade lyckats smyga in var rullgardiner med tryck av en blomsteruppsats under de tunga gardinerna.

– De gamla gardinerna hade börjat blekna, Karl. Vi kunde inte vara betjänta av att gästerna skulle sitta vid bordet och stirra in i urblekta gardiner, eller hur? Och när det gäller tallrikarna ... Nå, du vet ju själv vad som skedde med dem. Du fick det till och med uttryckt i talet. Det var inte meningen att låta så sårad, men han hade gett henne *carte blanche* till festen.

– Så, så, det var inte så jag menade. Det är bara några tallrikar, inte sant? Vi returnerar dem som inte blev förstörda ... Han drog efter andan och lutade sig tillbaka i stolen. – Hör här. Det finns ingen som är bättre på att arrangera fester än du, och jag sa att du kunde köpa precis det du ville till festen. Allt jag önskar, är att vi utövar en viss måttlighet framöver. Där det låter sig göras, inte sant? Hans leende var försonande.

Måttlighet. Hon visste inte riktigt vad han lade i det. Hur mycket eller lite var det? Och varför tog han upp det nu? De hade aldrig diskuterat pengar förut. Det var något man hade, inte något man pratade om. – Javisst. Det ska jag inte glömma. Nu ska jag inte störa dig längre. Tack för att du talade med Høirup. Jag är i salongen om du behöver mig.

13

Salongen var Cecilias. Det var här hon tillbringade de flesta av dygnets vakna timmar. Det var här hon broderade, skrev brev och läste, och det var här hon höll sina tebjudningar varje vecka. Hon hade inrett rummet till en ombonad lya i varma färger, med stoppade möbler klädda i de elegantaste silkestyger och plysch. Fönstren hade gardiner av vinröd satäng, kantade med ulliga tofsar och draperade med ett möbelsnöre av ylle och silke. Det fanns piedestaler med gröna växter, draperade lampskärmar och gobelänger. Dubbeldörrarna ut till hallen stod ofta öppna nu när vädret var milt, och hon inte behövde bekymra sig över draget från hallen. Hon tyckte om att hålla ögon och öron öppna för vad som rörde sig i resten av huset. Nu hörde hon lätta fotsteg i trappan och det svaga frasande ljudet av långa kjolar som släpade mot mattan.

Det gick en minut eller två, så visade Ellinor sig i dörröppningen. Hon hade en svag antydan till påsar under ögonen, fastän det hade blivit långt fram på dagen.

– Jag måste ha nickat till igen. Ellinor log svagt. Hon drog upp en näsduk och pressade den mot näsan. – Ursäkta. Det är bara alla de här blommorna. De får mig att nysa … Ansiktet blev till en förvrängd grimas innan hon nös högt i näsduken. När hon var färdig, kastade hon en blick mot soffan. – Är det i sin ordning att jag sätter mig här tillsammans med dig?

– Ja, självklart … Cecilia flyttade lite på sig, som om Ellinor skulle få för sig att sätta sig tätt intill henne. Något hon självklart inte gjorde. Ellinor satte sig på en biedermeierstol och lät händerna vila i knäet. Ryggen var rak, och hon verkade förväntansfull. Det var som om hon väntade på att något skulle ske. Hade hon inte med sig ett handarbete av något slag? Förväntade hon sig att Cecilia skulle underhålla henne?

Under ett tyst ögonblick var allt de kunde höra det svaga tickandet från golvuret i hörnet. Tickandet hade aldrig plågat Cecilia förut. Det var först under den senaste tiden som hon hade börjat lägga märke till det. Det påminde henne om att tiden obönhörligen försvann. Timmarna, dagarna, åren, livet …

– Jag beklagar verkligen det som hände i går, sa Ellinor till slut. – Är du fruktansvärt arg på mig?

Cecilia var glad för att svärdottern hade vett och uppfostran nog att beklaga gårdagens händelser. För övrigt hade hon och Karl blivit överens om att den här episoden skulle sopas under mattan. – Å, det, sa hon lätt. – Det pratar vi inte mer om.

– Men …

– Det finns inte mer att säga om saken. Cecilia såg bestämt på henne. Svärdottern kunde lika gärna lära sig familjens regler först som sist. Var man överens om att tiga om något, gjorde man det. Hon bytte samtalsämne. – Så, tycker du om det lilla du har sett av vår stad?

– Javisst. Jag har ju inte sett så mycket av den ännu. Christian är ju så upptagen och …

– Har du inte ett broderi med dig?

Ellinor rullade med ögonen och skrattade drillande. – Vet du, jag kan inte fördra att brodera. Jag har rätt och slätt inte tålamod till det.

Skrattet skar Cecilia i öronen. *Kan inte fördra* ... Handarbete var en del av varje ung kvinnas grundutbildning. Det var något man förväntades kunna och göra. Cecilia hade själv broderat så länge hon kunde minnas. Duktig var hon också, om hon fick säga det själv. Just nu broderade hon på ett rosenmönster. Vad hon skulle använda det till när det blev färdigt, visste hon inte. En kudde, kanske. Det var inte så viktigt. Men att sitta overksam var en synd mot Gud och hans skapelse. Hon harklade sig. – Vad tycker du om att göra med din tid, Ellinor?

Där kom det igen. Det höga skrattet. Som bubblande champagne. – Göra? Nu får du inte glömma att jag har hjälpt mina föräldrar i affären i flera år redan. Det är ... det har varit långa dagar, korrigerade hon sig själv. – Men nu får jag väl hitta på något att sysselsätta mig med. Något annat än att brodera, menar jag. Hon suckade.

Cecilia lade broderiet åt sidan. – Vänta bara, du Ellinor. När det kommer smått kommer du att få händerna fulla. Att få tiden att gå kommer att bli ditt minsta problem. Hon knep samman läpparna. Det var inte hennes uppgift att förmana Ellinor om sådant. Svärdottern verkade oavsett lika oberörd där hon satt. Blicken vandrade runt i rummet. Hade hon över huvud taget hört vad Cecilia hade sagt?

– Men har du inte *tråkigt* ibland? slapp det ur Ellinor. – Att gå runt i det här stora huset hela dagen? Jag tror jag skulle ha blivit galen.

Cecilia sträckte på sig. »Att ha tråkigt« var inte ett begrepp hon kunde förhålla sig till. Ellinor skulle bara ha vetat hur krävande det var att styra ett hushåll som deras, med ett stort hus och ett halvt dussin tjänare, och vad ett respektabelt, socialt liv förde med sig av sällskapligheter och plikter. – Att driva ett hushåll som detta kan jämföras med att driva en affär som din fars, vill jag tro. Det krävs ett kallt huvud och en stadig hand – ja, det är lite som att styra en fullriggare tryggt i hamn.

Ellinors min ändrade sig. Leendet luckrades upp, och hon blinkade snabbt ett par gånger. – Det var inte meningen att förolämpa dig på något sätt, Cecilia. Hon tvekade. – Ja, för jag kan väl kalla dig Cecilia nu när jag är en del av familjen?

– Ja, varför inte? Vi är ju du med varandra. Cecilia plockade bort en osynlig tråd från kjolen och mötte svärdotterns blick. – Och du har definitivt inte förolämpat mig. Du har för närvarande få förutsättningar för att förstå vad det vill säga eller kräva att vara en del av familjen Winther, men det ska du nog snabbt lära dig. Namnet Winther för med sig en rad förpliktelser och ett stort ansvar.

Ellinors axlar sänktes, och det blev tyst en stund.

Cecilia kunde inte helt befria sig från det Ellinor hade sagt om att ha tråkigt. Var det så svärdottern betraktade livet hon levde – ja, kanske till och med henne själv. Var hon tråkig där hon satt i salongen dag ut och dag in? Cecilia bestämde sig för att hon skulle sluta att lägga så mycket i det svärdottern sa. Inte vrida och vända på allt. Hon plockade upp broderiet igen och frågade lätt: – Var är Christian? Jag kan inte minnas att jag sett honom i dag?

Ellinor log, men ögonen hade fått ett allvarligt drag. Hon skulle bara veta att Cecilia hade hört allt de grälat om. Kanske borde hon råda svärdottern att stänga fönstret nästa gång?

– Han gick ut, svarade Ellinor. – Du vet hur Christian är. Alltid i farten …

Cecilia nickade. Hon var glad att svärdottern inte önskade anförtro sig åt henne. Det kändes inte naturligt vid nuvarande tidpunkt. Hon ville gärna behålla det lilla avstånd som fanns mellan dem ett tag till.

Ellinor plockade upp en modejournal som låg på salongsbordet, och bläddrade ointresserat igenom sidorna. – Rose är verkligen en vaken och charmerande ung kvinna. Så livlig och vacker. Omtänksam också. Ni måste vara stolta över henne.

Livlig och charmerande. Omtänksam. Det var längesen Cecilia hade sett de kvaliteterna hos dottern, men Ellinor hade tydligen sett dem. En stöt av svartsjuka for genom henne. Hon sköt den dumma känslan åt sidan. – Javisst är hon det. Och vi är självklart stolta över henne.

Ellinor lutade sig närmare och viskade: – Jag misstänker att hon är kär, Cecilia. Jag kan se det i hennes ögon. Men det ser väl du bättre än jag, du som är hennes mor. Hon blinkade skälmskt.

Värmen sköt upp i Cecilias kinder, och det blev tungt att andas. Allt hon klarade att tänka på, var Didrik Schrøder, det hemliga mötet mellan honom och Rose, och hur Roses goda namn hängde på en tunn tråd om ryktet redan hade nått Ellinor. Cecilia tänkte sig snabbt för. Det var viktigt att ta udden av det hela. Även om Ellinor var familj, var det för tidigt för de djupa förtroendena. Hon viftade med handen. – Å, du vet, flickor i den åldern svärmar så lätt … Det är nog bara ett oskyldigt tidsfördriv. Hon kikade mot fönstret. – Nu tror jag minsann regnet har gett med sig. Du kanske skulle ta dig en tur ut i trädgården? Du som är så förtjust i frisk luft.

14

Ljusa parasoller gungade upp och ner i takt längs Kongens gate, och molnen svävade sakta över himlen som små bomullstussar. Cecilia njöt av värmen där hon gick arm i arm med Karl. Bakom dem följde Christian och Ellinor. Till slut i den lilla processionen gick Rose tillsammans med Fredrik som cyklade. Det var söndag efter kyrktid, och de kunde knappt gå en meter innan de mötte bekanta som de måste växla några hövliga fraser med. Så fortsatte de vidare förbi Hornemansgården och Sommergården, över torget där åkarna hade parkerat på rad och väntade på att en eller annan skulle behöva skjuts. I det sydvästra hörnet av torget låg den imponerande Møllmannsgården där herrklubben Harmonien höll till. Klubben var stängd för sommaren, men så snart det blev höst, skulle mötena och umgängeslivet börja igen. Cecilia såg redan fram emot julbalen, för då fick också hustrurna vara med. Det var ett utmärkt tillfälle till att vårda bekantskaper och bilda allianser. Nästa år skulle Rose fylla arton. Kanske skulle höstens och vinterns festligheter bjuda på en passande make för dottern?

De korsade Munkegaten – stadens Champs-Élysées – den var lika stilla som den var bred. Cecilia kastade en blick över det låga staketet och in i trädgården framför M.H. Lundgreens Enke, stadens ledande vin- och speceriaffär, och konstaterade att pionerna hade blommat över.

Familjen Winther hade inte gått mer än ett litet stycke till när Christian plötsligt stannade och pekade mot en gapande öppning mellan två hus. – Säg mig, stod det inte en byggnad här förut?

Det hade redan börjat växa ogräs runt konturerna av en gammal grundmur. Två skabbiga katter jagade varandra över tomten.

Karl nickade. – Det är korrekt observerat, Christian. Det stod ett hus här till alldeles nyligen. Men det var i så dåligt skick att det revs.

– Jaha, och vad ska tomten användas till nu? Christian såg intresserat på fadern.

– Det är faktiskt en mycket berättigad fråga, svarade Karl. – Och en jag dessvärre inte kan svara dig på för ögonblicket. Saken är den att jag önskar köpa just den här tomten. Han log lätt mot sonen.

– Verkligen, Karl? Cecilia var lika förundrad som Christian. Hon hade inte hört ett ord om den här tomten. Nu var det inte särskilt ofta hon fick veta så mycket om hans affärer. Kanske berodde det på att hon sällan frågade. Men han brukade berätta för henne om sina egendomsförehavanden. De var båda intresserade av stadsutvecklingen.

– Jag ligger i en intensiv budrunda för ögonblicket. Dessvärre, får jag väl tillägga. Det är sällan gynnsamt för plånboken. Karl stod och vägde lätt på hälarna.

Christian rynkade pannan. – Med vem då, far? Vem är det du bjuder emot?

– Ni kommer knappt att tro det, men det är faktiskt Tilda.

– *Tilda*? utbrast Cecilia. Hon kände sig lite förargad över att ingen av dem hade involverat henne i deras *dispyt*.

– Javisst, och vad hon ska använda tomten till, må gudarna veta. Det är inte likt henne att hålla på hemligheterna. Dessutom skulle man tro att hon hade nog med egendomar att ta av. Albert ägde ju halva Trondheim. Han skakade på huvudet. – Och så säger hon att *jag* har storhetsvansinne? Det dumma är att hon ideligen pressar upp priset, inte sant? Jag kommer inte på långt när tjäna så mycket som planerat på hyreshuset som jag önskar bygga här, om det fortsätter så.

– *Hyreshus*, far? frågade Christian förvirrat.

Karl hade fått en drömmande blick, och han gjorde en teatralisk rörelse mot det som nu bara var en fyrkant fylld med ogräs, luft och vildkatter. – Föreställ dig ett splitter nytt hyreshus, Christian. Inte så olikt de nya husen i Frogner i Kristiania. I sten, med både torn och gesimser. Du vet vad jag talar om.

Christian nickade.

– Rymliga lägenheter som folk med pengar vill bo i. Jag tror det finns en marknad för det nu när det är bättre utsikter för staden. Han kastade en blick på Ellinor. – Det var det här bygget jag hade i tankarna när jag pratade om att skaffa er en lägenhet, Ellinor.

Cecilia kikade bort på svärdottern som såg ut som om hon i tankarna redan hade flyttat in. Hon släppte Christians arm och slog ihop händerna i ohämmad förtjusning. – Å, svärfar, jag kan redan se det klart för mig! Hon gjorde en målande rörelse med handen. – Höga fönster och utsprång. Kanske en balkong till varje lägenhet också? Det kommer att bli ett alldeles praktfullt hyreshus. Hon puffade till Christian lätt med armbågen. – Tror inte du det?

– Jo visst … Christian såg fundersamt på fadern. – Det jag inte förstår, är varför du inte har involverat mig, eller någon av oss, i de här planerna tidigare, far? Det är inte varje dag du planerar att bygga så stort här i staden. Vi har ju redan investerat stora pengar i huvudstaden.

Frågan blev hängande i luften, och Cecilia höll andan. Vad skulle Karl svara på det? Christian hade redan ansvarat för tillsynen över flera av Karls egendomar i Kristiania. Det var Christian som skulle ärva firman en vacker dag. Skulle det inte vara naturligt om han hade invigt sonen i sina planer?

Karl ryckte på axlarna – Du får komma ihåg att du inte har varit hemma på ett bra tag, Christian. Du har haft nog att göra med bröllopet, resan till kontinenten och kontoret i Kristiania, inte sant? Nu när du är tillbaka i Trondheim, ska du självklart få en bättre inblick i mina göranden och låtanden, om man kan kalla det så. Karl skrattade gnäggande innan han kikade bort på yngste sonen. – Och du kunde kanske hjälpa mig med att rita det, Fredrik? Huset kan bli ett riktigt familjeprojekt, vad tänker ni om det?

Christian lade huvudet på sned. – Tja, varför inte? Jag hjälper gärna till. Vem är det förresten som äger tomten? Känner jag honom?

– Henne, korrigerade Karl. – Det är en kvinna. Änkefru Hartmann.

Christian smakade på namnet. – Änkefru Hartmann … Nej, det ringer ingen klocka.

– Det ska du vara glad för. Hon är svår att ha att göra med. De är ofta det, de här änkefruarna. Se bara på Tilda. Ändå trodde jag att de unga änkefruarna var lite – ja, vad ska jag säga, rundare i kanterna. Men den här Babette Hartmann ger förvisso ingenting gratis.

Det såg ut som om ett ljus gick upp för Christian. – Är hon ung, säger du? Babette … Menar du Babette Jonson? Det var det jag kände henne som … öh, förut.

Ellinor gav honom en stickande blick, och Cecilia förstod henne. Visste svärdottern vilken lebeman Christian hade varit? Kanske var det just Christians otvungna och optimistiska syn på livet hon hade fallit för. Han var social och frikostig. Lite *för* frikostig, skulle Karl säga.

– Så det blev alltså så att hon gifte sig med gamlingen … Christian flinade.

– Christian, så får du då inte prata! tillrättavisade Cecilia honom, även om hon förstod vad han syftade på. Hon mindes pratet på staden. Om den gamle ungkarlen Hartmann som mot slutet av livet hade låtit sig luras in i den yppiga fröken Jonsons nät. Lyckligtvis verkade varken Karl eller Christian speciellt hänförda över henne. Den unga änkefrun var hungrig efter kärlek, blev det sagt. Och pengar.

Det var en farlig kombination.

– Det spelar ändå ingen roll, sa Karl. – Jag överväger att låta Tilda få sitt bud antaget. Det finns tillräckligt av bra tomter i staden – och de flesta är långt billigare än den här.

– Men den här är perfekt … mumlade Christian.

– Förlåt? Jag hörde inte vad du sa? Karl höll handen bakom örat.

– Nej, det var ingenting. Jag tänker bara att den här tomten skulle vara perfekt för ditt ändamål – om fru Hartmann låter dig köpa den. Du har inte funderat på en kombination av varuhus och lägenheter, då? Förnäma affärer i de första våningarna och påkostade lägenheter i resten? Huset blir stort nog att rymma båda delar, tror jag.

– Nej, ibland måste man känna sina begränsningar. Det gäller att inte gapa över för mycket, svarade Karl.

Christian hann inte svara innan Ellinor drog honom i ärmen.

– Ska vi inte gå vidare? Det är varmt att stå så här i solen, och dessutom finns det gränser för hur spännande det är att stirra på ogräs. Hon skrattade.

– Du har helt rätt, Ellinor, sa Karl och skrattade han med.

– Det var inte meningen att tråka ut er med affärsprat på en vacker dag som denna. Christian och jag kan fortsätta samtalet medan vi går. Du kan väl slå följe med Rose, Ellinor? Jag är säker på att hon kan berätta en hel del för dig om vår stad på vägen.

Rose och Ellinor gick arm i arm. Svägerskan talade oavbrutet, så Rose fick inte berättat så mycket om Trondheim, men det gjorde inte så mycket. Det Ellinor hade att säga, var långt mer spännande än stadens historia.

– Jag är så glad för att vi får den här möjligheten att bli bättre bekanta – ja, till att bli bästa väninnor, tror du inte? Ellinor log mot henne.

Rose blev varm om kinderna. Hon hade inte varit ensam med svägerskan tidigare och var livrädd för att hon inte skulle komma på något intressant att säga. Ellinor var trots allt flera år äldre än hon, och Rose ville gärna göra ett gott intryck på svägerskan. I flera veckor hade hon glatt sig åt att de skulle komma. Att ha Fredrik hemma igen var gott och väl bra, men Christian var den som alltid hittade på så mycket roligt. Inte för att hon hade sett särsklit mycket av det ännu.

Rose betraktade Ellinor i smyg. Svägerskan var några centimeter längre än hon själv. Hon hade en markerad profil med en kraftig haka och en rak, men inte alltför framträdande näsa, något som klädde hennes personlighet. Ellinor slog henne som både sprudlande och smart – precis som Christian hade beskrivit henne för dem första gången.

Ellinor nickade mot en grupp män som stod och hängde i hörnet på andra sidan av gatan. – Vad gör de?

Rose fnyste. – Å, de. Det är bara några fyllbultar. De står där efter att de har druckit upp avlöningen inne på Måneskinnsklubben, säger far. Det är därför det kallas för penninglöshörnet. Men jag får inte lov att se på dem. Det säger mor. Rose kunde ha bitit sig i tungan. Så barnsligt det lät! Hon rätade på ryggen och sköt fram bröstet, för att verka lite längre än hon var.

– Stackars familjer, sa Ellinor. – Som får hem far pank *och* full. Det är sannerligen skillnad på folk.

Rose hade inte tänkt på det på det sättet förut. Hon hade sett på dem som oduglingar och fattiglappar. Snabbt kikade hon sig över axeln igen, även om hon inte hade lov till det.

– Det är så trevligt att gå så här tillsammans med dig, Rose, sa Ellinor när de hade korsat gatan och fortsatte i riktning mot parken. – Faktiskt hade jag önskat tala med dig på tu man hand sedan jag kom hit, men chansen har liksom inte erbjudit sig.

Rose blev ännu varmare. Ellinor var en vuxen kvinna. Gift och erfaren. Vad kunde det vara som hon ville tala med henne ensam om? Svägerskan fick henne att känna sig viktig, och det var längesen hon hade haft den känslan. Allt hon fick hemma var skäll och uppgivna blickar från modern. Hon kunde visst inte göra något rätt nuförtiden.

– Jag undrar över när du har tänkt möta Henning igen, sa Ellinor lågt.

Roses hjärta tog ett skutt. Hon var över huvud taget inte förberedd på den frågan. Var det så lätt att se vad hon kände för honom? Hon snurrade nervöst på parasollen medan hon tänkte på hur mycket hon kunde säga. Ellinor ingick i familjen nu, men hon kände henne inte särskilt väl ännu. Tänk om hon avslöjade något till modern?

– Se inte så skrämd ut, Rose! Kom ihåg att det är inte så längesen jag var som du. Som en knopp på sprickningsgräns som bara väntar på att slå ut … Hon skrattade. – Och Henning tycker om dig, det är det inga tvivel om. Jag såg det redan den första kvällen. Och när han kysste dig på kinden efter vår lilla föreställning … Hon himlade med ögonen. – Han är helt betagen i dig, Rose.

Rose svalde. Vad kunde hon säga? Det var första gången hon hade låtit sig kyssas av en man. Hon blev fortfarande alldeles yr när hon tänkte på det. Inte för att hon hade gett honom tillåtelse att göra det, Henning hade inte frågat om lov. Raskt bestämde hon sig. Hon skulle lita på Ellinor. – Det är klart jag gärna skulle ha velat träffa honom igen men … Hon bet sig i läppen. – Det går inte. Mor kommer inte att tycka om det.

– Går det inte? Ellinor såg förundrat på henne. – Nu förstår jag inte vad du menar. Henning är en belevad ung man, Rose. Han har stått på många av de stora operascenerna och talar flera språk. Du såg själv hur hänförda gästerna var av honom. Dina föräldrar också, om jag inte såg fel? Din mor hade till och med en tår i ögonvrån när han sjöng.

Rose stirrade stint framför sig. Modern promenerade med Fredrik cyklande vid sidan av sig. Det var tydligt att det var svårt att hålla balansen när farten var så låg, för cykeln vinglade hotfullt från sida till sida. I täten gick Christian och fadern. Han påminde om en tamburmajor så som han svängde spatserkäppen framför sig.

Svägerskan släppte henne inte med blicken, och Rose var rädd för att Ellinor skulle snubbla på trottoarkanten om hon inte såg sig bättre för. Ett litet ögonblick var det tyst mellan dem, innan Ellinor öppnade munnen igen. – Jag vet att du tycker om honom. Du kan inte neka till det.

Rose tvekade. Svägerskan var för påträngande när det gällde privata saker, nästan taktlös. Samtidigt tyckte Rose om det också. Ellinor brydde sig om henne. Hon var som en omsorgsfull väninna. Som systern hon aldrig hade haft. Hon mötte hennes blick och nickade snabbt. – Ja, jag tycker om honom. Väldigt mycket till och med. Men det måste du lova att inte säga till mor, Ellinor! Eller till någon annan, för den sakens skull. Och för all del inte till Christian. Han har alltid varit så överbeskyddande gentemot mig.

Ellinor skrattade. – Slappna av, Rose. Mina läppar är förseglade. Dessutom är Henning en god vän, och jag är säker på att Christian aldrig skulle ha presenterat honom för familjen om han inte litade på honom. Han skulle i alla fall inte ha låtit honom kurtisera hans syster.

– Du har nog rätt i det. Men Henning är oavsett inte för mig.

– Menar du för dig eller för dina föräldrar? Ellinors ton var utmanande.

Rose blev torr i munnen. Ellinors frågor gjorde henne starkt upprörd och förvirrad. Hon hade knappt tagit sig helskinnad igenom den pinsamma affären med Didrik Schrøder. Han hade fått Dorothea att lämna ett brev till henne där han frågade om de kunde mötas. Hon hade tvekat. Å ena sidan kände hon sig smickrad, och hon hade varit småförälskad i honom. Å andra sidan visste hon mycket väl att det inte passade sig att möta honom ensam på det sättet. Utan förkläde. Bara tanken på vad modern skulle säga eller göra om hon fick reda på det ... Så Rose hade tackat nej, men föreslagit att de kanske kunde brevväxla. Hon blev alldeles generad av att tänka på det nu. Ryktena hade oavsett spridits. Hon misstänkte att det faktiskt var Dorothea som inte hade klarat att hålla mun om det brevet. Och nu ställde Ellinor alla de här frågorna om Henning.

– Spelar det egentligen någon roll vad jag tycker, Ellinor? Mor och far önskar knappast att jag ska gifta mig med en operasångare. De har större planer för mig än så.

– Det var det jag trodde, sa Ellinor ivrigt. – Det är dina föräldrar som är problemet. Tiderna har förändrats mycket sedan din mor var ung, Rose. Nu är det den fria kärleken som gäller. Du ska gifta dig med den du vill – ja, med den du älskar! Hon grep Rose hårdare i armen. Hennes ögon var stora. – Förstår du vad jag försöker säga? Som en ung, stark kvinna av i dag ska du själv få bestämma vem du vill gifta dig med. Precis som jag och Christian gjorde.

Rose blev irriterad. Det var lättare sagt än gjort. Fri kärlek bröt mot allt hennes föräldrar trodde på – ja, mot det hon själv trodde på och var uppfostrad till. Hon hade alltid vetat att föräldrarna skulle välja en make för henne, och de skulle välja en man som var passande för henne och familjen. Om hon började tala om fri kärlek eller insisterade på att Henning var hennes utkorade, skulle föräldrarna stänga in henne eller skicka bort henne. Och Henning skulle bli jagad med käppar från staden. Christian och Henning kunde vara så goda vänner de ville, men hon tvivlade på att brodern innerst inne ansåg att Henning var god nog åt henne.

Men Ellinor gav sig inte. – Nu ska du lyssna på mig, Rose. Henning stannar i staden ett tag till, och jag tycker verkligen att ni två borde mötas.

– Bara vi två? Jag tror du är galen! Rose vände blicken framåt, rädd för att de andra skulle ha hört Ellinor. Fredrik och modern var lyckligtvis djupt inne i ett samtal. – Vi kan inte mötas ensamma, förstår du väl? Mor och far låter mig inte gå någonstans utan förkläde. Rose knep ihop läpparna. Hon hade redan sagt för mycket till Ellinor.

Det blev tyst mellan dem en stund.

– Ska du bara ge upp, då? frågade Ellinor till slut. – Utan att ens bli ordentligt bekant med honom?

Rose suckade. – Jag vill gärna bli bekant med honom, men jag vet inte hur det ska gå till. Kanske …

– Ja?

– Jag funderade på om jag skulle skriva ett brev till honom.

– *Ett brev*? Ellinor skakade snabbt på huvudet. – Det vill jag avråda å det starkaste, Rose.

– Varför det? Det skulle vara ett fint sätt att uttrycka vad jag känner för honom …

– Kära Rose, nu får du höra på mig. Ett brev är det sista du ska skriva. Det är rätt och slätt för riskabelt. Tänk om det faller i fel händer, eller att din mor hittar det och läser det? Brevet kan användas mot dig, Rose, och det vill du inte riskera.

Rose stirrade dumt. Det hade hon inte tänkt på. Så tänkte hon på brevet hon hade skrivit till Didrik, och ryste. Hon hoppades innerligt att han hade bränt det. Kanske borde hon kräva att få det tillbaka? Usch, så mycket hon hade att lära sig om kärleken och dess spelregler. Det var bra att hon hade svägerskan.

Ellinor stannade plötsligt. – Vi måste hitta på något annat än ett brev, Rose. Hon log upprymt. – Och jag tror jag har en idé …

15

Det var redan tätt med folk i den frodiga Ilevollsparken när familjen Winther promenerade in i den. De flesta vek åt sidan när Fredrik kom rullande med cykeln. Några ungar sprang bort till honom för att granska den närmare. De var fulla av beundran. De fick gärna se, men inte röra. Resten av familjen gick närmare paviljongen för att höra militärorkestern spela. Själv ville Fredrik utnyttja tillfället till att se om han kunde hitta några kamrater som var hemma för sommaren.

Det var en fördel att han stack upp minst ett huvud högre än de flesta runt honom, även om han ibland måste sträcka på halsen för att se förbi alla de stora hattarna och parasollerna. Ett stycke bortanför honom hade Christian träffat gamla bekanta. Brodern gestikulerade och underhöll vännerna och verkade återigen vara vid sitt gamla goda jag. Det var typiskt Christian att förändra sig på det sättet. Han kunde vara grinig ena ögonblicket och överdrivet glad och vänlig i nästa. Och ingenting gjorde honom gladare än att tillbringa tid tillsammans med goda vänner. Fredrik var glad för att han själv hade ett någorlunda stabilt humör. Han skulle beskriva det som gott också.

Hans blick svepte vidare. Över havet av somriga klädnader och ljusa hattar, barn i kortbyxor och sjömanskostymer. Över barnflickor med barnvagn och flämtande hundar i koppel. Han stelnade till. Där, borta vid tombolan … Det blonda håret och de slanka, mjuka formerna. Den lilla, söta näsan i det hjärtformade ansiktet. *Hon* … Han skulle ha känt igen henne var som helst. Nu räckte hon tombolaförsäljaren ett mynt och fick några lotter tillbaka. Lottförsäljaren vevade på handtaget till trumman innan han drog ut en pappersbit. Fredrik kunde se hur hon ryckte på axlarna och log. Hon var lika glad även om hon inte hade fått någon vinst. Var hon ensam? Det skulle ha förundrat honom om hon var det. Självklart var hon inte det. Hon hade garanterat en fästman. Något annat skulle vara otänkbart, så vacker som hon var. Modet sjönk i Fredrik.

Han skulle just vända sig bort när något rörde sig i hans ögonvrå. En ung kvinna kom bort till *Henne* och viskade henne något i örat. Han var tvungen att kisa för att se bättre i den starka solen. Men var det inte deras nya tjänsteflicka? Han kände knappt igen henne utan uniformen på. Karen tyckte han sig minnas att hon hette, och nu stack hon leende armen under *Hennes*, och de gick vidare in i parken.

Det gällde att handla snabbt. Om han vågade, kunde han gå efter dem. Men han var redan trött i det dåliga benet, och vad skulle han egentligen säga till dem? Han skulle framstå som en tok som följde efter tjänsteflickan och hennes väninna. Situationen skulle vara beklämmande både för Karen och för honom själv, och han kunde riskera att han skrämde bort *Henne* för gott.

Fredrik tog ett bättre tag om cykelstyret och cyklade i stället mot tombolan. Karlen med skärmmössa och en läpp full av tuggtobak bockade lätt mot honom.

– Fem lotter, tack, sa Fredrik. Han visste inte varför han köpte lotter, tur hade han aldrig haft. Trumman stannade och försäljaren läste upp några nummer. Fredrik kikade ner på lotterna han höll i handen, och var tvungen att blinka. Den ena siffran stämde med siffran som den andra karlen just hade läst upp. – Och jag som aldrig vinner någonting, utbrast han förvånat.

– Du ska se att lyckan håller på att vända för dig, sa lottförsäljaren och flinade. – Du får välja bland vinsterna, då.

På en bricka täckt av mörkröd filt låg vinsterna på rad. En strut med karameller, en liten, rund handspegel. Fredriks blick stannade vid ett hårband av nattblå sammet. – Det, tack, sa han och pekade. Han stoppade hårbandet i fickan, tog farväl av lottförsäljaren och cyklade vidare. Nu var frågan hur han skulle få överräckt hårbandet till *Henne*.

16

Fredrik plockade upp fickuret som låg på nattduksbordet. Vad kunde klockan vara? Ett? Kanske två? Han hade sovit oroligt. Vridit och vänt på sig och drömt om *Henne*. Vid sidan av fickuret och vattenglaset låg hårbandet han hade vunnit. Skulle det vara dumt av honom att be tjänsteflickan om att ge det till *Henne*? Han borde vara karl nog att göra det själv. Se *Henne* i ögonen och fråga henne rent ut om hon ville ta en promenad tillsammans med honom en dag, för att bli bättre bekanta.

Fredrik lade huvudet tungt tillbaka mot kudden och stönade. Om han bara hade haft ett uns av broderns nonchalans. Christian var en lebeman, och kvinnor hade alltid älskat honom. Storebrodern var inte en hopplös romantiker, som han själv var. Varför kunde han inte för en gångs skull göra det lite lättare för sig själv? Förälska sig i en flicka han faktiskt kunde få. En som varken var bortlovad till någon annan, eller som tillhörde en helt annan klass än han själv. Men så hade det inte blivit. Och han kunde inte tänka sig något tråkigare än de här evinnerliga balerna och banala samtalen om vem som var förlovad med vem, om mode och frisyrer, jakt och tillställningar och allsköns skvaller.

Han ville inte sluta som brodern. Christian hade världen för sina fötter, och ändå verkade det som om han aldrig blev nöjd. Han hade en vacker hustru och var arvingen till en framgångsrik firma och en jätteförmögenhet! Vad mer kunde brodern önska sig? Det var sådana saker Fredrik grubblade över när han ibland inte kunde sova. På skillnaderna mellan att vara en romantisk drömmare, som han själv, och en äventyrare som Christian. Han var säker på att han skulle ha trivts var som helst, så länge han hade sin cykel, böcker, ett skissblock och inte minst kvinnan han älskade. Christian, däremot, var rastlös. Alltid sökande efter något bättre. Brodern hade alltid varit äventyrslysten. Genom barndomen hade han ständigt försökt lura med Fredrik på allsköns upptåg, även om han visste att lillebroderns onda ben satte vissa begränsningar. Fredrik var säker på att Christian alltid hade sett på honom som en tråkig morsgris. Han som alla pjoskade med och var bekymrade för. Fredrik hade sett upp till brodern just för att han var orädd och stark. Det fanns inte en drummel han inte kunde mäta sig med, och Christian hade aldrig tvekat att skydda Fredrik om det behövdes. Många gånger hade Fredrik varit stolt över storebrodern, men han hade aldrig sagt det till honom.

Christian hade inte följt med dem hem efter promenaden. Han ville ta en pilsner med kamraterna – »för gammal vänskaps skull«, som han sa. Ellinor hade blivit tydligt besviken, men hon hade inte sagt något. Christian var ute ständigt och jämt och kom inte hem förrän sent på natten. Det verkade inte som att Christian såg det de andra såg, eller var det så att han såg hur besviken och sårad Ellinor blev, men inte brydde sig om det? Fredrik vägrade tro att brodern var så cynisk. Han mindes deras bröllop och storebroderns ansiktsuttryck när Ellinor kom gående mot honom i kyrkan. Så fylld av stolthet, kärlek och begär. Sådana känslor kunde väl inte försvinna så fort?

Det kurrade i magen. Det var omöjligt att sova på tom mage. En tjock skiva bröd och ett glas mjölk skulle hjälpa. Han slog morgonrocken om sig och smög sig bort längs gången. Det enklaste var att ta baktrappan, den ledde rakt ner till köket. Han chansade på att tjänstefolket hade lagt sig. Att tassa runt i morgonrocken, mumsande på en brödbit, var något han helst ville göra osedd.

Fredrik öppnade dörren ut till baktrappan och spetsade öronen. Var det röster han hörde? Tyst stängde han igen dörren bakom sig och blev stående överst på trappan och lyssnade. Det var mörkt, men gluggen i köksdörren släppte in lite av den ljusa sommarnatten, tillräckligt för att han kunde skymta två gestalter nederst i den svartmålade trappan.

– Som du ljuger ihop historier för mig, herr Christian! Ska jag verkligen tro på att du har slagits med en björn?

Fredrik hoppades att magen inte skulle kurra så högt att de upptäckte att han stod där. Blodet dunkade i öronen. Olava, tjänsteflickan, höjde flaskan mot munnen och tog en slurk medan Christian flinande betraktade henne.

– Du är sannerligen en fräck flicka, Olava. Fräck *och* söt. Han lutade sig närmare och försökte kyssa henne. Fredrik knöt nävarna. Tusan ta Christian! Borde han säga något? Ge sig till känna på ett eller annat sätt? Harkla sig eller stampa med fötterna? Brodern var full som en kastrull. Fredrik andades lättad ut när Olava sköt Christian ifrån sig och försökte resa sig. Det var tydligt att hon också hade fått i sig lite, för hon var tvungen att stötta sig mot väggen.

– Det kan gott hända att jag är fräck, herr Christian. Söt vet jag att jag är. Hon fnissade. – Men jag är inte en sådan flicka som du tror. Dessutom är jag trött, och du har en fru som väntar på dig där uppe.

Fredrik nickade belåtet. Det var lyckligtvis tåga i flickan.

– En fru … Christian fnyste. – En fru som inte tycker om mig. Och ska jag vara ärlig mot dig, Olava, gillar jag inte henne något särskilt heller. Hon är inte lekfull, som du …

– Som herr Christian flirtar med mig. Olava fnissade. – Men nu måste jag lägga mig. Det dröjer inte länge innan solen går upp igen, och någon av oss har ett arbete att sköta. Hon rättade till hårknuten och gick mot bakdörren. – God natt, herr Christian.

Fredrik slöt ögonen och bad till Gud om att Christian skulle låta henne gå. Det var knappt han vågade öppna dem igen. När han gjorde det, satt brodern fortfarande på det nedersta steget, lika slapp som en säck potatis. Håret var rufsigt och skjortkragen lös. Christian stönade när han grep tag i ledstången och drog sig upp på fötter. En kort sekund var Fredrik rädd för att han skulle falla framåt, men brodern klarade att vända sig i rätt riktning och kom med tunga, släpande steg uppför trappan. Fredrik drog sig raskt ut i gången igen och smet tillbaka in i sovrummet.

*

Cecilia var ute i trädgården. Julidagen var mild och fin, även om det ännu var tidigt på morgonen. Det hade redan gått ett par veckor sedan festen. Cecilia nynnade lågt och förnöjt för sig själv. Över armen bar hon blomsterkorgen, och i den låg rosensaxen i silver med hennes initialer ingraverade i skaftet. Den hade varit en kärleksgåva från Karl för många år sedan, den gången hon knappt hade börjat få ordning på rosenträdgården ute på Rosenlyst. Hon mindes det första mötet med landstället. Karl hade varnat henne. Hon fick inte tro att det var något ens i närheten av trädgården i England, hade han sagt. Efter att fadern dog, och han själv fick mycket att göra med att rädda familjeverksamheterna, hade stället mer eller mindre förfallit. Dessutom var klimatet hårdare än i England. Blomster och växter måste vara hårdföra för att överleva, hade han förklarat. Precis som människorna som levde där.

Cecilia hade ändå skapat sig en bild av grönskande, frodiga blomsterbäddar, stora gräsmattor, en anddamm och kanske ett lusthus. Med hänsyn till namnet borde det sista ha varit en självklarhet, men lusthuset som stod där nu, hade de själva byggt.

Hon drog på sig trädgårdshandskarna och valde ut en kraftig buske med rosor med tjocka stjälkar och vassa törnen. Blommorna knoppade sig nu när trädgården låg i skugga. Så snart solen kom och förde värmen med sig på allvar, skulle de veckla ut sig i all sin prakt och återigen göra världen ännu vackrare.

– Aj!

Cecilia ryckte åt sig handen när ett törne pressade sig in genom bomullshandsken och stack henne i fingret. Hon rev av sig handsken, stoppade fingret i munnen och kände den sötaktiga smaken av blod. Hon blev alltid lika överraskad, även om hon måste ha stuckit sig minst tusen gånger. Under uppväxten hade Elizabeth alltid varit snabb med att dra fram en näsduk, så Cecilia inte skulle söla på klänningen och få skäll när hon kom in till modern.

Cecilia vände sig om när hon hörde bakdörren slå igen. Christian kom släntrande mot henne med händerna nerstuckna i byxfickorna.

– Jag tänkte väl att jag skulle hitta dig här ute, sa han.

– Är du så tidigt uppe? Hur är det med Ellinor, är hon också vaken?

Christian vred på skospetsen så det knastrade i gruset. – Nej, hon sover fortfarande. Hon känner sig trött nuförtiden, säger hon. Kanske är det vädret. Det skiftar ju fortare än Rose byter klänningar. Han ryckte på axlarna. – Vad vet väl jag?

– Vi får oavsett hoppas att hon känner sig bättre snart. Cecilia lade huvudet på sned. Det var inte likt Christian att söka upp henne på det här sättet. Kanske Fredrik, men inte han. Det var heller inte likt honom att vara så tvekande. Christian brukade haspla ur sig det mesta, om det var något han hade på hjärtat. Det förstärkte bara misstanken om att något plågade honom.

– Kan vi sätta oss? Christian nickade mot den vitmålade bänken. – Det är något jag gärna vill tala med dig om.

Cecilia lade handskarna på toppen av stjälkarna. Hon var både orolig och nyfiken. – Självklart kan vi det.

Christian stöttade armbågarna mot knäna och knäppte händerna framför sig. Han såg inte på henne, utan höll blicken riktad framåt. – Jag har en idé – ja, jag har haft den länge. Men jag har inte delat den med så många ännu.

– En idé? Det låter viktigt. Du vet att du kan berätta allt för mig, inte sant? Och det stannar hos mig, om det är det du önskar. Jag är din mor.

Han log. – Tack. Nå, det förhåller sig alltså så att jag har en lysande affärsidé, mor, och jag önskar förverkliga den här i Trondheim.

Cecilia kände igen samma iver hos honom som hon så ofta hade sett när han växte upp. Det glimtade till i hans ögon. Men den här gången var det också en beslutsamhet i dem, något hon inte hade sett förut. Han menade verkligen allvar den här gången.

– Jaha? Och vad går den här idén ut på? Hon hade ingen aning om vad hon kunde förvänta sig. Det var aldrig gott att veta med äldste sonen.

Christian lutade sig tillbaka mot ryggstödet och mötte hennes blick. – Jag vill bygga ett stort varuhus, mor. Det största norr om Kristiania. Steen & Ström känner du ju till, och Magasin du Nord i Köpenhamn, Galeries Lafayette i Paris ... Jag tänker att vi kan få till något liknande här, sa han med oblyg entusiasm. – Det ska vara ett modemagasin, inte bara för dem som bor här, utan för alla tillresande och genomresande också. Han vände sig ivrigt mot henne medan han förklarade och visade med händerna. – Invånarna i den här staden har sinne för kvalitet, det vet du ju allt om. Ellinor tror inte riktigt på mig när jag säger att Trondheimskvinnan är känd för sin utsökta smak. Men se bara på dig, mor. Det är få som överglänser dig i stil och klass.

– Det var snällt sagt, Christian. Cecilia måste erkänna att sonens entusiasm smittade över på henne. Men mest av allt var hon smickrad över att han hade anförtrott sig till henne. – Vad säger far om det här, då, Christian? Tycker han också att det är en bra idé?

Han grimaserade. Det var tydligt att hon hade rört vid en öm punkt. – Far vet ingenting. Jag har inte införlivat honom i mina planer ännu. Du vet hur han är. Han anser att allt jag gör, är dömt att misslyckas. Men jag har förändrat mig, mor. Jag har blivit äldre och mer erfaren. Jag hoppas att du vill lägga ett gott ord för mig. Far lyssnar mer på dig än på mig.

Cecilia flyttade sig på den hårda bänken. Måste han försätta henne i en så svår situation? Det var sant att Karl lyssnade på henne, men det gällde frågor om hushållet eller Rose eller en ny bjudning hon gärna ville hålla. Då lyssnade han tålmodigt och sa sällan emot henne. – Men det här har med affärer att göra, Christian. Med investeringar – ja, säkert stora investeringar också. Ett helt varuhus? Det är väl inte det här du har hållit på med i Kristiania? Jag trodde att du arbetade för far.

– Det stämmer att jag arbetade för far. Det har jag lärt mig mycket av, och jag är bra på att investera, mor. På att se framåt. Jag ser möjligheter innan andra gör det. Precis som far. Han såg bevekande på henne. – Om far bara kunde se det från min sida. Aktier och obligationer är det stora nu. Planen är att andra ska köpa in sig i varuhuset för att finansiera det. Herr Bendixen har redan sagt sig vara villig att investera en hel del pengar i det.

– Herr Bendixen? Ellinors far? Cecilia lade handen över bröstet. Du store, var han också indragen i det här … Karl skulle inte gilla det. Han hade föga till övers för sonens många »affärsäventyr«, som han kallade dem. Det var inte första gången Christian hade stora drömmar. Han skulle heller inte tycka om att Christian hade blandat in Bendixen före sin far.

– Svärfar är en mycket duktig affärsman, mor. Han vet vad han talar om.

Cecilia visste inte vad hon skulle säga. Affärer var inte något hon hade reda på. Det lät fint. Men lite farligt också. Christian hade personligen aldrig varit duktig med pengar – inte att få dem att vara i alla fall. När han studerade i Köpenhamn, var det enda livstecknet de fick brev med bön om mer pengar. Men det här var självklart något helt annat. Hon sneglade bort på honom. Hennes lille gosse hade blivit en vuxen man. Han var gift och tog ansvar. Hon svalde klumpen i halsen. – Vad säger Ellinor om allt det här?

Det tog tid innan han svarade. – Det var på grund av varuhuset som hon gick med på att flytta hit. Det hade varit svårt att få med henne annars ... Han måste ha läst hennes ansiktsuttryck, för han höjde avvärjande händerna. – Jag menade det inte på det sättet, men Ellinor är väldigt knuten till familjen. Och till pälsaffären, även om hon inte expedierar nu när vi är gifta. Vi ...

– Vi vad? frågade Cecilia när han inte sa mer.

– Nej, det var ingenting.

– Har ni grälat?

– Om vi har grälat? Han skrattade ihåligt. – Vi kan visst inte enas om något som helst längre, mor.

– Men jag trodde att ni var perfekta för varandra. Cecilia undvek att tala om att hon hade hört dem gräla, och att hon hade lagt märke till de ogillande blickarna de ständigt sände varandra. – Du sa ju att Ellinor var annorlunda än alla andra kvinnor du hade mött. Att det var det du älskade med henne.

– Och det står jag fast vid. Ellinor är vacker, annorlunda och står för sina åsikter. Han suckade. – Jag trodde att det var det jag behövde. Att det var det jag önskade hos en hustru. En som var lika energisk och livsglad som jag. Men nu börjar det gå upp för mig att vi är alltför olika, eller kanske för lika. Varje minsta lilla sak hos henne irriterar mig …

Cecilia tog hans hand i sin. Man kunde inte enas om allt. Karl och hon hade också haft sina fejder. Det gällde att hålla ut när det blåste som värst, och sedan gå vidare tillsammans. Men Christian och Ellinor hade inte varit gifta i mer än några få månader. – Det är svårt att ge goda råd, Christian. Ni får bara ta er över det här lilla *guppet* i vägen. Ni ska lära känna varandra, och …

– Men det var väl inte så för far och dig? avbröt han henne. – Du och far är så solida, ni älskar och respekterar varandra. Ni är perfekta tillsammans. Det är ett sådant äktenskap jag önskar mig. Ellinor, hon sliter ut mig bara genom att vara den hon är. Alla hennes vanföreställningar om kvinnors rösträtt, fri kärlek och annat nonsens. Du skulle väl aldrig engagerat dig i sådant, mor?

– Nej, det skulle jag inte, svarade hon. – Men jag är mycket äldre och har mer livserfarenhet än Ellinor. Vet du, jag är säker på att det bara är en fas, Christian. Ellinor är ung. Hon låter sig färgas och förföras av allt som är nytt och spännande. Hon är äventyrslysten, precis som du. Cecilia kramade hans hand. – Jag är säker på att hon snart ska hitta sin plats och inse allvaret i det att vara hustru. Och jag ska tala med far, men jag kan inte lova något, det vet du.

Christian verkade lättad. – Tack, mor. Jag visste att jag kunde lita på dig. Inte ett ord till Ellinor om det vi har talat om, inte sant?

– Inte ett ord. Hon kikade upp mot sovrumsfönstret. Det var öppet nu också. Cecilia hoppades verkligen att Ellinor sov sin sötaste sömn.

17

Fredrik såg sig omkring. Det var inte ofta han befann sig på den här sidan av älven. I så fall var det på genomresa till sommarhuset ute på Lade. Han satt med ryggen mot körriktningen. På sätet mitt emot satt fadern och brodern. Återigen slog det honom hur lika de var. Ännu mer nu när Christian hade blivit en vuxen man. Samma mörka hår, den myndiga hakan och den raka näsan. Aristokratisk skulle han ha sagt om någon bad honom beskriva hur de såg ut med ett ord. Självsäkra som män med makt och inflytande var. Han funderade över hur andra skulle beskriva honom. Omedvetet lyfte han handen och rörde vid näsan. Den var inte lika rak som faderns och broderns. Han hade ärvt mer från den brittiska än den tyska delen av släkten. Det kornblonda håret och den ljusa huden som inte tålde solen så bra. Den kraftiga hakan och de markerade kindbenen var kanske det enda drag han delade med den manliga delen av familjen. Han hade försökt anlägga skägg och mustasch, men den rödaktiga färgskiftningen fick honom att se ut som en skotte från höglandet.

Det var bra att landån drogs av ett utvilat tvåspann, för det gick brant uppför Nonnegaten, förbi trähusbebyggelsen på Møllenberg och vidare mot Rosenborg där de nya husen sköt upp som svampar. Behovet av nya bostäder var stort, och utbyggnaden av staden österut gick i ett våldsamt tempo. Fredrik hoppades att det inte gick ut över kvaliteten på husen. Det hade varit skriverier i tidningen om det.

Han kikade nyfiket på trähusen i två och tre våningar som stod tätt på båda sidor av gatan. På höjden låg de nya träpaviljongerna som utgjorde Bispehaugenskolan. Det var här i närheten hon bodde. Tänk om han hade sådan tur att han fick se en skymt av henne. Chansen var liten. Det var mitt på dagen, och hon var säkert på konditoriet.

Till vänster om honom låg Kristianstens fästning. Det hade anlagts en park i Småbergene nu, men han hade inte hunnit besöka den. Dessutom var det alla de här backarna ... Det värkte i foten bara vid tanken på att cykla upp dit.

– Nu är vi framme. Fadern öppnade dörren och steg ut framför byggplatsen. Det rådde stor aktivitet där. Det hamrades och sågades, och starka karlar bar tunga plankor som om det var tändstickor de bar på. De nickade mot dem och mumlade ett »God dag, herrarna Winther«, med käften full av tobak.

– Det är alltså här det försiggår, sa fadern riktat till Christian. – Nå, vad tror du? Det är tillräckligt att hålla ordning på här. Du kan vara byggledare nu när du är tillbaka? Därefter vände han sig mot Fredrik. – Och du kan kanske hjälpa mig med att planera fler hus, Fredrik? Göra grundritningar och fasadteckningar.

Fredrik nickade. Han sneglade bort på brodern. Christian stod med händerna i kavajfickorna och verkade mindre intresserad medan fadern pekade och förklarade. Fredrik skulle aldrig förstå sig på Christian. Vad var det han förväntade sig av livet? Vad var det han hade trott att han skulle komma tillbaka till i Trondheim? Hoppades han att allt skulle vara som förut när han var ung och ogift och kunde vara den lebeman han så uppenbart trodde att han fortfarande var?

– Det låter spännande, far, sa Fredrik när Christian inte sa något.

– Bra. Och husen ska vara billiga och snabba att bygga, Fredrik. Det är så det görs nu. Förbudet att bygga trähus gäller lyckligtvis inte här. Då hade räkneuppgiften blivit en annan. Mycket dyrare och föga lönsamt.

– Nej, det här är inte som hyreshusen man ser i Frogner, det är då säkert, for det ur Christian.

– Det är heller inte meningen, svarade fadern. – Vanligt folk behöver tak över huvudet, och då lönar det sig inte att bygga för flott och dyrt.

– Men hur är det med lägenheterna du önskar bygga i centrum, far? frågade Christian, mer ivrig nu.

– Det är något helt annat, brummade fadern. – Det är ett hyreshus. Dessutom är det en idé som håller på att misslyckas – ja, om inte den unga änkefrun bestämmer sig snart. Kom, låt oss gå vidare. Det finns mer jag vill visa er.

*

– Ett gediget varuhus. Här i Trondheim? Han måste ha mist förståndet, Cilla.

– Hyssj! Hon satte pekfingret för munnen. – Dämpa dig.

Det hade blivit kväll, och de hade dragit sig tillbaka till sovrummet. Karl lade några papper i kappsäcken, som Sigrun redan hade packat åt honom. Han skulle ta tåget till Kristiania nästa dag. Bara några affärer, hade han sagt. Det vanliga.

Det vanliga … Cecilia visste inte vad det innebar. Affärsmöten? Middagar med olika förbindelser? Känslan av att inte veta vad han höll på med var obehaglig. Hon tyckte om att veta var Karl var. Om det var på kontoret i staden, på jaktslottet på Hitra eller på herrklubben.

Dessutom var det mycket som måste röjas i nu när Christian hade tagit sitt pick och pack och flyttat hem igen, hade han sagt. Som om allt Christian gjorde, var att lämna efter sig oreda och kaos. Cecilia ogillade de ständiga sparkarna Karl gav sonen. Och nu stod Karl med rynkad panna och verkade bestört över Christians stora plan och dröm.

– Vår son har haft många underliga idéer genom åren, Cilla. Alla expeditioner han har drömt om, men som det aldrig blev något av. Att åka skidor över Sydpolen och jag vet inte vad … Ren och skär galenskap. Och nu det här? Vet han inte att det redan har byggts ett stort magasin här? Herregud, Matheson kommer att skratta så magen gungar om han får nys om det här. Han skakade uppgivet på huvudet. – Var får pojken det ifrån? Gudarna ska veta att jag aldrig hade kommit på något så dumdristigt.

Det var just det här Cecilia hade fruktat. Att Karl skulle avfärda det hela som en dumdristig, vild plan. Christian hade verkat så stolt när han berättade för henne om varuhus. Hon ville så gärna att han skulle lyckas för en gångs skull.

– Nu tycker jag faktiskt att du är oresonlig, Karl. Kan du inte åtminstone ge honom en chans att förklara sig? Att låta honom berätta för dig om planerna han har utarbetat så långt? Det ska bli ett varuhus med absolut allt från A till Ö. På samma sätt som Frølich-passagen i Kristiania. Det ska bli något ingen har sett maken till i den här staden. Hon drog efter andan. – Bendixen har för övrigt sagt sig vara villig att investera i magasinet. Enligt Christian tror han stort på projektet.

Karl blinkade ett par gånger, och små rynkor dök upp runt hans ögon. – Bendixen? Hm. Han gned sig i nacken. – Vad är det han tänker med? Han känner inte till förhållandena här uppe. Det här är inte Paris. Inte Kristiania heller, för den delen. Jag trodde Ellinors far var en förnuftig affärsman. Men om han har tänkt ingå affärer med Christian, så … Han skakade på huvudet. – Inte ett ont ord om vår son, Cilla, men bra med pengar har han aldrig varit. Pengar glider som sand mellan hans fingrar. Bendixen kan omöjligt veta …

– Men han är mogen nog att gifta sig, Karl? Att sätta bo? Cecilia hade inte för vana att säga emot Karl, men den här gången gällde det deras son, och hon *ville* tro på Christian. – Christian är inte densamma som han var för bara två–tre år sedan. Han har blivit en vuxen man. Är det inte på tiden att visa honom tillit? Du ska se att du kommer att bli glatt överraskad.

När hon förstod att orden hade träffat honom där de skulle, lade hon handen lätt på hans arm. – Han har trots allt lärt sig av den bäste, inte sant?

– Å, Cilla. Karl stönade uppgivet. Du och din kvinnliga list. Jag lär mig visst aldrig, eller hur? Jag faller för den varje gång …

Hon log belåtet.

– … men inte den här gången, fortsatte han. – Jag måste dessvärre göra dig besviken och så smånningom Christian också. Det här varuhuset tror jag inte på. Det involverar alltför mycket pengar, och risken är för hög. Var ska han få startkapitalet från? Från mig? Och vem ska driva det? Ska han? Han slog ut med armarna. – Bendixen kan omöjligt betala för allt. Christian kommer ganska säkert att gå i konkurs om han genomför det här, Cilla, och då kommer han att dra med sig både oss och Bendixen i fallet om vi stöttar honom. Är det verkligen det vi önskar för honom? För Ellinor, och för hennes familj? För oss?

Cecilia kände tårarna pressa på. Hon hade en dov känsla i magen. Det var känslan av att komma till korta. Självklart önskade hon inte att Christian skulle gå i konkurs. Hon hade inte tänkt igenom alla sidor av saken. Hade inte förutsättningar att göra det heller. Karl, däremot, visste vad han talade om. – Du vet självklart bäst, medgav hon lågt. – Men kan du inte åtminstone tala med Christian och lyssna till det han har att säga? Det är allt jag ber dig om. Vem vet, kanske ni kommer fram till en kompromiss?

Karl tänkte efter. Käkarna var sammanbitna. – Nåväl, jag ska tala med honom. Han stängde kappsäcken. – Men det blir inte förrän jag är tillbaka.

Hon kysste honom ömt på kinden. – Tack. Jag är säker på att ni klarar upp det.

18

Karl Winther drog in huvudstadens *ambience*. Ölet på Grand var kallt och läskande, och han studerade menyn i väntan på att Bendixen skulle komma. Han hade nickat hövligt till Ibsen när han kom in. Diktaren hade redan intagit förmiddagens smörgås, för assietten var tom, och detsamma var glaset med öl. Servitören kom med ännu en pilsner som han ställde på bordet framför mannen med de imponerande polisongerna.

Själv satt han vid ett fönsterbord med perfekt utsikt mot trottoaren där huvudstadens borgare promenerade fram och tillbaka. Lite snett, till höger om där han satt nu, var uppförandet av den nya teatern i sin sista fas. Det var privata investerare involverade. En enorm investering, visste han.

Han hade precis hunnit svänga förbi Frølich-passagen på väg hit. Christian var så betagen av den inbyggda handelsgatan som var i flera våningar och hade glasfasader. Karl, däremot, tyckte det var absolut gallimatias. Han hade sett den med egna ögon i dag. Alla de nyfikna människorna som svärmade runt i passagen, men det var få av dem som bar på nätkassar eller korgar med varor. De flesta glodde på välståndet och stack nästipparna så nära fönsterrutorna att expediterna hade ett väldigt besvär med att torka bort märkena efter dem. Att inte sonen förstod att det var ren hasard att ge sig in i något sådant? Om något år, däremot, om allt fortsatte i den rätta riktningen och Trondheim fortsatte att växa. Men inte nu. Christian borde veta bättre. Han som hade fått i uppgift att följa upp flera byggprojekt i huvudstaden. Han visste ju hur dyrt allt var, och vilka intäkter de var beroende av för att få allt att gå runt.

Det surrade runt Karl. Cigarr- och pipröken låg som ett luddigt lock över gästerna, som i stort sett var män. Han uppfattade brottstycken av samtal. Det rörde sig om pengar och affärer. Det var visst det allt gick ut på nuförtiden. En man dök upp i dörröppningen. Utan den stora pälsen på tog det Karl lite längre tid att känna igen honom, för han hade inte sett Ellinors far sedan bröllopet. Han höjde handen till hälsning.

När Bendixen nådde fram till bordet, reste Karl sig och sträckte honom handen. Den enes handtryckning var lika fast som den andres. Ingen av dem ville släppa först, till slut blev det Karl som lossade greppet och satte sig ner igen. Han nickade mot glaset. – Jag har inte beställt något att äta ännu. Bara en bayer mot törsten. Herr Bendixen är säkert hungrig?

– För all del, kalla mig Bernard. Vi är ju att räkna som familj nu, inte sant? Och ja, jag är hungrig som en varg. Han grep menyn.

Karl var tacksam för att Bendixen hade påmint honom om sitt förnamn, för det hade han glömt i farten. Han vinkade på kyparen.

När de hade beställt, lutade Bernhard sig tillbaka i stolen. – Så, hur går det med min kära dotter? Vi har inte hört från henne sedan de reste norrut. Postgången är väl trög. Har ni telefon där uppe?

– Javisst. Det har vi haft i några år redan, men det är inte möjligt att ringa rikssamtal ännu, dessvärre. Det är för övrigt en fantastisk uppfinning. Den som hade kommit på något sådant först … Han log och erbjöd Bernhard en fet havanna. – Cigarr? Bara det bästa är gott nog, inte sant?

Ellinors far lyfte handen avvärjande. – Tack i alla fall. Det är magsåret. Det tål inte så mycket, och efter all maten och vinet som jag bälgade i mig där nere i Italien, har det blivit riktigt illa. Min fru ser efter mig som en hök. Han såg sig raskt omkring innan han lutade sig närmare. – Men i och med att hon inte är här nu, så kanske … Han tog emot cigarren och beundrade den som om den skulle ha varit ett dyrbart smycke. Strök den under näsborrarna medan han drog in doften av tobaken.

– För att svara på din fråga, så verkar det som om Ellinor trivs, fortsatte Karl. – Och att de har bestämt sig för att flytta till Trondheim är självklart väldigt trevligt för oss. Han harklade sig. – Men kanske inte lika trevligt för er?

Karl tänkte på Cecilia och på sorgen hon hade känt när först Christian och därefter Fredrik hade flyttat hemifrån. Kvinnor och män var sannerligen olika funtade. Han hade inte känt annat än lättnad över att sönerna var klara att erövra världen. Suga åt sig kunskap och bli till män. Fast erövra … Nu hade de båda kommit hem igen.

Bendixen sög på cigarren. – Inte lika trevligt? Vi har tre döttrar, Karl, och är bara tacksamma för att de kommer i hamn, för att säga det så. Han skrattade. – Dessutom innebär det flera resor för mig och min hustru till Trondheim, inte sant? Christian har berättat om både egen laxälv och jaktmarken. Som du vet, älskar jag att jaga.

– Javisst, vi får ta oss en tur till Hitra.

– Annars har ju vår käre svärson, som du säkert vet, stora planer för oss där uppe. Det är ett spännande och ambitiöst företag Christian ger sig in i. Kanske inte lika spännande som polarresan han har talat så mycket om, men definitivt mer lukrativt. Bernhard fimpade cigarren när maten kom på bordet.

Karl började bli varm under kavajen. Det var tydligt att Christian och Ellinors far hade hunnit bli väl bekanta med varandra. De hade gjort upp stora planer tillsammans. Det gjorde inte det han hade kommit för att säga, något lättare. – Ja, men väl så utmanande som en expedition. Och utan tvivel riskabelt – ja, mycket riskabelt. Jag vill säga att Christian rör sig ute på tunn is här.

– Verkligen, Karl? Bernhard sänkte gaffeln och såg frågande på honom. – På vilket sätt, menar du? Det är väl just i sådana varuhus som framtiden ligger? Du ser ju hur allt blomstrar här i huvudstaden. Hus och butiker dyker upp på varje ledig plats. Det är goda tider för den som vill satsa.

Karl vred sig på stolen. Hur skulle han börja? – Du måste komma ihåg att Trondheim inte på långt när är lika stor som Kristiania, Bernhard. Jovisst byggs det där också. Staden ökar i omfång för varje dag som går, men förhållandena är ändå mindre. Framtidsoptimismen är också blandad med en viss försiktighet och skepsis, den är inte i full blom så som här i staden. Karl kastade en blick genom fönstret på den myllrande huvudgatan.

– Än så länge, invände Bernhard. – Än så länge. Du säger ju själv att staden växer. Invånarantalet ökar. Det talas om att bygga en ny teknisk institution där uppe, och det byggs väl redan ett större sjukhus. Katedralen är väl också snart färdigrestaurerad? Hur är det möjligt att lägga ner så mycket tid på att komma fram till vad man ska göra med ett enkelt byggnadsverk … Han smackade med tungan.

– Jo, jo … Karl nickade, förundrad över hur väl Bernhard kände till förhållandena i Trondheim. Det var självklart sant allt det Bendixen sa, men staden hade redan flera modeaffärer, och Mathesons hade just öppnat dörrarna till sitt imponerande modegalleri. – Men allt det du nämner, kommer att ta tid – ja, flera år. Högskolan är inte ens godkänd i Stortinget. Och får jag påminna dig om att Norges Bank flyttades *från* staden och *till* huvudstaden? Nej, jag har ett bättre förslag, Bernhard.

Bendixen höjde ögonbrynet. – Jag är idel öra.

– Varför gapa över så mycket på en gång? Varför inte börja mer försiktigt med något som inte kräver så mycket startkapital? Christian ska ju efter hand ta över familjeföretaget. Han kommer inte att ha tid och krafter för att driva ett stort varuhus vid sidan av. Så varför inte nöja sig med en filial av Bendixens Pels? Då kan Christian få visa vad han duger till, men utan att vi riskerar något. I bästa fall kan du tjäna bra pengar på det. Bendixens Pels anseende kommer att stiga, och fler kommer att känna till butikerna. Och går det inte som hoppats, har du fortfarande butiken här i staden.

Bernhard blev smal i blicken.

– Din dotter kan redan mycket om driften, fortsatte Karl. – Ellinor kan ge Christian givande idéer om hur butiken bör drivas Hon är ju så kvick och vaken.

Bendixen slätade till mustaschen. – Det är inte något dumt förslag, Karl. Absolut inte dumt … Vad säger Christian om det här? Han glöder ju så för det här varuhuset. Jag har aldrig sett honom så ivrig förut. Och jag gillar det, Karl. Sådana män är det styrka i. Tåga. Män som vill något i världen, som är hungriga efter att skapa sin egen lycka, sin egen rikedom. Entreprenörer av hjärta och själ. Med all respekt för din bakgrund, självklart Karl.

Karl tvingade sig att le och svalde ett bitande svar. Det var just den här totala bristen på utbildning som kännetecknade män och kvinnor av Bernhards klass. De förstod varken ansvaret eller historien som följde med ett namn och ett släktträd som familjen Winthers. Bernhard hade inga förutsättningar att förstå kampen Karl hade utkämpat, och som han fortfarande utkämpade, för att hålla familjens renommé fläckfritt. Inte bara av respekt för hans lilla familj, utan för generationerna före honom och de som skulle komma efter. Det som ändå förundrade Karl mest, var att Bernhard inte tänkte på följderna. Han som hade startat med två tomma händer. Om de gav Christian det nödvändiga kapitalet, och allt gick över styr, skulle de alla dras ner i dyn. Ville Bernhard riskera att mista allt han hade byggt upp?

– Det är fint allt du säger, Bernhard, men det är alltså så att Christian alltid har varit av den överivriga typen. Äventyrslysten. En evig optimist. Och på gränsen till tanklös ibland. Han skrattade avväpnande. – Den här gången har han tagit sig vatten över huvudet. Jag ska vara helt ärlig mot dig – jag kommer inte att bifalla eller investera i det här varuhus. Han tog en klunk av ölet.

– Är det på det sättet? Bendixen torkade sig runt munnen med servetten och knäppte händerna framför sig på bordet. – Så det du föreslår är en filial av min affär, och att Christian ska driva den?

– Ja, varför inte? Christian är född med krämarblod i ådrorna. Han har bara aldrig fått visat vad han går för.

– Inte det? Christian har förvaltat dina egendomar här i huvudstaden, vet jag. Investerat i både det ena och det andra.

Karl nickade bekräftande. – Absolut, men det är ju inte detsamma som att bygga upp och driva ett varuhus. På det här sättet kan han få visa sig i hemstaden, och han kommer att känna ett stort ansvar gentemot dig. Det är trots allt ditt namn butiken kommer att bära.

– Det är det förvisso, och Bendixens Pels har ett rykte att sköta. Christian har att se till att det håller sig fläckfritt. Bernhard sträckte på sig. – Jag är glad för att du gjorde dig besväret med att komma hit och tala med mig om det här, Karl. Jag ska grundligt tänka igenom ditt förslag.

– Bra. Karl log. Han kände sig lättad, men hade en äcklig smak i munnen. Att gå bakom ryggen på både Christian och Cecilia på det här sättet var uselt, men för allas bästa. Han hade bestämt sig redan som ung man att han aldrig skulle hamna i samma situation som hans far hade gjort. Han skulle inte hålla hårt på det som var, men heller inte kasta sig över varje nyhet. Han skulle hålla huvudet kallt och lyssna till sin egen magkänsla. – Det är en sak jag vill be dig om, Bernhard.

– Ja?

– Kan vi låta bli att säga något om det här mötet till Christian, eller någon annan för den sakens skull? Han vet inte att jag är här för att tala med dig, och jag ser helst att det förblir så. Skriv hellre ett brev till honom där du förklarar att du har tänkt dig noga för och har fått kalla fötter. Du drar dig ur projektet, men en filial av pälsaffären, däremot, den kan du stötta.

– Jag förstår. Det ska jag göra. Absolut, sa Bernhard.

Karl höjde glaset mot honom. – Skål för en lysande framtid för Christian och Ellinor, och för en lång och god vänskap mellan våra två familjer!

Cecilia rättade till porslinskoppen som stod på soffbordet framför henne. Den var vit med små, rosa blommor och en kant av guld. Så skört porslinet var, och ändå starkt nog att tåla glödhet dryck. Hon väntade besök vilket ögonblick som helst. Margit hade redan tagit ut den mjuka kakan ur ugnen, och doften hade funnit väg från köket och in i salongen. Det luktade himmelskt. Teet fick vänta en stund med att dra. Hon kunde inte fördra att det blev för starkt eller, gud förbjude, kallt.

De blev inte många i dag. Bara några få utvalda från societeten. Alvilde Bach kom med sin yngsta dotter Esther, som också var nygift och hade satt bo några hus bortanför föräldrarna på Munkegaten. Prästfru Herlofsen hade med sig dottern Birgitte som, trots att hon var över tjugo, såg ut att förbli ogift. Ellinor skulle ha gott av att bli bekant med en from människa med sunda intressen. Sist, men inte minst, kom Tilda.

Cecilia hoppades att Alvilde och Tilda skulle uppföra sig civiliserat. Att invitera de två på samma tebjudning kunde vara ett vågspel, det visste hon av erfarenhet. En gång hade det gått extra hårt ut över porslinet. Tilda hade hetsat upp sig över ett och annat som Cecilia för längesen hade glömt vad det var, och satt koppen så hårt ifrån sig att tefatet sprack. *Oh, dear* ...

I soffan satt Rose och Ellinor. Ellinor var klädd i en duvgrå klänning, en färg Cecilia inte kunde klä sig i utan att gå i ett med omgivningarna. Men färgen gick perfekt ihop med Ellinors rödbruna hår och starka färger. Hon hade rätt och slätt värmen och glöden för att bära den. Cecilia höjde handen och rörde vid sitt eget hår. Det var fortfarande blankt och starkt, men inte på långt när så fylligt som Ellinors. Det mesta hos Ellinor tog plats. Rörelserna. Åsikterna. Skrattet.

Cecilia hade inte glömt det Karl hade sagt dagen efter festen. Han hade insinuerat att hon var svartsjuk på svärdottern. Att hon inte tålde att Ellinor stal uppmärksamheten från henne under bjudningen. Det var självklart bara dumheter. Men det var ovant att tvingas kämpa om uppmärksamheten. Det hade bara funnits en fru Winther hittills. Nu var det den gamla och den unga fru Winther. Hon ryste vid benämningen. Tanken på att bli gammal var outhärdlig.

Det ringde på dörren. – Där har vi de första. Cecilia reste sig och slätade till klänningen. Hon kikade ut genom fönstret för att se om hon kunde känna igen vagnen, men såg bara en del av den.

Ellinor reste sig också, tydligen för hastigt, för hon tvingades stödja sig mot Rose. Hon log urskuldande. – Jag hoppade över frukosten i dag. Så dumt av mig.

– Om du har tur, slipper du sitta vid sidan av fru Bach, mumlade Rose och fnissade. – Hon pladdrar hål i huvudet på alla hon möter – ja, det vet du ju redan från festen.

– Hyssj! Cecilia såg strängt på dottern. – Tänk om det är hon som kommer nu.

Ellinor hade vett nog att inte svara, men det lilla leendet i mungipan avslöjade att hon tyckte det var lustigt.

Det var Tilda som kom först. Hon visades in i salongen av Sigrun och verkade om möjligt ännu mer böjd i ryggen nu än senast de möttes. »Det är förkalkningar«, hade Tilda förklarat för Cecilia i ett förtroligt ögonblick. »Oerhört opraktiskt. Och det gör det alldeles omöjligt att se ner på folk.« Det var menat som ett skämt, visste Cecilia, men som med alla skämt fanns det en smula sanning i det också. – Tilda, *dear*. Kom in. Kom in. Så trevligt att du kunde komma.

– Ja, jag säger då aldrig nej tack till att komma hit, Cilla. Skulle jag låta de andra hönorna kackla på utan mig? Hon skrattade kluckande medan Rose hjälpte henne ner i den mjukaste stolen.

– Tack, kära du. Det gäller att följa med, ska jag säga er. Vem är det förresten vi väntar på?

– Prästfru Herlofsen och fröken Birgitte. Ja, och så kommer Alvilde och Esther, skyndade Cecilia sig att lägga till. – De borde vara här vilket ögonblick som helst.

– Usch, då kan jag lika gärna hämta mig en bok meddetsamma. Tilda satte sig bättre till rätta i stolen. – De där damerna klarar ju utmärkt att underhålla sig själva. Kära nån, att inte Alvilde blir utmattad av att höra sin egen stämma … Hon drog efter andan och suckade. – … ja, det förundrar mig varje gång jag möter henne.

Rose och Ellinor växlade blickar.

– Tilda, då. Det var ingen trevlig sak att säga …

– Gör dig inte till, Cilla! Jag vet att du håller med mig. Somliga kvinnor vet inte när de ska hålla mun.

Det ringde på dörren igen, och Tilda fortsatte: – Där har vi dem, tänker jag. Det är bara att stålsätta sig.

Kort tid senare stod resten av tegästerna i salongen. Prästfrun och Alvilde stod sida vid sida. Den ena fyllig och kort, den andra lång och mager. Bakom dem följde de unga kvinnorna.

– Välkomna, mina damer. Cecilia tog emot dem och visade dem bort till soffan. – Ellinor har flera av er redan hälsat på. Jag tänkte ändå att det kunde vara trevligt att träffas under mindre, vad ska jag säga, formella former.

– En utmärkt idé, Cecilia, strålade Alvilde, och de andra nickade instämmande. – Jag vet ju mycket väl hur det är att få en ny svärdotter i huset. Som fru Ellinor kanske vet, har jag sådan tur att vara svärmor till två bedårande, unga damer och en stilig man – och farmor till fem härliga små, utbrast hon så hakan gungade. – Två pojkar och tre flickor, alla lika bedårande. Det dröjer väl inte länge tills vår kära Cecilia får uppleva samma glädje? Hon blinkade till Ellinor och fortsatte att tala med samma oblyga entusiasm. – Vet du att det äldsta av barnbarnen – ja, det är Peder, han …

– Kära Alvilde, har du inte tänkt sätta dig innan du tråkar ut stackars Ellinor med allt ditt prat? avbröt Tilda henne. Tonen hade en skämtsam snärt, men blicken var skarp och kunde inte missförstås. – Det är andra här som också önskar bli bekanta med henne, inte sant? Hon nickade mot Esther och Birgitte.

Cecilia kunde se att Ellinor flackade med blicken. Hade svärdottern verkligen svårt för att hitta ord? Det var i så fall första gången.

– Det är då ingen fara alls, förstår du, stammade Ellinor till slut. – Jag tycker det är trevligt att lyssna på allt fru Bach har att berätta …

– Det är helt i sin ordning, kära du, sa Alvilde och knyckte på nacken. – Vår kära Tilda har aldrig upplevt glädjen av att vara mor och mormor …

Cecilia höll andan. Hon borde ha vetat bättre än att bjuda de två damerna till samma tebjudning. Vad hade hon tänkt när hon skickade ut invitationerna?

Prästfru Herlofsen satte sig ner och knäppte händerna i knäet. Hon letade uppenbart efter något förmildrande att säga. Något som kunde lösa upp den spända stämningen och rädda tebjudningen från att sluta i total katastrof. Det var en egenskap hon hade. Kanske var det något som följde med gärningen som prästfru? – Jag hör att ni har flyttat hit till staden för gott, Ellinor? Det är ett bra ställe att bo på. Hon kikade på dottern, som satt tyst och grå vid sidan av henne. – Inte sant, Birgitte?

– Javisst är det så. Fru Ellinor har kanske lust att följa med mig på ett möte med Kvinnornas nykterhetsförening? Det finns ett eget nykterhetskafé också. Bikupan, heter det.

– Nykterhetsförening? frågade Ellinor överrumplat. – Nå, tackar som frågar. Det låter intressant …

– Och Christian och fru Ellinor kan kanske följa med Henrik och mig på *Hjorten* en kväll? sköt Esther in. – Det sker alltid något roligt på *Hjorten*.

Birgitte sände Esther en sur blick, men sa ingenting.

– Det är lustigt att du skulle nämna *Hjorten*, Esther, sa Tilda och såg lurig ut. – Jag har nämligen planer när det gäller det etablissemanget.

– Å? Cecilia såg frågande på henne. – Vad för slags planer är det, om jag törs fråga? Tilda var inte den som frekventerade stadens förlustelseställen. Någon sällsynt gång gick hon på teatern, men annars trivdes hon bäst hemma.

– Jo, nu ska ni höra, idén kom till mig under silverbröllopsfirandet när de unga höll sin lilla varieté, om vi kan kalla den det. En trevlig upplevelse. Speciellt finalen.

Cecilia ryckte till. Tilda kunde omöjligt mena kyssen? Så rakt på sak kunde hon då inte vara. Alvilde kikade diskret på henne, och Rose hade fått röda kinder. Cecilia låtsades som ingenting, även om det satt hårt åt.

– Jag önskar nämligen starta en egen skola för obemedlade, unga kvinnor.

Tildas förklaring var så överraskande att de alla omedelbart glömde Høirups kyss. – Jag har redan kastat blickar på en tomt. Hade det inte varit för att Karl, Cecilia, sätter käppar i hjulen för mig, hade den redan varit min. Men änkefru Hartmann är ett girigt fruntimmer. Välgörenhet existerar inte i det fruntimrets vokabulär. Så länge hon vädrar att hon kan tjäna mer pengar, vägrar hon sälja tomten till mig. Tilda smackade med tungan. – Änkefrun var kanske en välgörare i gamle herr Hartmanns ögon, men nu när han är död och begraven … Då tar girigheten överhanden.

Cecilia gapade. Det var den tomten Karl hade visat dem. Han och Tilda var verkligen som två småungar som slogs om samma karamell ibland.

Tilda njöt av uppmärksamheten, men fortsatte innan någon fick ställt frågor: – Det var då det slog mig att jag ska arrangera en festafton. En festafton till förmån för skolan. Alla som har något att ge i den här staden, ska stå på gästlistan. Det bör vara en glädje att stötta unga kvinnor som vill ha ut mer av livet än att betjäna sådana som vi. Och jag är säker på att alla kommer att bli väl lönade i himlen. Hon log och kikade utmanande på var och en i tur och ordning.

– *Betjäna*, Tilda? Alvilde såg upprörd ut. – Du får det till att låta så *vulgärt*. De får då betalt för det de gör. Det är inte som att de är slavar. Håller inte ni andra med om det?

– Det är så, svarade Tilda innan någon grep ordet. – Men har någon frågat dem om vad de egentligen vill? Vad de verkligen önskar sig av livet?

– Har någon frågat *oss* om vad vi önskar av livet? Alvilde skrattade genomträngande.

– Du får gärna skratta, men jag menar alltså allvar, sa Tilda indignerat. Hon grep tekoppen och tog en klunk.

Cecilia hade ingen orsak att tro något annat. När Tilda bestämde sig för något, var hon villig att sätta himmel och jord i rörelse för att genomföra det. Och det skulle bli till Karls stora frustration, för Tilda skulle stå på sig tills hon fick den tomten.

– Det finns många begåvade kvinnor i den här staden, fortsatte Tilda. – Men alla får inte visa vad går för – just för att ingen ser eller lyssnar till dem. De är undangömda i kök, i tvättstugor och i grovkällare, eller vad det nu heter … Hon viftade med handen.

– Tilda har en poäng, sa Ellinor, som hittills hade suttit tyst och lyssnat till de andra. – Det finns alltför många kvinnor som inte får visa vad de kan. Jag menar, jag har själv arbetat sedan jag blev klar med folkskolan. Mina föräldrar ansåg att jag inte behövde mer utbildning. Vi hade ju affären, och de behövde mig där.

– Har du stått i butik, Ellinor? Esther gapade och kastade en snabb blick på modern. – Det må jag säga … Jag tror inte jag har mött någon som har gjort det förut. Det här har du inte berättat för oss tidigare, Cecilia?

– Har jag inte det? svarade Cecilia. – Jag fann det väl inte så uppseendeväckande, då.

Det knackade svagt på dörren, och Karen, den nya husan, kom in med en ny kanna med te. Hon neg och började servera alla som önskade påfyllning.

– Men vi vill gärna höra mer om festaftonen, Tilda. Vad tänker du fylla den med? frågade prästfrun, och Cecilia andades lättat ut. Ingenting var bättre än att hon slapp tala mer om Ellinor och hennes familj.

– Jag ser för mig en afton på teatern, med allt från stråkorkester till jonglörer. Entrépengarna ska självklart gå till flickskolan. Tilda vände sig mot Ellinor. – Du kanske kunde be Christian fråga herr Høirup om han vill sjunga den kvällen, Ellinor?

Cecilia bet ihop tänderna. Hon hade helst sett att Høirup inte fick fler uppdrag och i stället reste med första bästa tåg söderut igen. Det sista hon önskade, var att Rose skulle rikta uppmärksamheten mot operasångaren igen. Cecilia hade trott att Tilda var på hennes sida i det här.

Prästfrun klappade förtjust ihop händerna. – Vet du, det tycker jag låter som en fantastisk afton, Tilda. Ett utmärkt initiativ. Bravo!

Tilda nickade belåtet. – Tack, Märtha.

– Och när ska festaftonen äga rum? frågade Cecilia.

– I slutet av augusti. Nu är många bortresta, och dessutom är det mycket att planera.

– Vi hjälper gärna till, Rose och jag, sa Ellinor.

Cecilia kände ett lätt tryck över tinningarna. Kände hon sig själv rätt, var huvudvärken snart ett faktum.

Karen var färdig med att servera te. – Är det något mer ni önskar, fru Winther?

– Nej tack. Men du kan tala om för Margit att kakan smakade förträffligt. Cecilia nickade kort.

Tjänsteflickan vände sig om för att gå när Tilda sträckte ut armen och rörde lätt vid hennes arm. – Vänta lite, fröken. Det är en sak till. Jag har en fråga jag gärna vill att du ska ge mig ett svar på.

– En fråga? Flickan kastade en osäker blick mot Cecilia. – Om fru Winther tillåter det?

Vad var det Tilda ruvade på den här gången? Skulle hon fråga om något som skulle genera både henne själv och Karen? Nej, det skulle inte ske. Tilda kunde knappast kallas diplomatisk, men hon var inte infam. Dessutom var de väninnor. Cecilia kunde inte annat än att lita på henne. Hon såg lugnt på tjänsteflickan. – Det är i sin ordning, Karen. Vad för slags fråga är det du önskar ställa henne, Tilda?

– Jo, alltså, jag vill gärna veta vad *du* önskar dig av livet. Vad du önskar bli? Annat än att vara tjänsteflicka, menar jag. Tilda mätte flickan från topp till tå. – Jag är tämligen säker på att det inte är det här du drömmer om att vara resten av livet.

Det här var verkligen inte passande, tänkte Cecilia. Karen var uppenbart besvärad, hon också. Flickan var röd om kinderna och blicken var som limmad vid golvet.

– Jag ville utbilda mig till lärarinna, änkefru Skjønberg. Det kom så lågt att alla böjde sig framåt för att höra bättre.

Cecilia kastade en blick på Tilda, som rätade på sig så gott hon kunde. – Men det har du inte lust till längre?

Karen vred på sig, och Cecilia sa bestämt: – Tilda, jag tror inte att Karen önskar att …

– Tilda höjde ena handen i vädret. – Låt henne nu få lov att svara på frågan, Cilla. Det är då inte farligt?

Cecilia ville protestera, men stängde munnen när hon såg hur de andra damerna väntade spänt på vad tjänsteflickan hade att säga.

– När far dog … Karen bet sig i underläppen. – Vi har inte råd att låta mig gå i skola nu. Jag måste hjälpa mor med att försörja mina syskon. Vi är fem, och de tre yngsta är ännu inte konfirmerade.

Cecilia svalde. Hon skulle aldrig glömma fru Moens blick, Karens mor, när hon mötte upp hemma hos dem för att erbjuda hennes äldsta dotter posten som tjänsteflicka. Det var en bottenlös sorg i dem. En sorg så stor och djup att den skrämde henne. Hon hade sett den förut. I föräldrarnas ögon när det onämnbara skedde. Hos Elizabeth innan hon drog sig in i sitt skal och försvann. Det som hade skrämt Cecilia allra mest, var att sorgen aldrig försvann. När den en gång hade fäst sitt grepp, släppte den aldrig taget.

– Tack, det var allt. Tilda viftade bort Karen med handen. – Där ser ni, sa hon triumferande när Karen hade återvänt till köket. – Även flickor som hon har drömmar. De vill bli något mer. Men jag vet vad ni oroar er för. Ni tänker på vad ni ska göra om ingen finns där för att tjäna er. Har jag inte rätt?

– Nu tycker jag faktiskt att du är orättvis, Tilda, protesterade Cecilia i ett tonläge som var snäppet för högt. – Vi erbjöd faktiskt Karen posten här för att vi gärna ville hjälpa hennes familj. Erbjudandet var menat som en vänlig gest. Cecilia hörde själv hur förnärmad hon lät, och det irriterade henne. Varför skulle hon tvingas försvara valen de hade gjort? – Vi har ett stort hushåll och behöver den hjälpen vi har. Dessutom, du har då själv flera som betjänar dig, Tilda?

Cecilia lade märke till Alvildes nöjda nickning. Rose och Ellinor satt närmast trollbundna vid sidan av varandra i soffan. Allt Cecilia hade önskat för den här förmiddagen, var att de skulle dricka te och äta mjuk kaka tillsammans. Kanske småprata lite om allt från vädret till den nya klänningsbutiken som hade öppnat, till höstens sällskapligheter. Att diskutera huruvida tjänsteflickan hade drömmar, orealistiska sådana, eller inte, var för henne fullständigt likgiltigt. Hade inte hon själv drömmar också, kanske? Hon drömde om att resa mer. Drömde om att se Rose bra gift och Christian lycklig i det äktenskap han ingått. Hon drömde om att fadern skulle bli frisk igen, och att det dåliga samvetet släppte taget om henne. Men ibland måste man faktiskt också finna sig i situationen och med livet som det var. Att acceptera förutsättningarna man hade, och inte leva på en eller annan orealistisk flickdröm. Som den här Karen uppenbart gjorde.

– Ja, det stämmer att jag har en liten stab, Cecilia, svarade Tilda lugnt. Hon använde hela hennes förnamn, något som var ett säkert tecken på att Cecilia hade lyckats irritera henne. – Men det betyder inte att jag är likgiltig för dem som arbetar för mig.

Cecilia svalde. Var det inte det hon just hade tänkt? Att hon var likgiltig inför flickans drömmar. Det var inte det att hon inte brydde sig om tjänarnas väl och ve, för det gjorde hon, men de var där för att utföra ett arbete, och utöver det var det inte så mycket mer hon behövde veta om dem. – Jag bryr mig om dem, och det vet du, Tilda. Ta Sigrun, till exempel. Hon skulle inte ha stannat här under alla de här åren om hon inte trivdes?

– Tänk om hon inte har haft något annat val än att stanna? Inte fått andra möjligheter att ta sig vidare i livet? Tilda sträckte ut handen mot kakfatet. – Men vet du, nu tror jag att vi ska låta det här ämnet ligga. Vi tråkar ut de unga. Och glömmer alldeles att äta av den underbara kakan. Hon stoppade en kakbit i munnen.

19

– Du får ursäkta Tilda, Ellinor, sa Cecilia när gästerna hade gått. Hon kände sig utmattad efter meningsutbytet med Tilda och hade beordrat husan att brygga mer te. Tilda var henne kär, men den äldre damen kunde också irritera livet ur henne ibland. Var det så det var att bli gammal? Att tro att man kunde säga, mena och göra nästan vad som helst. Ett slags okränkbar rätt att förolämpa, kverulera och säga emot. – Ibland vet inte Tilda vad hon säger. Karl menar att hon har blivit lite stollig. Cecilia ryckte på axlarna. – Men jag tror Alvilde och Tilda eldar upp varandra på något vis. Det är inte första gången det har skett.

– Du behöver inte ursäkta henne gentemot mig, Cilla, sa Ellinor. – Ska jag vara ärlig, tycker jag om henne. Tilda säger mycket klokt. Det är inte alla kvinnor som törs stå upp för det de tror på, så som hon gör.

Där dök kvinnosakskvinnan, som Christian irriterade sig så på, upp igen. Nu höll hon alltså med Tilda också. Cecilia suckade. Hade hon ingen på sin sida längre? Någon som faktiskt förstod hur hon tänkte, och vad hon tyckte?

– Jag beundrar kvinnor som törs gå emot normerna. Det är rätt och slätt imponerande, tycker ni inte? Ellinor hade blivit ivrig.

Rose nickade, som om hon förstod vad Ellinor talade om. Något hon för övrigt inte hade förutsättningar att göra.

– Imponerande? Förvirrande, är väl ett mer täckande ord, svarade Cecilia torrt.

– Men att de törs, menar jag. De riskerar ju att man ser ner på dem – ja, kanske att bli utstötta från familjen också.

Cecilia fnyste. Som om någon skulle våga se ner på Tilda eller tala illa om henne. Ellinor plockade upp tidningen som låg slängd på soffbordet, och satte sig väl till rätta. Cecilia blev överraskad. – Läser du tidningar, Ellinor? Själv bläddrade hon bara i dem.

Svärdottern kikade frågande på henne. – Javisst gör jag det. Man måste följa med, inte sant?

Rose satte sig närmare Ellinor, så de kunde läsa tidningen tillsammans. Hon som aldrig hade tagit i en tidning.

– Det här är intressant … Ellinor pekade medan Rose rodnade.

– Och vad är det? frågade Cecilia motvilligt.

– Ett föredrag om äktenskap eller fri kärlek.

Cecilia ryckte till så hon höll på att tappa tekoppen i golvet. – Vafalls? Hon kikade snabbt på dottern och såg därefter varnande på Ellinor. – Det där är absolut inte något för Roses öron, Ellinor. Och jag hoppas verkligen att du aldrig skulle ha övervägt att gå på något sådant?

Svärdottern ryckte på axlarna. – Tja, varför inte? Det är förresten Helene Ugland som bjuder in. Hon är i min ålder.

Föredraget ska vara på Bikupan. Det är väl det nykterhetskaféet Birgitte nämnde? Hon rynkade på näsan. – Christian kommer nog inte att samtycka till att jag går dit. Han påstår att allt de här kvinnosaksförkämparna gör, är att bryta upp traditioner och familjer med rötterna.

– Det håller jag med honom om. Cecilia var glad att Christian inte hade låtit sig färgas av hustruns tvivelaktiga åsikter om kärlek, äktenskap och kvinnors ställning i samhället.

– Jag är en myndig kvinna, mumlade hon förnärmat och höjde hakan.

– Du är så konservativ, mor, slapp det ur Rose.

Cecilia såg förvånat på henne ett ögonblick. – Nå, det är jag stolt över! Man ska ta vara på traditionerna, Rose. Det är på det sättet man hedrar sina förfäder. Det är dem vi har att tacka för det vi har i dag. Att rubba själva fundamentet i samhället, respekten för äktenskapet och familjen, det är att håna allt de har stått upp för och kämpat för.

– Du kan väl vara öppen för att höra något nytt för en gångs skull? sa Rose, men dottern vågade inte se på henne.

– Jag är öppen för det jag tror på, svarade Cecilia. – Och det här föredraget tror jag inte att det kommer något gott ur. Tvärt emot. Sådana kvinnor hotar med att lösa upp familjer och äktenskap.

Cecilia var arg och bekymrad. Vad tog det åt dottern? Om bara Karl hade varit här. Han kanske kunde ha talat lite förnuft med unga fröken Näsvis. Hon såg dottern rakt i ögonen. – Du är fortfarande under fars och mitt beskydd. Du ska inte blandas in i det här, Rose. Ellinor, däremot, är en vuxen, gift kvinna. Vad hon väljer att tycka eller företa sig, får vara hennes val. Och Christians.

Hon tyckte inte om tystnaden som följde. Rose vände bort ansiktet och hade en sur min om munnen. Vad skulle hon göra för att lätta upp stämningen igen? Det var nog bäst att byta samtalsämne. – När väntar ni era möbler, då, Ellinor? För ni har väl en del saker och ting som ska fraktas upp hit?

Ellinor svalde tungt. – Jovisst har vi det. Men det brådskar inte så länge vi bor här ... Dessutom tycker Christian att vi ska sälja det mesta.

– Sälja? Cecilia rynkade pannan. – Men hur blir det med allt ni fick till bröllopet? Servisen? Och allt silvret? De fina kandelabrarna ... Det var ju så många fina saker.

– Sådant säljer vi självklart inte. – Det är bara de stora, tunga möblerna. Chiffonjén, sofforna – ja, du vet.

Cecilia tyckte ändå det var en märklig sak att göra. Att sälja sina egna ägodelar på det sättet. Det betydde bara att de måste köpa allt nytt igen när de fann ett ställe att bo på. När ... Det var något de inte hade hunnit diskutera ännu. Det låg i Karls händer. Det var han som hade lovat Ellinor en flott lägenhet på ett eller annat ställe.

Rose stirrade frånvarande ut genom fönstret, fullständigt ointresserad av porslin och kandelabrar. – Tänk på den dagen du ska bilda familj och eget bo, Rose, sa Cecilia i ett försök att dra med dottern i samtalet. Det kramade till i bröstet igen. Hon visste att hon måste släppa Rose en dag. Dottern hade läst sin geografi, historia och franska, och vad de nu annars lärde sig nuförtiden. Nu brådskade det med att få ordning på resten av hennes liv.

– Det är ingen brådska, sa Rose plötsligt.

– Vad då, kära du?

– Det du sa nu precis. Om att jag ska bilda eget bo och sådant. Det brådskar ju definitivt inte. Det är många saker jag vill göra först. Rose kastade en blick på Ellinor för att söka stöd, och hon verkade nöjd när svägerskan nickade diskret tillbaka.

– Rose har rätt, Cilla. Se bara på mig. Jag är tjugoett år gammal och har redan arbetat i flera år. Varför man ska skynda in i äktenskapets bojor, har jag aldrig förstått. Hon plockade upp tidningen igen med en min som bara unga människor med hela livet framför sig kunde ha. De som trodde att de var oövervinneliga och osårbara.

– Precis! Triumfen i Roses stämma var illa dold. – Och jag är inte arton ens. När den tiden kommer, att jag faktiskt är redo att gifta mig, då ska jag vara helt säker på att det är med den rätte.

– Bravo! utbrast Ellinor och klappade förtjust i händerna. – Så ska det låta, Rose. Du är förvisso en ung kvinna av tiden vi lever i.

En kvinna av tiden vi lever i … Sådant struntprat. Det var inget annat än ungdomlig dårskap. Ellinor var överlägsen nu, men så snart hon satt där med en stor lägenhet, tjänstefolk och ett koppel med barn, skulle det bli annat ljud i skällan.

– Nå, du ska inte stå i någon butik, Rose, för det behöver du inte, sa Cecilia lugnt. Det var menat som ett stick till svärdottern, men det verkade inte som om Ellinor brydde sig något särskilt. Hon fortsatta att bläddra i tidningen och skrattade högt när hon kom till sidan med olika annonser. – Här säljer de kragar för korpulenta herrar med tjock hals. Så festligt …

– Men det far och jag har talat om, fortsatte Cecilia och satte stopp för skrattet, – är att det är på tiden att du rör på dig, Rose. Att du får se något mer än vår lilla stad. Blicken dröjde vid dottern ett ögonblick, och Rose följde uppmärksamt med nu. – Kalla det gärna en bildningsresa, om du vill.

Cecilia hade inte planerat att nämna resan. Det halkade bara ur henne. Kanske var det hela situationen som gjorde det. Plötsligt hade hon fått ett behov av att visa vem som faktiskt hade det sista ordet i familjen. I dotterns liv. Det var en protest mot all den här »friheten« som Ellinor talade så engagerat om.

– En resa, mor? Rose lyste upp. – Menar du till Paris? Eller kanske till Rom? Å, ingenting skulle glädja mig mer. Hon lade händerna mot bröstet och började rabbla upp allt hon ville se: Versailles och Colosseum, alla katedralerna, och museerna och statyerna. – Äntligen ska jag få uppleva det själv, och …

Cecilia skakade på huvudet och försökte hejda henne. – Nej, nu får du lyssna på mig, Rose.

Dottern slutade tala och såg förväntansfullt på henne.

– Vi tänker England. Du kommer att ha gott av att tillbringa tid tillsammans med dina morföräldrar – och med moster Elizabeth, självklart. Det kan bli ensamt för henne, vet du. Ensamt i det stora huset, bara med sällskap av mor och far. Nu när far har blivit sjuk, kan mormor behöva lite hjälp också. Cecilia undvek att möta dotterns blick. Det var fegt, och det irriterade henne. Det var precis nu det var viktigt att visa vad man stod för. Visa vem som bestämde här hemma, och att det här var något Karl och hon hade talat om.

Roses ansiktsuttryck ändrade sig hastigt. Ivern försvann,

och detsamma gjorde glöden i ögonen. – Det … det kan du inte mena, mor. *England?* Till mormor och morfar? Och moster Elizabeth? Hon är ju inte riktigt klo …

– Det räcker, Rose! sa Cecilia varnande och sneglade snabbt mot Ellinor. – Självklart menar jag det jag säger. Det är din familj vi talar om Rose. Dina morföräldrar och *min* syster. Hon försökte lugna ner sig. – Du har gott av att göra din engelska perfekt. Du är trots allt halvt brittisk.

Hon undvek att nämna att Rose skulle få känna direkt vad plikt, ansvar och heder innebar. Modern var långt mer sträng än vad hon själv var.

– Är du helt säker på att far är med på allt det här? Jag får mig inte till att tro att han vill skicka bort mig på det här viset, sa Rose trotsigt.

– Det är inte tal om att skicka bort dig. Cecilia undrade om Ellinor fann samtalet underhållande eller beklämmande. – Du får det att låta som ett straff. Det är för ditt eget bästa! Och far är självklart enig med mig. Det var inte helt sant. Det var en diskussion de inte hade avslutat ännu – ja, knappt börjat. Men nu gällde det att vara tydlig och bestämd gentemot dottern. – Vi får tala mer om det här sedan, Rose. Vi tråkar ut Ellinor. Hon log urskuldande mot svärdottern.

Rose stirrade på henne ett ögonblick. Så reste hon sig plötsligt och gjorde ett kast med huvudet. – Du följer inte med i tiden, mor. Hon öppnade dörren till hallen med ett ryck, och den smällde hårt igen efter henne.

– Det är inte så lätt med de här unga alltid. Cecilia suckade.

Ellinor lade huvudet på sned. – Jag har ingen rätt att blanda mig i, men har ni funderat på att skicka Rose på skola?

– På skola? Som i flickskola med vanligt folk?

Ellinor ryckte lätt på axlarna. – Det finns flera skolor för unga kvinnor. Även för sådana väluppfostrade flickor från bra hem – sådana som Rose. Det kanske kunde ge henne mer att tänka på. Något att fördriva tiden med. Hon kunde bli sekreterare, eller kanske sjuksyster …

Det var en skrattretande tanke. Det skulle vara fullständigt bortkastat för Rose att gå på något sådant. Men Cecilia ville inte förnärma Ellinor genom att avfärda henne fullständigt. – Du har en annan bakgrund än Rose, Ellinor. Rose *behöver* inte gå på något sådant. Hon ska inte försörja sig själv. Hon ska vara ett stöd för sin framtida make, en god mor för sina barn. Och till det syftet har hon fått den bästa utbildningen och upplärningen. Vi vet vad som är bäst för vår dotter.

Ellinor såg olycklig ut. – Det var verkligen inte meningen att … Jag har inte något att göra med hur ni uppfostrar Rose. Det var bara välment. Förlåt, Cecilia.

– Jag vet att det inte var meningen att trampa på några tår, Ellinor, svarade hon medan hon tänkte att Ellinor inte gjorde något annat. – Rose är på väg att bli en vuxen kvinna. Hon behöver vägledning, och den får hon av mig och av Karl.

Vad visste väl Ellinor om att växa upp i en familj som deras? I en släkt med starka band till både kungliga och adel, som förde med sig vissa förpliktelser och begränsningar. Hon strök handen över den sidenklädda soffan. Det var inte tal om att göra vad man ville, utan däremot vad som var *förväntat* av en. Rose var ännu för ung för att förstå att med privilegier följde ansvar. Men hon skulle lära sig, så som Cecilia själv hade lärt sig.

20

– Har det skett något spännande eller intressant medan jag var borta, då?

Karl hade just bytt om efter den långa tågresan från Kristiania, och nu var alla samlade runt bordet för att äta kvällsmat. Målningen av blomsteruppsatsen som tidigare hade hängt över skänken, var utbytt mot målningen från Rom. Cecilia hade sett till att det hade blivit gjort medan Karl var borta, men han hade inte lagt märke till det ännu.

Ingen svarade, och Cecilia visste inte hur mycket hon borde säga om den skandalösa tebjudningen och det obehagliga samtalet med Rose efteråt. Rose hade inte talat med henne sedan dess – ja, knappt kastat en blick åt hennes håll. Om Rose hade sådan otur att öppna sovrumsdörren just när Cecilia passerade i gången, var hon snabb med att stänga den igen.

När barnen var små, satt alla som tända ljus och lyssnade på Karl som berättade om allt han hade sett och gjort på sina resor. Om han hade rest långt, skulle han ha med sig gåvor hem. Vackra tyger till Rose och henne själv. En bok till Fredrik och kanske en pilbåge till Christian.

– Det kommer an på vem du frågar, sa Cecilia till slut. Någon måste ju säga något. – Det som är spännande för någon, är kanske inte lika spännande för andra? Hon såg provocerande på Rose, som avvisade all ögonkontakt tvärt. – Jag inbjöd till *afternoon tea* medan du var borta, fortsatte hon. – Margit bakade sin härliga mjuka kaka. Hon kunde se att Rose spetsade öronen. Var hon spänd på hur mycket hon skulle säga? – Vi var inte så många. Bara Tilda, Alvilde och Esther, och prästfrun och hennes dotter. Jag tänkte att det var fint för Ellinor att bli bättre bekant med några av stadens unga kvinnor innan höstsäsongen startar.

– Javisst, småskrattade Karl och stack en köttbit i munnen. – Och det faller under kategorin spännande? Mm. Det här köttet är verkligen mört. Han tuggade förnöjt.

– Tja, om inte spännande, så kanske intressant för de flesta … Cecilia lät det hänga i luften.

Ellinor och Rose växlade blickar över bordet. De hade god grund till att vara ängsliga, tänkte Cecilia. Karl gillade kvinnokamp och fri kärlek lika lite som hon själv och Christian gjorde. Samtidigt hade Ellinor understrukit hur högt hon värdesatte ärlighet, och hur imponerad hon var över kvinnor som kämpade för en sak. Då var det på tiden att hon stod upp för det hon själv trodde på.

Men det var inte Ellinor, utan Rose som tog ordet. – Tilda ska arrangera en festafton, far. Till förmån för en ny skola hon önskar starta för unga kvinnor som inte har råd till vidare utbildning själva.

– Jaså? Det må jag säga. En skola, säger du? Var ska den ligga?

Cecilia visste hur mycket han önskade sig änkefru Hartmanns tomt, men han skulle få veta det förr eller senare, och det var lika bra att han fick höra det av henne. – På tomten som du och Tilda tävlar om att köpa.

Karl skar köttet med hårda, korta rörelser. – På det viset. Hon förnekar sig verkligen inte, den goda Tilda. Att ta ut segern i förskott på det sättet. Han tuggade hårt på köttbiten medan de andra väntade på fortsättningen. – Det är typiskt henne. Hon ställer varje man i skuggan.

– Vilken kvinna gör inte det? kom det torrt från Christian.

Cecilia kastade en snabb blick på Ellinor. Hon borde vara van vid makens ansvarslösa kommentarer nu, men det stack till i Cecilia när hon såg Ellinors ansiktsuttryck.

– Och varför i hela världen ska det vara den tomten? fortsatte Christian. – Om ni frågar mig, gör Tilda det här av rent trots. Hon tycker om att reta dig, far. Det har hon alltid gjort. Såvida hon inte börjar bli gammal och förvirrad. Det har du ju själv sagt …

– Det var ett skämt, Christian, avbröt Karl honom uppgivet. – Vi talar inte illa om Mathilde här i huset. Hon är trots allt din gudmor. Dessutom är det upp till änkefru Hartmann vem hon önskar sälja tomten till. Han vände sig mot Rose igen, medan Christian blev sittande och tjurade. – Kära du, du skulle berätta för mig om den här festföreställningen?

Rose nickade ivrigt. – Målet är att samla in så mycket pengar som möjligt till skolan. Både Ellinor och jag har erbjudit oss att hjälpa till. Det vill säga, om mor låter mig få lov …

Karl ryckte på axlarna. – Om Ellinor ska, kan väl du också? Hon kan vara ditt förkläde.

– Du har inte frågat mig vad jag tycker om att du involverar dig i det här, Ellinor? Christian såg provocerande på henne. – Du vet vad jag tycker om sådana kvinnosaker. Att samla in pengar till en sådan skola … Det är för radikala gamla fröknar som inte klarar att skaffa sig en äkta man. Och det är inte svårt att förstå varför. Jag menar, har du sett dem? De ser ut, och uppför sig, som män. Han tömde vinglaset och gjorde tecken till Olava om att hon skulle fylla det på nytt.

Ellinor försökte le bort det, men det var tydligt att Christian hade träffat något i henne. – Jag hade självklart tänkt tala med dig om det, men tillfället har inte erbjudit sig. Dessutom tycker jag sättet, på vilket du talar om de här kvinnorna, är orättvist. De har inte gjort annat än att stå upp för det de tror på.

Christian tog en ny slurk vin.

– Tilda vill att vi ska tala med Henning, fortsatte Ellinor. – Hon vill gärna engagera honom att uppträda. Tänk på vilken enastående chans det kommer att bli för Henning att få visa upp sig för alla här i staden, Christian. Men jag förstår att du är emot det, så då tackar jag nej.

Christians ansiktsuttryck ändrade sig. Rynkan mellan ögonbrynen löstes upp, och han såg mer tankfull än arg ut. – Man har väl lov att tänka på det, brummade han.

– Ja, självklart kan du tänka på det, kära du. Ellinor log milt.

Cecilia måste erkänna att svärdottern var slug ibland. Hon visste verkligen vilka trådar hon skulle dra i. Kvinnolist, kallade Karl det. En mans värsta fiende. Omöjlig att skydda sig mot.

Karl torkade sig runt munnen med servetten och kikade bort på Christian. – Om du är färdig med att äta, kan vi kanske ta en cigarr och en pratstund i biblioteket? Du är säkert intresserad av att höra senaste nytt från huvudstaden.

Han blinkade till Cecilia när han reste sig och gick.

– Konjak? Karl höjde karaffen med den bärnstensgula drycken mot Christian.

– Jag säger inte nej till ett glas. Christian hade satt sig ytterst på kanten på chesterfielden, som om han var redo att fly därifrån när som helst.

– Det är spännande tider i Kristiania nuförtiden. Jag förstår inte varför du vill tillbaka hit. Karl småskrattade och räckte honom ett glas. – Det byggs ju i vartenda gathörn.

Christian virvlade runt konjaken i glaset medan han tänkte efter. – Det är i alla fall goda tider för den som har mycket pengar – och som törs satsa. Besökte du Frølich-passagen?

– Javisst. Ett imponerande byggnadsverk. Nytänkande, det är ett som är säkert. Han såg på sonen över kanten av det tunga kristallglaset. – Men ryktena säger att kunderna uteblir. Konstruktionen slår inte så väl an bland allmänheten. Det blir för trångt och otillgängligt när butiksfönstren vetter in mot en smal passage. Som din mor brukar säga: Det är inte allt som är nytt, som är till det bästa.

– Nej, inte till varje pris. Jag tror ändå att man måste våga satsa och tänka nytt. Den som intet vågar, intet vinner, inte sant? Det är väl något du kunde ha sagt? Christian tittade provocerande på fadern.

Karl skrattade överseende. – Men det heter också att allt har sitt pris. Det är lätt att låta sig imponeras av allt det stora och flotta. Det är inte annat än mänskligt. Men jag vet också att det skrivs ut rikligt med växlar i huvudstaden nu. Bankerna kastar nästan pengar efter folk. Det kan omöjligt vara, och jag vet vad det vill säga att uppleva nedgångstider. Det är bättre att visa försiktighet och måttlighet i dessa tider.

– Försöker du säga att jag låter mig förföras och bländas, far? Att jag är naiv? Christians ton var anklagande. – Har du inte anförtrott mig att förvalta våra intressen i huvudstaden? Jag har investerat i både egendom och aktier. Det är framtiden. Det har du i alla fall sagt.

– Ta det lugnt, min son. Allt jag säger är att det, i dessa tider, kan vara klokt att börja i det lilla. Man bör inte kasta sig ut på djupt vatten meddetsamma. Karl såg bevekande på sonen. – Hör här, Christian. Mor nämnde den här drömmen du har. Om att bygga ett varuhus … Han kunde se att Christian blev förvånad. Sonen var nog inte förberedd på att han skulle ta upp det här nu.

Karl satte sig bättre till rätta i stolen. Mötet med Bernhard Bendixen malde i bakhuvudet. Han fick inte avslöja att han hade mött Ellinors far bakom Christians rygg. Han skulle garanterat ta illa upp. – Den här staden har redan ett varuhus, Christian. Mathesons på Olav Tryggvasons gate är ganska så imponerande, ska jag säga dig, med galleri i tre våningar.

Christian förmådde inte dölja sitt missnöje. Munnen blev ett smalt streck, och han stirrade mörkt i golvet. Karl var förberedd på det. Han hade inte förväntat sig att Christian skulle ta lätt på avslaget om hjälp. Och det var ingen god känsla att tvingas svika honom på det här sättet. Ändå var det nödvändigt. Med tiden skulle sonen bli Trondheims mest förmögne man. Då fanns det inte utrymme för nycker. Christian blev vackert tvungen att hålla sig till den trygga vägen – det var han skyldig både familjen och släkten Winther. Winther var mer än bara ett namn. Att vara dess överhuvud innebar ett stort ansvar. Ansvar för att bevara traditionerna som sträckte sig långt tillbaka i tiden. Ändå skulle man se framåt och förvalta förmögenheten för framtiden också. Man måste vara framåtriktad, han hade själv diskuterat häftigt med sin far, som hade vägrat att investera i ångfartyg. Men det måste ligga en välövervägd tanke bakom allt man företog sig, något som det inte gjorde bakom Christians varuhus.

Karl höjde glaset till en skål, men Christian hade redan tömt sitt. – Jag kanske kan få in dig i herrklubben till hösten …

– Jag hör vad du säger, avbröt Christian honom. – Men jag får faktiskt stöd från annat håll, så om inte du vill hjälpa mig, så …

– Från Bendixen. Karl nickade. – Mor berättade det för mig. Men det behövs mer kapital än så, Christian. Bendixen är en duktig affärsman. Han har byggt upp verksamheten från grunden, och det inger respekt. Men han är ingen förmögen man. Pälsbutiken är allt han äger. Nu när du har flyttat hem, är det väl mer naturligt om du engagerar dig i familjefirman?

Christian reste sig och serverade sig en ny drink.

– Jag har många projekt på gång och kan behöva en hjälpande hand, fortsatte han när sonen hade satt sig igen. – Det är utbyggnaden i Rosenborg, och planerna för hyreshuset på Kongens gate. Om jag bara kan slå klorna i den tomten …

Christian lade huvudet lätt på sned. Karl tyckte han kunde spåra ett visst intresse. Han lyssnade i alla fall.

– Kan inte Tilda finna sig en annan tomt? Det finns mycket ledigt i Kalvskinnet, sa Christian. – Att slösa bort en så attraktiv tomt på något så simpelt som en skola för obemedlade kvinnor ... Han skakade uppgivet på huvudet.

– Så kan man uttrycka det. Vi kanske kan komma fram till en bytesordning av något slag. Tilda kommer att behöva starka röster i skolstyrelsen om det ska bli ordning på allt. Jag kan erbjuda henne mitt stöd, om hon ger sig i budrundan och låter mig få tomten. Men när allt kommer omkring, är det upp till den unga änkefrun. Hon kan ju välja att sälja till någon annan, såvitt vi vet. Såvida inte ... En tanke slog honom, och han såg listigt på sonen. – Såvida inte du talar med henne ...

Christian spärrade upp ögonen. – Jag? Med Bab ... med änkefru Hartmann? Han skakade kraftigt på huvudet. – Å nej, det tror jag inte är så klokt.

– Varför inte? Du känner henne. Sannolikheten är stor för att du har mer framgång med att övertala henne än jag. Jag är faktiskt säker på att du kommer att lyckas bättre än jag. Karl roade sig. Christians reaktion hade varit tillräcklig för att bekräfta det han hade haft misstankar om. Att den här Babette tillhörde en av sonens många flirtar. – Christian? Han såg uppfordrande på honom. – Vad säger du?

– Vi får se. Jag lovar ingenting. Christian lyfte glaset raskt mot munnen och tömde det i en stor klunk.

Det var ljuvligt att äntligen kunna krypa upp i sängen och in i Karls famn. Sängkläderna, satäng i den bästa kvaliteten, svepte sig svalt om hennes ben. Det var få ställen hon kände sig så trygg och älskad som när hon låg tätt intill maken. Cecilia drog in doften av honom. Tvål och rakvatten. Hon skulle ha känt igen den doften var som helst.

– Det är skönt att vara hemma igen, suckade Karl belåtet. – Huvudstaden är hektisk, även om sommaren. Det var så jag var tvungen att bana mig väg bort längs trottoaren på Karl Johan. Alla ska promenera upp- och nerför den gatan vid exakt samma tidpunkt. Det är nästan festligt att se. Berättade jag förresten för dig om teatern?

– Nationaltheatret? Cecilia mindes byggarbetena från när de var i huvudstaden senast.

Han nickade. – Den börjar verkligen torna upp sig nu. Vi kanske ska fara dit så snart den står färdig?

Cecilia log. Hon älskade att ligga så och höra honom berätta. Det var ett sätt att resa, det också. – Mötte du några bekanta medan du var där nere?

– Nej, ingen speciell. Det vill säga, ingen som du känner. Affärsförbindelser. Men här har det skett saker och ting, förstår jag?

– Tänker du på något speciellt?

– Nå, det verkar i alla fall som om Rose och du har en pågående fejd. Det var som att sitta i ett isskåp under kvällsmaten.

– Fejd är väl att ta i ... Men det stämmer att hon är arg på mig. Igen. Cecilia andades in ända ner i magen. Det kändes som en evighet sedan hon senast hade klarat att andas ordentligt. Det gjorde gott att få tala ut, och Karl förstod henne och var hon kom från. – Först var det allt prat om den här festaftonen som Tilda vill arrangera. Den kvinnan har verkligen en helt egen förmåga att få folk att lyssna. *Och* lyda.

– Det är väl för att hon har en helt egen förmåga att aldrig hålla mun, sa Karl. – Hon låter rätt och slätt ingen annan få ordet. Han lät fingrarna glida lekfullt ner över hennes arm.

Det kittlades. Hon kunde känna hans hjärtslag. Tunga och taktfasta. Han var själva urverket i hennes liv, och hon visste inte vad hon skulle ha gjort utan honom.

Cecilia suckade tungt. – Rose och Ellinor lät sig självklart fängslas av allt Tilda sa. Du skulle ha sett Roses blick när Tilda föreslog att Høirup kunde sjunga, Karl. Hon har definitivt inte glömt honom! Och så var det allt det här pratet om kvinnosak hit och kvinnosak dit. Hon himlade med ögonen. – Det som ändå bekymrar mig mest, är sättet Rose låter sig ryckas med. Du har ju själv sagt att Tilda har blivit förfärligt liberal på äldre dagar.

Karl nickade stumt.

– Tilda fick till och med den nya tjänsteflickan att erkänna att hon hellre skulle ha gått i skola än att arbeta här i huset.

Cecilia kunde höra hur hon babblade på. Om det över huvud taget hade någon mening för honom, var hon osäker på, men det kändes befriande att få lätta hjärtat. – Jag förvånar mig också över varför Tilda gör det här. Hon har fortfarande legatet efter Albert som hon delar ut till kvinnor som vill utbilda sig. Varför bygga och driva en hel skola? Det finns väl ingenting att tjäna på det?

Karl ryckte på axlarna. – Nej, det ligger ingen vinst i detta, annat än ära och berömmelse. Det kanske är en botgörelse av något slag.

– Botgörelse? På vilket sätt då?

– Nej, jag vet inte. För att hon har så mycket – och andra så lite? Nej, glöm det. Det var fräckt sagt av mig.

– Jag har i alla fall inte tänkt låta mig ryckas med. Jag har mer än nog som det är, utan att jag dessutom skulle leva mig in i andras liv…

– Det är väl skillnad på att hjälpa till och låta sig ryckas med, Cilla. Han klappade henne på handen. – Överlåt det här åt de unga, du.

De unga? Varför kunde han inte bara säga hennes namn rent ut? – Överlåt det åt Ellinor, menar du.

Karl stönade. – När ska du ge dig med det där?

– Med vad då?

– Att vara så skeptisk. Att misstro Ellinor hela tiden. Kan du inte bara omfamna situationen som den är?

Omfamna. Han skulle bara ha vetat hur mycket hon försökte omfamna situationen. Och försona sig med den. Hon visste att hon måste acceptera Ellinor. Att det till och med krävdes av henne. – Hur är det med Christian och dig? Fick ni talat ut?

Han grimaserade. – Jag tyckte vi hade ett bra samtal. Jag rådde honom att inte gapa över för mycket på en gång.

– Blev han väldigt ledsen?

– Ledsen? Han såg undrande på henne. – Nej, jag tror inte det. Han var nog missnöjd med svaret han fick, men ledsen är väl något små barn blir. Christian kommer över det här, ska du se. Karl kysste hennes hår och tryckte henne tätare intill sig. – De håller verkligen på att växa upp, dessa våra barn.

Återigen kände Cecilia ett sug i magen. De här ständiga påminnelserna om att livet rusade i väg i en obarmhärtig fart. – Vad kom ni fram till, då?

Karl gäspade. – Det finns tillräckligt att göra, Cilla. Christian kommer inte att gå sysslolös. Det har varit en lång dag. God natt, kära du.

– God natt … Hon blev liggande och stirrade i taket en stund. Kunde inte tro att Christian hade tagit så lätt på avslaget som Karl hade gett intryck av. Sonen hade temperament, och det här varuhus var något han brann för. Hon förstod hans önskan om att få till något på egen hand. Visa vad han dög till, utan att Karl höll honom i strama tyglar och talade om för honom vad han skulle göra. Hon böjde sig åt sidan och blåste ut ljuset på nattduksbordet. Hon kunde fortfarande se konturerna av rummet i halvmörkret. Chiffonjén och stolen, byrån och det lilla, runda bordet vid fönstret. Karl hade redan somnat, och hans tunga andhämtning fyllde rummet.

21

Fönstret stod öppet, men luften var ändå tjock och stillastående. Cecilia grep solfjädern som låg på chiffonjén framför henne, och slog ut den. Som hon längtade efter att vara på Rosenlyst. Omgiven av blomsterängar, åkrar och en vid himmel. Rosenträdgården var som vackrast nu. Hon skulle ha bytt bort stadsluften mot stanken av kodynga när som helst.

Framför henne på skrivskivan låg ett blankt ark. Hon hade redan funderat en bra stund över vad hon skulle skriva till föräldrarna. Hon kunde berätta om festen, och om hur lyckad den hade varit. Att föräldrarna och Elizabeth hade varit djupt saknade, även om det var lögn. Hon kunde berätta om Christian, Fredrik och Rose som satte upp en sådan festlig föreställning för dem, och om hur överraskade de hade blivit när Christian och hans nyblivna hustru hade avslöjat att de skulle flytta till Trondheim. Cecilia plockade upp reservoarpennan. Skulle de bry sig? Var inte deras liv så avlägset från hennes att de inte skulle vara i stånd till att föreställa sig något av det? Det var längesen sällskapligheterna på Oaktree Manor hade tagit slut. En evighet sedan balsalen med de fantastiska takmålerierna fylldes av musik, dans och underhållning. Reste föräldrarna och systern fortfarande till London under vintersäsongen? Arrangerade fadern jakter, så som han hade älskat att göra, fram tills han blev sjuk? Det var så mycket hon inte visste om dem.

Hon lade snabbt tillbaka reservoarpennan när det knackade på dörren. För en gångs skull kändes det som en lättnad att bli störd. Hon kom ändå ingen vart med det här brevet, trots att hon hade försökt skriva det i flera veckor nu. – Kom in!

Olava stack försiktigt in huvudet i rummet. – Skulle jag kunna få några ord med frun?

Cecilia nickade, och tjänsteflickan neg djupt och stängde dörren ordentligt efter sig. Olava tog några steg in i rummet och tittade sig förstulet över axeln. Var hon rädd för att någon skulle höra henne? Husan blev stående utan att säga något, med blicken nedslagen, medan hon flyttade oroligt på fötterna. Ansiktet var varmt under den stela, vita huvudbonaden. Cecilia hade alltid tänkt att husan hade en något fräck uppsyn. Söt att se på, men uppnäsan och de stora ögonen gav henne ett lite obstinat utseende. Hon var inte osynlig, så som den nya husan, Karen.

– Vad ville du tala med mig om, Olava?

– Jo, alltså, jag tycker inte om att skvallra, fru Winther … började husan och bet sig i underläppen. – Men jag tänkte … Det är något frun bör veta.

– Jaha? Det låter onekligen viktigt… Cecilia knäppte händerna. Det stack i fingertopparna. Vad i all sin dar var det som hade skett den här gången? Var det en av drängarna som hade druckit igen och blivit för klåfingrig? Det skulle i så fall inte vara första gången de tvingades kasta ut en ung man. – Jag lyssnar.

– Det gäller silverbröllopsfirandet … Olava klarade strupen och tog sats. – Det var fru Ellinor som flyttade om placeringskorten! Och jag anser att det är rätt att fru Winther får veta sanningen. Att hon inte ska tro att det var någon annans fel …

Det gick växelvis kalla och varma kårar genom Cecilia. Vad var det husan stod där och rabblade upp? *Ellinor*? Nej, det var en omöjlig tanke. Varför i hela världen skulle svärdottern göra något sådant? Det kunde omöjligt stämma. Sigrun hade tagit på sig ansvaret, även om hushållerskan inte hade någon aning om hur bytet av placeringskorten hade skett. Själv hade hon misstänkt Rose ett tag.

Cecilia lutade sig tillbaka i stolen och fäste blicken på prydnadsfigurerna som prydde toppen av chiffonjén, fullständigt medveten om att Olava följde med i varenda rörelse hon gjorde. Att Ellinor kunde ta sig friheter på det sättet … Det var nästan för otroligt för att vara sant. Hon såg på tjänsteflickan igen. Olava stod lika orörlig och avvaktande, med blicken fäst vid henne. Cecilia skulle önska att hon hade haft ett glas med vatten. Strupen kändes torr som fnöske, men hon måste säga något. Hon svalde tungt. – Hur vet du det här? Vem är det som påstår att min svärdotter bär skulden? Är du medveten om vilka beskyllningar du kommer med, Olava?

Hon måste vara helt säker på att husan talade sanning. Å andra sidan, varför skulle Olava ljuga om något sådant? Hon hade ingenting att vinna på att ljuga. Tvärtemot, hon hade allt att förlora. Det var en allvarlig anklagelse, Cecilia kunde be henne packa resväskan och lämna huset för gott.

– För att jag såg det själv, fru Winther! Olavas kinder var blossande röda. – Jag skulle gå över glasen med putstrasan en sista gång när jag såg fru Ellinor inne i matsalen. Hon flyttade om placeringskorten, fru Winther. Det är jag helt säker på. På hedersord!

Hon gjorde korstecknet mot halsen för att understryka allvaret.

Cecilia var glad att hon redan satt, för det gick runt i hennes huvud. Ellinor flyttade om placeringskorten så att Rose och Høirup blev sittande vid sidan av varandra. Det var en orimlig tanke. Hon skakade svagt på huvudet. Kunde inte förmå sig till att tro att svärdottern hade gjort det med vett och vilja. Var det med en förhoppning om att föra samman Høirup och Rose? Eller var det för att provocera henne? För att understryka hur frisinnad hon var? Allt det här svamlet om fri kärlek ...

– Varför har du inte sagt något om det här tidigare? Varför har inte Sigrun sagt något? Jag frågade henne rent ut morgonen efter festen – om vad som hade gått galet med bordsplaceringen. Hon sa att det var ett missöde. Att något måste ha gått fel under förberedelserna, men att hon inte kunde säga exakt vad. Hon är din överordnade, Olava. Varför sa du inte något till Sigrun?

Husan skälvde nästan där hon stod. – Jag ville inte säga det till någon, fru Winther. Jag vill inte vara den som sladdrar. Dessutom tänkte jag att det helt säkert var något fru Ellinor hade fått besked om att göra. Jag menar, varför skulle jag tvivla på unga fruns handlingar? Hon är trots allt en medlem av familjen. Jag lägger mig inte i något av det familjen bedriver. Det är en regel.

Cecilia nickade. Olava hade rätt. Om personalen skulle se eller höra något som inte var ämnat för deras ögon eller öron, förväntade hon sig diskretion – Du gjorde det enda rätta genom att tala om det för mig. Om sanningen ska fram, har det varit ett mysterium ett tag. Du gjorde rätt i att berätta sanningen för mig. Du kan gå nu. Hon gjorde en lätt rörelse med handen.

Husan neg snabbt och vände sig mot dörren igen. Hon lade handen på klinkan, men tvekade och vände sig mot Cecilia igen. – En sista sak, fru Winther. Du berättar väl inte för fru Ellinor att det var jag som talade om det här för dig? Jag menar, det var säkert inte illa menat. Det kanske skulle vara en överraskning?

Cecilia förmådde inte undertrycka en fnysning. – En överraskning blev det förvisso. Jag ska inte säga något om att det var du som kom till mig, Olava. Ärligt talat vet jag inte riktigt vad jag ska företa mig. Jag behöver tid att tänka. Hon log kort mot husan och såg hur bekymren rann av hennes ansikte.

– Tack, fru Winther! Husan smet ut genom dörren.

Cecilia blev sittande och stirrade ut genom fönstret. Det hade blivit ännu mer kallfuktigt i rummet. Håret i nacken och handflatorna var fuktiga. Ändå frös hon på ryggen. Hon borde ha vetat det redan den första dagen, när Ellinor satte sina fötter på perrongen. Svärdottern betydde trubbel. Hon kom in i deras hem som en virvelvind och vände uppochner på allt. Det frejdiga sättet att vara, hennes moderna hållningar. Och så spelade hon dessutom rollen som äktenskapsmäklerskan Kirsten Giftkniv för hennes dotter. Cecilia knöt nävarna. Ha, om det var så det var, skulle Ellinor få tänka om! Om hon trodde hon kunde fortsätta på det här viset, tog hon grundligt fel. Svärdottern visste inte vad hon hade gett sig in på.

Cecilia visste att hon måste ingripa, men inte hur ännu. Hon behövde någon att tala med, men det kunde inte bli Karl.

Han skulle bara säga att hon överreagerade igen, och finna ännu en ursäkt för Ellinor. Cecilia reste sig och kastade en snabb blick i spegeln. Ögonen som mötte henne var mörka. Hon visste precis vem hon skulle tala med.

– Fru Winther. Var vänlig, kom in.

Hushållerskan neg djupt och höll den tunga dörren öppen för henne.

– Jag önskar få några ord med änkefru Skjønberg, sa Cecilia när hon hade kommit in i den stora hallen i paläet på Munkegaten. Det var alltid kyligt där inne, även på sommaren. – Är hon inne?

– Javisst, fru Winther. Hon sitter i salongen. Ett ögonblick, så ska jag ge henne besked.

Cecilia tittade sig omkring medan hon väntade. Det var helt tyst. Det hade det varit sedan Alberts rungande skratt tystnade, och huset blev till ett skal fyllt av minnen av allt som inte fanns längre. Alberts pipor låg fortfarande i askfaten inne i rökrummet. Boken han hade läst i innan han dog, låg fortfarande uppslagen på den sida han hade lämnat den. Det var som ett mausoleum, och det gav Cecilia rysningar varenda gång hon var på besök.

Tilda satt och läste i favoritstolen vid fönstret när Cecilia blev visad in. I ena handen höll hon ett förstoringsglas.

– Jag beklagar om jag stör dig i lässtunden, Tilda …

– Absolut inte. Tilda såg på henne genom förstoringsglaset så det ena ögat blev onormalt stort – Det här är ändå ingen munter läsning, men jag tycker om känslan det ger mig efteråt. Allt verkar så mycket ljusare. Hon log underfundigt, satte bokmärket på plats och lade boken och förstoringsglaset på bordet vid sidan av sig. – Ska jag ringa efter te?

– Nej tack. Jag har redan druckit te. Cecilia kände att det hon hade kommit för att säga brådskade. Hon hade inte tid till småprat över en kopp te nu. – Det är något jag gärna vill fråga dig till råds om, Tilda. Det gäller Ellinor …

Tilda vinkade ut hushållerskan igen innan hon såg fundersamt på Cecilia. – Har vi kommit dit redan?

Cecilia rynkade pannan. – Jag förstår inte vad du menar med …

– Glöm att jag sa det, kära du. Du har kommit för att få råd, och det ska jag gärna ge dig, om jag kan. Mina förmågor att se saker objektivt är dessvärre inte så goda som de var förr i tiden. De har på många sätt stagnerat.

Stagnerat, som så mycket annat här inne, tänkte Cecilia. Golvuret bakom Tilda hade slutat slå. Visarna visade att klockan var fem över elva, men den måste vara mer än det. Hon misstänkte att den hade stått stilla länge. De långa, tunga gardinerna släppte med knapp nöd in tillräckligt med ljus för att det skulle vara möjligt att läsa där inne. Tilda strök handen över armstödet där plyschen redan var bortsliten, och färgen bleknad. Det mörkröda hade blivit blekrosa. Allt hade sin fasta plats. Tilda också. Var det så hon själv också skulle bli? Den dagen alla barnen hade flyttat ut? Hon skulle bli en del av inredningen. En del av allt som ständigt hade funnits där.

– Minns du att du frågade mig om hur jag kunde komma på att ge Rose operasångaren till bordet?

– Ja, hur ska jag kunna glömma något sådant? Ett ögonblick var jag rädd för att du hade mist förståndet.

– Och med god grund. Det var ett tag då jag fruktade det själv, för jag kunde absolut inte fatta hur det kunde gå till. Hon förmådde inte sitta stilla, utan vandrade fram och tillbaka framför Tilda. – Minns du också att jag underströk att det hela bottnade i ett missförstånd? Att det självklart inte var meningen att de skulle få varandra till bordet, och att jag inte visste hur det hade gått till?

Tilda nickade. – Det är mycket hos mig som är klent, men minnet är det inte något fel på, Cilla. Hon gjorde en otålig rörelse med handen. – Så vad har du fått reda på?

– Jag fick svaret för en stund sedan. Det är därför jag kom hit till dig nu. Hon stannade och mötte den äldre damens blick. – Det var Ellinor, Tilda. Det var Ellinor som flyttade om placeringskorten. Tjänsteflickan såg henne.

– Å kära du ... Tilda tryckte handen mot bröstet, och Cecilia höll andan. Var hon förskräckligt förfärad? Men Tildas röst var lika lugn när hon svarade: – Vet du varför hon gjorde det?

Cecilia vred sina händer. – Säker kan jag inte vara, men jag har självklart mina misstankar. Det kan ha varit ett försök att vara rolig. Ett litet spratt från Ellinors sida. Det kanske är sådant de sysslar med i Kristiania, vad vet jag?

– Eller?

– Eller så var det ett försök att föra samman Rose och den här operasångaren. Ellinor är ... Hon är frisinnad! Kvinnor som hon vill vara fria att göra vad de vill. Det är nästan förvånande att hon över huvud taget gick med på att gifta sig.

Tilda suckade djupt – Vad har du tänkt göra åt det här, Cilla?

Cecilia slog ut med armarna. – Det var det jag hoppades att du kunde tala om för mig, Tilda. Vanmakten och förtvivlan växte i henne, och hon kände sig mer som en hjälplös ung flicka än som en vuxen kvinna. – Bör jag konfrontera henne med det? Eller bör jag tala med Christian först? Han är trots allt hennes make. Hon bet sig i läppen. – Han kommer att bli oerhört arg, det är jag säker på. Rose är hans lillasyster, och han avgudar henne. Om han får nys om att Ellinor har gjort något som helst som kan skada Roses rykte …

Tilda tänkte efter ordentligt, utan att släppa Cecilia med blicken. – Ibland gäller det att svälja stoltheten, om du förstår vad jag menar. Jag skulle ha sett tiden an och gett Ellinor en chans till. Hon är ny i staden och i familjen. Kanske behöver hon tid för att finna sin plats?

Cecilia visste inte vad hon skulle svara eller tycka. Svärdottern hade trotsat och förnärmat henne. Hon hade trampat in på hennes territorium och överträtt hennes gränser. Borde hon inte få sitt straff? Innerst inne visste Cecilia att Tilda hade rätt. Det var aldrig klokt att låta känslorna styra. Det gällde att hålla huvudet kallt – och hjärtat varmt. Även om det sista kändes svårt just nu. – Bra, jag ska ge Ellinor en chans. Men om det sker något igen. Att någon sätter Roses rykte och framtid på spel …

– Då tar du det när det kommer, inte sant? avbröt Tilda henne.

– Ja, det gör jag.

– Ett klokt beslut, Cecilia. Du lär dig. Tilda plockade upp förstoringsglaset och boken igen. – Om du ursäktar, nu vill jag gärna dyka ner i den här misären igen.

Cecilia såg varmt på Tilda. – Jag visste att jag gjorde rätt när jag kom till dig. Du är alltid så klok.

Tilda hade börjat läsa, men kikade upp. Läpparna krusade sig lätt. – Du hittar själv vägen ut. På återseende, Cilla.

22

– Mor, kan jag komma in?

Christian stod i dörröppningen till salongen. Hon såg ögonblickligen att det var något som plågade honom. I handen höll han ett ark. Var det ett brev?

– Självklart. Kom in. Jag satt bara här och läste … Det var delvis sant. Hon hade bläddrat frånvarande i Dahls modejournal, men inte funnit något av intresse. Christian kom emot henne med tunga, släpande steg. Nacken var böjd. Det var föga som påminde om den stolte, livsbejakande Christian. Det var längesen hon hade sett honom sådan som nu, och det bekymrade henne alltmer.

Christian sjönk ner i en stol och viftade lätt med arket han höll i handen. – Jag fick det här i dag. Det är från svärfar.

– Och vad skriver han för gott? Cecilia hade bara mött herr Bendixen i samband med bröllopet, och det var inga tvivel om vem Ellinor hade ärvt självtilliten från. Bernhard Bendixen hade talat öppet om det mesta. Inte minst hade han uttryckt glädje över att äntligen ha fått en manlig medlem i familjen. Han hade alltid önskat sig en son, och nu hade han fått Christian. – Kommer de för att besöka oss, kanske? Det var ju synd att de inte kunde komma till silverbröllopet.

– Han skriver att han drar sig ur projektet.

Tystnaden som följde var öronbedövande. Nu stod Christian på bar backe. Både Karl och Bendixen hade vägrat investera i varuhuset. Hon sköt sig längre ut på soffkanten och tog hans händer mellan sina. Det var viktigt att bevara lugnet. – Vad grundar han det beslutet på? frågade hon mjukt.

Christian hängde med huvudet. – Han påstår att det är för osäkert. Ett alltför stort projekt att kasta sig in i till att börja med. Det är som att höra far tala. Han skrattade tomt och plockade upp brevet igen. Cecilia gissade att han hade läst det otaliga gånger, för det hade redan blivit skrynkligt. – Däremot kommer han med ett nytt förslag, men jag vet ärligt talat inte vad jag ska tycka om det. Det var inte precis det jag hade sett för mig när jag flyttade hit.

– Nu har du gjort mig nyfiken, Christian. Vad är det Bendixen föreslår? frågade hon. Han hade redan inlemmat henne i sina affärsplaner, så nu kunde han lika gärna fortsätta.

– En filial till pälsaffären, mor! Är det inte typiskt? Självklart avvisar han min idé och kommer upp med en som kommer att gagna honom själv. Och så päls då, mor. Päls. Det enda jag behöver päls till, är för att hålla mig varm. Bortsett från det är jag över huvud taget inte intresserad av päls. Och i vart fall inte om det är han som ska håva in det mesta av vinsten. Var är min plats i det här? En usel säljare?

Det gick kalla kårar utefter Cecilias rygg. Både Christian och Ellinor hade talat varmt om Bendixens butik. Det var som om allt Christian var, och stod för tidigare, med ens hade blivit uppochnervänt. Allt som gladde honom förut, hade mist glansen. Och nu var han berövad drömmen om att bygga det här varuhuset också. Det stack lätt i handflatorna. Varför hade Bendixen plötsligt vänt? Som Christian sa, var det som att höra Karl ... Hon skakade av sig tanken lika fort som den hade slagit henne. Det fanns ingen förbindelse mellan de två. Karl hade inte träffat några bekanta i huvudstaden. Det hade han ju talat om för henne. Dessutom skulle han aldrig gå bakom ryggen på Christian på det sättet. Eller skulle han det?

Christian såg ut som en slagen man där han satt i den djupa länstolen, med hakan mot bröstet. Det var så hon hade lust att skaka liv i honom igen. Be honom om att ta sig samman och glömma allt det här pratet om att bygga något hela tiden. Kunde han inte bara njuta av att vara hemma igen – tillsammans med familjen och sina vänner? Han kunde visa Ellinor staden, kanske börja leta efter ett ställe att bo på. Möjligheterna var så många.

– Är det verkligen så illa då, Christian? frågade hon försiktigt. – Jag menar, vintrarna – ja, våren och hösten också, för den delen, är så kalla här uppe. Det bör vara en stor marknad för päls. Och Bendixen är känd för att vara en av de bästa pälsförsäljarna. Du har själv talat om alla de här polarfararna och äventyrarna som köper kläder av honom.

Christian bet ihop käkarna.

– Jag vet inte ... Det skulle inte förvåna mig om Ellinor hade ett finger med i spelet, sa han mörkt. – Hon och fadern står varandra nära, och det skulle inte heller förvåna mig om hon har fått honom att dra sig ur.

– Men det var ju orsaken till att hon gick med på att flytta hit, Christian ...

– Precis! Hans blick fick något vilt och skrämmande över sig. – Nu ser hon ett hopp om att få mig med tillbaka till

Kristiania. Hon vantrivs ju här. Hon vet att jag inte kommer att nöja mig med en eländig filial. Ellinor tror att hon vet allas bästa hela tiden. Hon går mig verkligen på nerverna ibland.

– Så, så, Christian. Det är din egen hustru du talar om, och du vet ju inte om hon är inblandad eller ej. Känslorna bär iväg med dig. Besvikelsen också. Du ska inte säga något du kommer att ångra senare, eller hur? Hon såg medkännande på honom. Visste hur han hade det just nu. Besvikelsen när någon du trodde var på din sida, svek dig. Livet hade ändå lärt henne att det var bäst om vissa saker förblev osagda. – Jag föreslår att du tar dig en tur ut. En promenad längs älven hjälper mot det mesta. Eller kanske upp till den nya parken i Småbergene? Du kanske inser att den här pälsfilialen inte är en så dum idé, eller att du har nog av spännande saker framför dig som det är? Far har sagt att han ska involvera dig i byggprojektet i Rosenborg. Det låter väl bra? Så snart du kommer över besvikelsen, så …

Christian reste sig och såg ner på henne. – Jag vet att du vill att alla ska vara lyckliga hela tiden, mor. Men jag måste nog göra dig besviken, för livet är och kommer aldrig att bli sådant. Och ja, jag är besviken, men jag ska visa dem att Christian August Winther kan få till något mer än en usel pälsbutik. Han skrynklade ihop arket till en boll, vände på klacken och gick mot dörren med bestämda steg. Hon väntade sig att han skulle slå igen dörren med en smäll, men det skedde inte. Christian stängde igen den tyst efter sig och lämnade henne med en krypande oro i kroppen.

23

Det var söndag eftermiddag. De var alla mätta efter Margits goda skinkstek, och stämningen i rummet var dåsig. Karl halvsov bakom tidningen, medan Fredrik satt försjunken i en bok. Ellinor och Rose talade lågmält om en klänning de hade sett i en modejournal. Cecilia stack nålen genom broderiet och sneglade bort på Christian. Han verkade rastlös och plågad. Det hade han gjort ända sedan brevet från Bendixen kom. Hon måste erkänna att det började irritera henne. Christian hade hävdat att han hade blivit en vuxen man som kunde ta ansvar för sina egna handlingar. Så varför kunde han inte ta nederlaget som en man? Det var på tiden att han tog sig samman och började se efter nya möjligheter.

– Nå, har ni fått talat ut om det Ellinors far föreslog för dig i brevet, Christian?

Han kvicknade till och skakade varnande på huvudet. – Nej, så långt har jag inte kommit ännu, svarade han kort. Det var inga tvivel om att han önskade sätta punkt för alla vidare samtal där.

Det var för sent. Ellinor såg från Christian till Cecilia och tillbaka igen. – Har det kommit brev från far, Christian? Det har du inte sagt ett knyst om? Inte till mig i alla fall. Det skulle ha varit naturligt …

Det prasslade i tidningen, och Karl dök fram. – Ett brev från herr Bendixen, säger du?

Christian stönade uppgivet. – Ja, från svärfar. Det kom för några dagar sedan. Han skriver att han inte önskar investera i något varuhus. I stället föreslår han att jag öppnar en filial av Bendixens Pels. Jag får erkänna att det förbryllar mig. Han verkade så entusiastisk för varuhuset senaste gången vi talade med varandra. Innan vi flyttade hit …

– En filial, säger du? Karl liksom smakade på idén. – Det låter definitivt inte så dumt, Christian? Päls är eftertraktat och dyrt. Dessutom går det aldrig ur modet. Efterfrågan kommer alltid att vara stor hos dem som har råd till det, och det finns fortfarande några kvar av oss här i staden, eller hur? Han log.

– Far tänker nog att det är ett fint sätt att utvidga familjeföretaget, tillade Ellinor, och rösten blev full av hopp. – Jag kan hjälpa till, om du vill? Jag har ju lång erfarenhet, och …

– Du ska över huvud taget inte stå i någon butik! Är det förstått? Christian smällde näven i bordet så alla hoppade till. Rose också. Hon stirrade storögt på brodern medan Cecilia höll andan. Ett ögonblick var det obehagligt tyst där inne.

– Christian, då! utbrast Cecilia till slut. Ur ögonvrån såg hon hur Ellinors underläpp hade börjat darra. Av någon orsak träffade det henne i hjärtat. Och det förvånade henne. Hon hade aldrig trott att hon skulle komma att tycka synd om svärdottern. Speciellt inte efter avslöjandet av placeringskorten. – Ser du inte hur ledsen Ellinor blir? Det var väl bara välment.

Christian drog händerna genom håret. – Beklagar, sa han tyst. – Det var inte meningen att reagera så starkt. Det är bara det att min hustru ska inte vara tvungen att stå bakom någon disk och betjäna folk. Det betalar vi andra för att göra.

Cecilia kikade bort på Karl och blev lättad över att han verkade skenbart behärskad. Han hade vikt ihop tidningen och kramade Christians axel. – En sådan filial kan ge dig de utmaningar du behöver till att börja med, min son. Medan du lär dig hur det är att styra en stor verksamhet som vår. Jag tycker absolut inte att det är någon dum idé. Om du vill, kan jag tala med herr Bendixen?

– Tack, men jag är gammal nog att tala med honom själv, far. Jag vet inte om du har lagt märke till det, men jag har faktiskt blivit en vuxen man.

Cecilia slöt ögonen. Käre Gud, låt dem inte börja nu. När hon öppnade ögonen igen, förundrade det henne att Karl verkade lika lugn. Han log avväpnande.

– En sådan filial är något konkret – och långt ifrån de här visionerna du har om ett stort varuhus. Kanske, med tiden, men för ögonblicket … Karl skakade på huvudet.

Det var som om luften darrade i rummet. Christian reste sig hastigt. – Om ni kan ursäkta mig. Jag måste ha luft. Det är för instängt här inne …

Ellinor försökte gripa tag i honom, men lyckades inte nå honom.

– Låt honom bara gå, Ellinor, sa Cecilia mjukt. – När han är på ett sådant humör, är det bättre att låta honom få lite tid ensam. Han kommer snart tillbaka, ska du se. Så snart han har fått lufta tankarna och lugnat sig.

Ellinor ryckte till när ytterdörren smällde igen. Strax efter skymtade de Christians hår när han skyndade förbi det öppna fönstret.

Karl plockade upp tidningen igen. – Nu föreslår jag att vi njuter av resten av eftermiddagen i lugn och ro. Var inte orolig, Ellinor, när Christian kommer hem igen, är allt det här glömt.

Ellinor nickade stumt, men Cecilia var inte lika säker. Sonen hade förändrats, och kanske var hon den som såg det bäst av alla. Karl såg i alla fall inte vad som höll på att ske. Hur han sköt sonen ifrån sig. Han lade tydligen heller inte märke till hur Christian och Ellinor alltid munhöggs. Såg han inte de vassa blickarna de sände varandra? Det värsta var ändå att sonen hade börjat skjuta alla ifrån sig, inte bara Ellinor. Modersinstinkten sa Cecilia att det låg mer bakom än den krossade drömmen om varuhuset och grälandet med Ellinor. Vad visste hon inte. Men hon tänkte inte låta honom gå under. Det skulle hon aldrig kunna förlåta sig själv.

Christian visste vart han skulle gå. Han hade slagit upp hennes adress i adresskalendern, och nu stod han utanför huset på Fjordgaten. Han kastade en blick över ena axeln. Tack och lov för att det var söndag och stilla på gatorna. Huset var ett av de största i raden. Vitmålat och i två våningar. Det måste vara ensamt för en ung kvinna som Babette att bo där helt ensam. Det var i alla fall det han antog att hon gjorde. Såvida inte gamle Hartmann hade klarat att göra henne med barn innan han tackade för sig. Christian tvivlade på det. Senaste gången han hade sett honom, hade gubben knappt klarat att stå på benen.

Han var fortfarande upprörd efter det obehagliga samtalet hemma. Han borde ha bett modern tiga om brevet tills han själv var redo att berätta om det. Han hade inte hunnit tänka på vad det var han ville. Inte innerst inne. Om modern hade gett honom tid, skulle han kanske ha klarat att behärska sig. Då hade han sluppit skrika mot Ellinor på det sättet och uppföra sig som en fåne inför fadern och syskonen. Han visste ju hur ledsen Ellinor blev. Han hade sett besvikelsen i hennes ögon tillräckligt många gånger den senaste tiden. Och han borde självklart ha berättat för henne om brevet innan de andra fick veta om det. Han lyfte på hatten när en bekant gick förbi, men undvek att stanna, för han orkade inte med tomt prat om väder och vind nu. Han hade bara en sak i tankarna. En plan. Och han måste förverkliga den innan han hann ändra sig.

Med raska steg gick han uppför stentrappan och knackade på innan han hann ångra sig. Slätade till håret vid tinningen och kände ett slags kittlande förväntan. Dels av orsaken till besöket här, men också för att det var längesen han hade sett Babette. Två år, kanske mer? Det var i alla fall innan han träffade Ellinor. Babette hade varit yppig så länge han hade känt henne. Hon var en av de kvinnor som osade av frestelse. Han flyttade lite på fötterna och drog i kavajen när han hörde steg bakom dörren.

– Ja? En ung, blek kvinna med ett musliknande ansikte öppnade. Hon hade spetsig näsa och spetsig haka. Det mesta hos henne var litet och spetsigt.

Han lyfte på hatten. – Jag söker änkefru Hartmann?

Tjänsteflickan, eller var det hushållerskan, plirade mot honom. – Väntar frun dig?

Han var tvungen att skratta. Det var något av ett välkomnande. Inte så överraskande, egentligen. Han kunde absolut se framför sig att Babette hade anställt en hushållerska som kunde avvisa plågsamma friare om nödvändigt. – Nej, hon gör inte det. Men om du kan meddela henne att Christian önskar tala med henne. Jag är tämligen säker på att hon kommer att ta emot mig.

Flickan höjde hakan. – Vänta här. Hon stängde dörren i ansiktet på honom innan hon försvann in i huset. Han kunde höra de tassande stegen över golvet. Mussteg.

Det gick några minuter innan han återigen hörde steg på den andra sidan av dörren. Babettes ansiktsuttryck när dörren gick upp, och hon upptäckte vem som stod där, fick honom att spricka upp i ett stort leende. Han svängde ut armen med hatten åt ena sidan och log snett. Babette gapade innan hon smällde igen munnen och satte upp en överlägsen min.

– Nej men, är det inte den gode Christian Winther som kommer? Det må jag säga … Hon satte händerna i sidan medan hon sköt fram bysten. Hennes blick var brun och intensiv, precis som han mindes den. Ögonen var inramade av mörka, täta ögonfransar. Det var en farlig blick med en dragningskraft som även den stadigaste familjeman skulle ha problem med att stå emot – ja, kanske bortsett från fadern. Att Karl Christian Winther skulle ha låtit sig frestas av en annan kvinna än modern, var otänkbart.

– Jag tänkte att jag måste svänga förbi. När jag ändå var i staden, menar jag. Eller det vill säga, vi har flyttat hit nu. Det var dags att bege sig hemåt.

– Vi? Ett ögonblick verkade hon överraskad, så hejdade hon sig. – Det stämmer. Du är ju en gift man nu, Christian. Vem skulle ha trott det? Att Christian Winther, Trondheims Don Juan, skulle slå sig till ro. Hon måste verkligen vara speciell …

Det irriterade honom att han inte klarade att möta hennes blick. Ellinors ansikte dök upp för hans inre. Hennes besvikna ansiktsuttryck hade bränt sig fast, även om det hade bleknat något efter att han hade tagit några slurkar ur fickpluntan på vägen hit. – Hon är förvisso speciell. Väldigt vacker …

– Och ändå kommer du hit till mig. Babettes röst var samma lugna och mörka. Lätt raspande och lockande. Hon smalnade blicken mot honom. – Du vet säkert att jag har blivit änka? Försök inte neka. Alla pratar om mig. Det har de alltid gjort. Hon viftade med handen. – Det besvärar mig oavsett inte.

– Ja, jag hörde det. Beklagar.

– Ack, ja. Det skedde så hastigt. Plötsligt låg han där. Stel och vit i sängen. Hon drog skälvande efter andan och slog armarna om sig. – Det var så förfärligt.

Christian trodde inte på henne. Babette hade alltid varit bra på att låtsas. Hon hade drömt om en karriär vid teatern, och nu fick hon spela ut rollen som den unga, lidande änkan.

– Fick ni barn innan han dog?

– Nej, och kanske var det lika bra. Hennes min hårdnade. – Min käre make klarade inte att förvalta förmögenheten på ett bra sätt. Om han bara hade låtit mig få styra den innan han dog … Nu är det bara det här huset och en usel tomt kvar. Rösten var bitter, men blicken var mjuk som varm choklad när hon såg på honom igen. – Hör på mig som babblar på. Här ute kan vi inte bli stående. Hon kikade över hans axel. – Tänk om någon skulle se dig stå här? En gift man vid dörren till en ung, ensam änka som jag …

Christian svalde tungt. – Det är sant. Men jag ska inte stanna länge. Det är bara något jag vill dryfta med dig.

Babette satte upp en sårad min. – Det var det jag visste. Du kom inte för att visa din medkänsla, eller hur? Du är ute efter något. Det har du alltid varit.

Hon visade in honom i hallen och vidare in i vardagsrummet, där hon pekade på soffan innan hon gick bort till skänken och lyfte upp en flaska. – Champagne? Min man lämnade i alla fall efter sig en välfylld vinkällare.

Christian ryckte på axlarna. – Ja, varför inte? Det är långt över kyrktid.

Babette kastade huvudet bakåt och skrattade högt. – Kyrktid? Få mig inte att skratta, Christian. När blev du så präktig? Det ser annars ut som om du redan har tagit en klunk eller två. Hon vädrade ut i luften. – Det känner jag på lukten.

Hon kom gående mot honom med mjuka höfter, och ett glas i varje hand. Räckte honom det ena och satte sig tätt vid sidan av honom i soffan. – När du är här, känns saknaden efter en man ännu större.

Christian höll på att sätta champagnen i halsen. Han hostade. – Det kan jag förstå, men jag är en gift man nu, Babette. Jag kan inte …

Babette fnös. – Förpliktelser. Det har då aldrig hejdat dig förut? Vi hade mycket roligt, inte sant? Hon strök honom över armen.

– Jo då, men det var förr. Han drog sig lite undan. Fick inte låta henne väcka liv i de förbjudna känslorna som pyrde i honom. Som han saknade spänningen. Leken som så ofta hade uppstått mellan honom och giftaslystna fröknar. Som om de var katt och råtta … Men han kunde inte låta sig frestas nu. Han var en gift man. Han hade förpliktelser. Och han måste bevisa för sig själv, Ellinor och föräldrarna att han klarade *det* också. Även om det fanns vissa hinder.

Babette rätade på sig igen. Blicken var kylig. – Då tycker jag du ska säga vad det var du kom för, Christian. För du vill väl tillbaka till din hustru så snabbt som möjligt.

Han satte glaset ifrån sig på bordet och vände sig mot henne. – Det gäller den här tomten på Kongens gate, Babette. Den du ärvde efter din make, och som fru Skjønberg och min far konkurrerar om att få köpa.

24

– Är du spänd? Ellinor och Rose promenerade arm i arm längs Olav Tryggvasons gate. Det var Ellinor som hade insisterat på att de skulle gå. Det passade Rose utmärkt. Det gav dem mer tid att prata med varandra innan de skulle förverkliga Ellinors skandalösa plan.

– Om jag är *spänd*? Är du galen? Det kittlar och bubblar och brusar här inne. Hon lade handen mot klänningsbröstet. – Det är så jag knappt kan andas! Men tänk om någon ser oss, Ellinor? Någon som känner mor och far, och som kommer att skvallra för dem? Det här är inte Kristiania. Alla känner alla. Nästan, i alla fall. Hon slog ner blicken och svalde tungt. Tänk om modern fick reda på att de inte alls skulle se på klänningstyger, utan möta Henning. Det var en skräckinjagande tanke. Hon skulle ögonblickligen bli skickad till England om det upptäcktes.

Ellinor bara skrattade, som hon så ofta gjorde. Rose hade aldrig mött någon som skrattade så mycket. Hon måste erkänna att hon tyckte om det. Ellinor hade något lössläppt över sig. Det var befriande. Hon skulle önska att hon kunde förmå sig vara det mer själv. Inte tänka så mycket på vad andra skulle säga och tycka. Vad modern skulle säga och tycka.

– Kära Rose, nu får du sluta att bekymra dig. Vi är ute i ett anständigt ärende, inte sant? Det är trots allt självaste änkefru Mathilde Skjønberg som har bett mig om att tala med Henning. Det är ett affärsmöte – varken mer eller mindre. Och du är med mig som förkläde. Hon fnissade. – Även om det inte var precis det vi sa till Cecilia.

Änkefrun hade strängt taget frågat Ellinor om hon kunde be Christian fråga Henning, men Rose hade inte tänkt påminna henne om det.

– Om sanningen ska fram, misstänker jag att Tilda tror att jag har tråkigt, och att jag därför bör *engageras* i något. Det är såtillvida bra. Och sant också. Jag saknar att det sker något, sa Ellinor.

– Gör du? Modet sjönk i henne. Ellinor hade tråkigt tillsammans med dem. Med henne … Hon som satte så omåttligt värde på att vara tillsammans med den äldre svägerskan. – Saknar du att stå i butiken?

– Ibland. Känslan av att vara till nytta kan inte undervärderas, Rose. Den är livsviktig, om du frågar mig. En människa som känner att han eller hon inte är till nytta … Ellinor slog ut med armarna. – Nå, det är inte ett fullvärdigt liv, inte sant?

– Du har kanske rätt i det … Skulle Rose vara ärlig, var det inte något hon hade reflekterat så mycket över. Hon tänkte på sitt eget liv. Sin egen vardag. Var hon till nytta för någon? Just nu var hon det. Hon skulle följa med Ellinor och sörja för att hon inte gick vilse på vägen till konditoriet. Det fanns många smala gränder att gå vilse i. Ställen man helst inte borde befinna sig ensam på. Minst av allt en fin, ung fru som Ellinor. Men utöver det gjorde inte Rose så mycket annat än att skapa huvudbry för modern. Det var som om hon bara väntade på att hon skulle göra skandal.

Rose tog ett bättre grepp om Ellinors arm. Hon fick lita på att svägerskan hade rätt. Ingen skulle höja ett ögonbryn om en fröken som hon kom i sällskap med en gift kvinna.

– Har dina föräldrar talat något mer om att sända dig till England, då? frågade Ellinor.

– Nej, inte sedan mor nämnde det senast. Men det kommer nog så snart hon och far har diskuterat det närmare. Rose bet sig i läppen. – Du måste tro att jag är underlig som inte vill resa bort, Ellinor. Men det är inte så lätt …

– Så pass har jag förstått. Är det din moster det är något fel med? Elizabeth, är det inte det hon heter?

– Jo, men jag känner henne inte riktigt. Jag var liten när mina morföräldrar och moster Elizabeth var här senast, och mor talar sällan om henne. Men allt är inte som det ska. Det är väl något med huvudet. Hon ryckte på axlarna. – Jag vet inte så noga.

– Det är ju inte säkert att du måste resa heller, sa Ellinor tröstande. – Men om så sker, är jag säker på att det kommer att gå fint.

– Kanske … Rose var inte så säker själv. Allt hon mindes, var mormoderns kalla händer och livlösa blick. Mostern som aldrig sa något, bara vandrade rastlöst runt i trädgården. Hon ryste. Då var det mycket bättre att tänka på Henning igen. Snart skulle hon få se honom på nytt, det var tillräckligt för att få blodet att brusa. Hur länge hade han tänkt stanna i staden? Det var kanske det hon mest undrade över. Hon hoppades han stannade till över sommaren. Helst längre. Om han tackade ja till Tildas uppdrag, skulle det bli så.

De tog till höger på Krambugaten, och vidare in på Brattørgaten och Rose var lättad över att det var så få människor där. Bara ett par karlar som lastade varor på en av bageriets vagnar, och en öppen vagn som stod utanför Hotell Scandinavie på motsatt sida av konditoriet. Det var där Henning bodde. Ståndsmässigt, som det passade sig en operasångare av hans kaliber.

Henning satt redan vid bordet i hörnet när de kom in. Han for upp och gned händerna diskret över byxbenen. – Fru Ellinor. Och fröken Rose! Han verkade förvånad över att se henne där, men på ett bra sätt. Galant drog han ut stolarna, först för Ellinor och därefter för henne. – Jag hoppas det är i sin ordning att jag fann ett bord till oss? Han log, men inte för brett eller för självgott. Hon tyckte om det. Henning var inte bara fantastisk på att sjunga. Han hade ett leende som sände ilningar från hårrötterna och ända ner till tåspetsarna.

– Det är så klart helt i sin ordning, sa Ellinor.

Värmen sköt upp på Roses kinder när Henning såg på henne.

– Ska vi beställa något innan vi börjar? Jag har nämligen något viktigt jag måste fråga dig om, Henning, sa Ellinor.

– Det gläder jag mig åt att höra mer om. Han knäppte med fingrarna, och strax efteråt kom servitrisen till bordet.

– Vad ska det vara i dag? frågade hon vänligt.

– Te åt oss damer, sa Ellinor. – Tanken på något sött lockar mig inte för ögonblicket, men du vill kanske ha något att äta, Rose?

– Te är fint, tack, sa hon, även om hon egentligen kunde ha tänkt sig ett glas saft. Strupen var torr som fnöske, och det var redan alltför varmt där inne.

– En kaffe och en av de goda kanelbullarna till mig, sa Henning och log mot den söta, blonda flickan med smilgroparna. Lite för brett för Roses smak, men hon skakade av sig det.

Ellinor lutade sig närmare Henning så snart servitrisen hade gått. – Nu ska du höra här: Det förhåller sig så att änkefru Skjønberg – ja, du minns den äldre damen med den skarpa blicken, hon som Christian älskar att hata?

Henning nickade, och Ellinor skrattade så högt och drillande att frun vid bordet bredvid satte en kakbit i halsen. Hon hostade och slog sig lätt för bröstet. Servitrisen var strax borta hos henne med ett glas vatten.

– Oavsett, Tilda, som vi i familjen kallar henne, planerar en festafton på *Hjorten* till förmån för en skola hon önskar starta. Alla som betyder något i den här staden, kommer att vara där. Alla från borgmästaren till biskopen.

Rose blev överraskad. Hon hade inte hört något om att biskopen skulle komma. Han var en mycket allvarlig man. Rätt och slätt humorlös, hade hennes far sagt, så hon tvivlade på om han skulle ha någon glädje av en sådan festafton.

– Jag har fått det ärofulla uppdraget att fråga dig om du kan tänka dig att uppträda till förmån för den här skolan, Henning. Ellinor såg hoppfullt på honom. – Ja, jag måste understryka att det är en välgörenhetskonsert. Du kommer inte att få betalt, inte mycket i alla fall.

– Om jag kan tänka mig det? Det är ingenting jag önskar mer! svarade Henning hänfört.

Rose blinkade förvirrat. Fanns det ingenting han önskade mer än att stå på scenen på *Hjorten*? Visserligen lockade förlustelsestället till sig artister från när och fjärran, men Henning drömde om att sjunga under stjärnhimlen i Italien …

Det var som om han märkte hennes förvirring. – Det jag menar, är att uppdragen inte växer på träd i den här staden. Det här är varken Kristiania eller Köpenhamn. Men kanske den här föreställningen ger mig den möjligheten jag behöver, för att få in en fot, för att uttrycka det så.

Ellinor applåderade. – Så fint. Då säger vi det. Tilda kommer att bli mycket nöjd med svaret. Du kommer att bli det stora dragplåstret, Henning. Det kommer också några skådespelare från teatern. Gycklare ska det visst också vara. Och fyrverkeri. Det blir verkligen en festafton! Hon smuttade på teet och såg på båda i tur och ordning. – Ursäktar ni mig ett ögonblick? Jag kom plötsligt på att jag glömde mina promenadhandskar inne på hotellet när Christian och jag var där härförleden. Det är ett bra par, och det skulle vara synd att förlora dem. Hon reste sig, och Henning for upp och drog ut stolen för henne. Ellinor kastade en sista blick på Rose. Det glimtade i hennes ögon. – Jag är strax tillbaka.

Strax tillbaka? Rose snappade efter luft. Ellinor kunde då inte lämna henne kvar här, ensam, tillsammans med Henning? Det var verkligen inte en del av planen.

Men svägerskan gick lugnt mot dörren, som om det var den mest naturliga sak i världen att lämna kvar en ung, ogift kvinna i sällskap med en ung, ogift man. Rose hade mest lust att springa efter henne eller gömma sig under bordet.

Henning satte sig igen, och när han såg på henne, glömde hon alla flyktplaner. Benen skulle oavsett inte bära henne.

Till Roses förvåning fingrade han med servetten och verkade med ens osäker. Världsvane, självsäkre Henning. Var det en ny sida hos sig själv han visade henne nu? I så fall tyckte hon om den. Den fick det hela att verka mindre farligt.

– Det här är definitivt inte bra, viskade han och flackade med blicken. Rose visste inte vad hon skulle tänka. Inte bra? Det var perfekt. Farligt och opassande också, men ändå perfekt.

– Om er far, eller vem som helst annan än Ellinor, ser oss ensamma tillsammans nu … Henning kastade ständigt blickar över axeln. – Herr Winther gjorde det helt klart att vi två över huvud taget inte ska ha något mer med varandra att göra. Det var inga tvivel om att han menade allvar. Alla vet att din far är en mäktig man i den här staden, fröken Rose. Jag vill ogärna trotsa honom. Då kan jag lika gärna ta tåget söderut meddetsamma.

Det knöt sig i Roses mage. Hade fadern talat med Henning? Det var verkligen pinsamt. Hon kände sig rent ut sagt förrådd. – Törs jag fråga när det här skedde?

Han såg förvånat på henne. – Jag trodde ni visste det. Det var dagen efter festen. Jag kom för att tacka för en fantastisk afton, men er far talade om att det hade varit ett missförstånd att vi två fick varandra till bordet. Han log snett. – Jag borde väl ha vetat att det var för bra för att vara sant, men jag tog det som en komplimang där och då.

Hjärtat bultade snabbare och snabbare, och Rose kände sig yr. Hon mindes hur besviken hon hade blivit när hon fick höra att Henning hade varit hos dem dagen efter festen. Hur starkt hon hade önskat att hon hade varit där, så att hon åtminstone kunde ha fått en glimt av honom. Nu visade det sig alltså att fadern hade tagit honom åt sidan och sagt honom ett allvarsord.

– Jag beklagar om det var förnedrande för er, herr Høirup. Jag vet att jag skulle ha känt det så.

Hans ansikte sprack upp i ett leende. Det gjorde det inte precis lättare att andas under den alltför strama spetskragen.

Om hon bara hade haft ett glas med vatten. Men Ellinor hade beställt te.

– Det ska mer till för att knäcka mig, sa han och blinkade. – Och när ska ni börja kalla mig för Henning?

– Jag …

Mer fick hon inte sagt innan han lutade sig så nära att hon kunde känna hans andhämtning mot läpparna. – Jag ska visa vad jag går för på den festaftonen, fröken Rose. Och vet ni vad det bästa hade varit? Själva toppen av kransekakan, som ni säger här i Norge?

– N– nej? Det vet jag verkligen inte … Rose hade en förnimmelse av att svaret skulle få henne att rodna.

– Det hade varit om ni kunde stå på scenen tillsammans med mig, fröken Rose. Jag kommer aldrig att glömma vårt framförande under silverbröllopsfirandet. Ni såg väl hur hänförda alla var? Där talar vi succé.

Hennes kinder måste vara lika röda som hallonmakroner nu. – Ni … du … är alltför snäll mot mig, Henning. Dessutom skulle mor aldrig i livet gå med på något sådant, som du kan förstå. Hon stirrade ner i tekoppen och hoppades att Ellinor skulle komma tillbaka innan hon led brist på saker att säga, eller sa något fullständigt opassande. Som att det hon önskade mest i världen var att kunna stå på scenen tillsammans med honom. Hon kastade en snabb blick omkring sig. Var blev Ellinor av, egentligen? Hon hade varit borta en stund nu. Risken för att någon skulle se dem sitta så här, steg för varje minut som gick.

Rose lade inte märke till den stora, svarta vagnen som kom rullande och stannade precis utanför bageriet.

25

Tilda kom närmast stormande in i salongen där Cecilia satt med ett broderi och var intet ont anande. Hon kikade förundrat upp.

– Tilda, vilken överraskning att se dig. Jag väntade inte besök i dag.

Tilda snörpte på munnen och skakade så bestämt på huvudet att den stora fjädern i hennes hatt vajade lätt. – Inte så glädjande, är jag rädd, Cilla. Det gäller Rose. Och du kommer definitivt inte att tycka om det du snart ska få höra.

– Rose, Tilda? Cecilia rynkade pannan. – Hon är ute med Ellinor. De skulle promenera i det fina vädret och se på klänningstyg.

Tilda skälvde så kinderna gungade. – Nej, det tror jag inte.

– Har det hänt henne något? Cecilia blev plötsligt bekymrad.

– Om det har hänt henne något, kommer an på hur man ser det. Tilda andades tungt och raspande.

Cecilia reste sig. – Du skrämmer mig, Tilda. Berätta nu för mig vad som har skett? Vill du inte sätta dig? Du andas tungt, och det är varmt.

– Nej tack, jag föredrar att stå. Det ger mig luft till lungorna, något jag tror jag behöver för att få berätta det jag har att berätta.

– Nå ja, men jag tror jag väljer att sätta mig, om det är i sin ordning för dig. Cecilia satte sig på kanten av den ena stolen och stålsatte sig för det som måste komma. – Jag är redo.

Tilda drog in andan djupt, som om hon tog sats. – Jag ska gå rakt på sak, Cilla. Hon satte den grå blicken i henne. – Jag såg precis Rose. Ensam Hon slöt ögonen och skakade snabbt på huvudet. – Jag menar inte helt ensam. Men utan Ellinor. Hon var tillsammans med en man.

– Vad? Nej, nej. Du måste ha sett fel, Tilda, protesterade Cecilia. – Som jag sa, så är Rose tillsammans med Ellinor. De ...

Bilder av Rose och Didrik Schrøder på träff flimrade bakom hennes ögonlock. Hade de verkligen vågat återuppta flirten, som hon hade trott att Roses kritiklösa beundran för Høirup hade satt stopp för?

– Min kära Cilla, när ska du sluta vara så godtrogen? Tilda fnyste. – Jovisst är jag gammal, och synen är inte vad den en gång var, men jag vet vad jag såg. Jag satt i vagnen och väntade på Brubakk som skulle köpa frukt i speceriaffären, och det var då jag såg dem. Rose och den här danske operasångaren, Høirup. De satt inne på konditoriet, och det var mer än kaka de avnjöt, för att uttrycka det så. De verkade i högsta grad uppslukade av varandra, ska jag säga dig. Sättet Rose log på ... Det var leendet hos en kvinna som är – ja, ytterst hänförd!

Det svindlade för Cecilia, och hon kände sig illamående. Rose och Høirup ... ensamma på ett konditori, för alla att se? – Men hur var det med Ellinor? Var befann hon sig? De skulle promenera tillsammans. Titta på klänningstyg tillsammans. Ellinor kände inte till staden så väl ännu, så Rose skulle visa henne runt.

– Jag såg henne ingenstans. Det såg för övrigt ut som att Rose klarade sig utmärkt på egen hand – i sällskap med den här Høirup, väl att märka.

Känslan av att ha blivit lurad var om möjligt ännu värre än att dottern faktiskt satt på konditori tillsammans med operasångaren. – Såg hon dig? frågade Cecilia spakt.

– Nej, jag tror inte det. De hade bara ögon för varandra. Låt oss hoppas att det inte var andra bekanta där inne, Cecilia. Det blir en skandal om det kommer ut. Karl och Cecilia Winthers dotter och en kringresande trubadur i muntert samtal med varandra. Och så i den delen av staden …

– Snälla du, jag klarar inte att höra ett ord till! Cecilia masserade tinningarna försiktigt. Så flödade plötsligt ilskan upp i henne. Hon borde inte ha lyssnat på Tildas råd. Hon borde ha förmanat svärdottern meddetsamma hon fick veta om placeringskorten. Konfronterat Ellinor med det Olava hade sett, och fått svärdottern att förstå att ingen gjorde sådant ostraffat. Hon försökte lugna ner sig. – Tack för att du kom hit och talade om det här för mig, Tilda. Annars är det inte säkert att jag någonsin hade fått veta det.

– Jag kunde självklart ha hållit det för mig själv, Cilla. Men samvetet sa mig att du borde få veta det, och nu måste du och Karl sätta stopp för det innan det blir för sent att rätta till. Rose är ung, och det är så lätt att låta sig förföras. Speciellt av en stilig, ung man som Høirup.

– Det här är inget mindre än en skandal, Tilda.

– Om det inte är en skandal, kan det fort bli det. Den äldre damen lade en hand på hennes arm. – Men det är ännu inte för sent att göra något åt det, kära Cilla. Tänk på det vi har talat om – skicka bort Rose för ett tag. Det verkar som en bättre idé än någonsin tidigare.

Cecilia nickade flera gånger. – Du har helt rätt, Tilda. Jag inser det nu. Rose måste bort från den här staden så fort det över huvud taget är möjligt.

Ellinors skratt svävade in genom fönstret och fyllde salongen så Cecilia våndades och knöt händerna så hårt att naglarna skar sig in i handflatorna. Om de bara hade vetat vad som väntade dem. Då skulle nog skrattet tystna fortare än Ellinor hann dra efter andan.

Hon hade väntat en god stund nu. Suttit stilla och tålmodigt i soffan medan hon hade funderat ut allt hon skulle säga när de kom tillbaka.

Där. Hon kunde höra deras glada röster ute i hallen. Rose och Ellinor som närmast babblade i munnen på varandra. – Fru Cecilia väntar i salongen, hörde hon Sigrun säga. – Hon vill gärna tala med er.

Cecilia kunde se för sig Ellinors lätt undrande ansiktsuttryck. Hon skulle gärna ha sett den första glimten av osäkerhet i hennes ögon.

Rose kom in i salongen först. Hon var röd om kinderna, och hennes ögon glödde. Det stack i Cecilia, det var längesen hon hade sett dottern så lycklig. Ellinor följde efter henne. Hon verkade varm där hon drog handen lätt över pannan.

– Å, så härligt. Det är svalare här inne. Svärdottern sjönk ner på stolen vid det öppna fönstret.

Rose kom bort till Cecilia, böjde sig ner och kysste henne på kinden. Det var en liten evighet sedan hon hade gjort det. Hon doftade av rosenvatten och solsken. – Du ville tala med oss, mor? Hon satte sig på en armlängds avstånd vid sidan av henne i soffan. Om bara den här plötsliga vänligheten hade varit äkta, men Cecilia trodde inte ett dugg på den.

Hon kunde knappt tro det. Låtsades de verkligen som ingenting? Det gjorde det mycket lättare att säga det hon hade på hjärtat. Att ge dem en läxa de sent skulle glömma. Hon rätade på ryggen och mötte dotterns blick. – Jag ville så gärna höra hur ni har haft det. Vart gick ni? Hittade ni något fint?

Hon kunde se att de växlade snabba blickar. Osäkerheten som uppstod mellan dem. – Å, du vet … Vi gick lite hit och dit, sa Rose. – Det mesta är ju nytt för Ellinor. Det är mycket att se …

– Ja, det vill jag tro att det är. Och ni var tillsammans hela tiden, är det så? Cecilia var spänd på att höra deras bortförklaringar, och på om Rose skulle våga ljuga henne rakt upp i ansiktet.

– Ja, det var vi. Ellinor såg frågande på henne. Rose hade redan blivit rödflammig på halsen och på kinderna. Det var speciellt märkbart mot den ljusa sommarklänningen. – Vi gick på konditori tillsammans.

Cecilia kunde ha valt att hålla dem på sträckbänken en stund till, men nu vällde ilskan upp i henne, och hon visste inte hur länge hon skulle klara att hålla den inne. – Och ni höll ihop? Bara ni två?

Ellinor gapade ett ögonblick. Rose såg bort. – Ja, bara vi två, svarade Ellinor och såg undrande på henne, som om det var Cecilia det var något galet med.

– Det var då besynnerligt … började Cecilia och reste sig. Hon klarade inte att sitta stilla längre. – För Tilda var här för en stund sedan, och hon kunde berätta att hon hade sett dig sitta tillsammans med herr Høirup, Rose. Ensam! Kan någon av er tala om för mig hur det kan komma sig?

Det blev moltyst. Allt de kunde höra, var det svaga suset från vinden som ruskade i trädkronorna utanför. Gardinerna fladdrade lätt.

Ellinor slog ner blicken. Rose vred på sig, som en slingrande mask på kroken. – Tilda kanske såg fel, mor …

Cecilia placerade händerna i sidorna. Det kokade i henne nu. – Tilda är kanske en äldre dam, men hon ser inte syner mitt på dagen. Hon såg er sitta där tillsammans, Rose. Och det såg ut som att ni hade väldigt trevligt tillsammans också. Förnekar du det verkligen? Tänk efter noga!

– Jag var tvungen att pudra näsan, sköt Ellinor in med spak röst. – Jag var inte borta länge.

Cecilia höjde ögonbrynen mot henne. – Jag tror dig inte, Ellinor. Men om så skulle vara fallet, menar du att det ska vara förmildrande på något sätt? Ni sa att ni skulle på en liten promenad i staden tillsammans. Titta på klänningstyger. Inte att ni skulle möta Høirup på ett konditori, eller att Rose skulle bli sittande ensam med honom. Hon spände blicken i dottern. – Tänkte du inte alls, Rose? Hur kunde du gå med på något sådant? Tilda såg dig – och säkert många andra också.

– Men vi skulle bara tala med honom, mor. Ellinor skulle fråga om han kunde tänka sig att uppträda på Tildas festföreställning.

Cecilia kände sig med ens kall. Behärskad. Hon vände sig mot svärdottern. – Jag hade hoppats att du var en ansvarsfull, vuxen kvinna, Ellinor. Du är trots allt gift. Men så drar du henne med på det här? Förstår du inte att det är Roses framtid du sätter på spel? Jag kan inte säga annat än att jag är mycket besviken. På er båda.

– Kära Cecilia. Svärmor … Jag … Ellinor såg bedjande på henne.

– Inte något »kära svärmor«, Ellinor! kom det högt från henne med en kraft och en röst som nästan överraskade henne själv. Ellinors underläpp darrade, men hon brydde sig inte om det. Hon kände inte annat än förakt för svärdottern.

– Det var inte Roses fel, sa Ellinor skälvande. – Snälla, var inte arg på henne. Om det är någon som ska straffas, är det jag. Ellinor sände henne en förtvivlad blick. – Jag var tanklös som gjorde det här. Men det hela var oskyldigt, jag lovar dig. Och jag talar sanning när jag säger att jag bara skulle ut ett ögonblick. Jag skulle hämta något precis över gatan – ja, på hotellet. Jag hade glömt några handskar där när Christian och jag besökte Henning senast. Ett ögonblick, så var jag tillbaka igen …

– Men det var mer än nog, Ellinor! Tänkte du inte alls på att några bekanta kunde komma förbi? Någon som Mathilde Skjønberg?

– Jag borde ha vetat bättre, men det var inte illa menat.

– Ellinor försökte bara vara snäll, mor, sa Rose och sträckte på sig. – Hon förtjänar inte att du står där och skäller på henne!

– Gör hon inte det? Vad är det hon förtjänar då, Rose? Beröm för att hon tog med dig på konditori och lät dig sitta ensam tillsammans med den här trubaduren? Hon drog djupt efter andan. – Jag har hört nog nu, sa hon lugnt. – Du kan gå upp på ditt rum, Rose. Vi talar mer om det här sedan.

Rose gjorde ingen antydan till att resa sig. Hon blev sittande med höjt huvud, och Cecilia kunde bara föreställa sig vad som försiggick inne i hennes huvud just nu. Skulle hon leka rebell, skrika och bära sig åt, eller vara vuxen nog att inse att hon hade begått ett stort fel, och ta konsekvenserna av det?

Cecilia var lättad när Rose till slut reste sig, och med hakan höjd gick hon lugnt ut ur salongen och ut i hallen. Svaga snyftningar kunde höras när hon var ur sikte och sprang uppför trappan.

Ellinor satt fortfarande vid fönstret. Hon hade ett ångerfyllt uttryck i ögonen och vred händerna. Hon kunde ångra så mycket hon ville. För Cecilia var bägaren för längesen full. Och hon hade inga betänkligheter med att säga det rent ut heller.

– Jag kan med säkerhet säga att jag har fått nog, Ellinor. Du har lagt grunden till den här romansen ända sedan du kom hit. Det var du som flyttade om placeringskorten så att Høirup fick Rose till bordet. Det var din idé med den förskräckliga varietén. Och nu det här? Cecilia lade armarna i kors. – Vad blir nästa idé? En romantisk middag för två? En utflykt till ett eller annat gudsförgätet ställe, så de kan vara helt säkra på att ingen ser dem?

Det tog några sekunder innan Ellinor reagerade. När det väl skedde, såg hon förvirrat på Cecilia. – Placeringskorten?

– Spela inte ovetande, Ellinor. Det klär dig inte. Vad trodde du egentligen? Att jag inte brydde mig om det? Att jag tyckte det var i sin ordning att Rose fick sitta bredvid Høirup, en vilt främmande sångare, och som Christian, utan att fråga mig först, hade inbjudit att sitta till bords på *min* silverbröllopsdag? Cecilia gick fram och tillbaka framför Ellinor. – Det lönar sig inte att prata sig ur det, kära du. Jag vet vad du gjorde, och oavsett vad du tänkte – eller absolut inte tänkte – så hade du över huvud taget ingen rätt att flytta om de där placeringskorten. Christian kommer inte att tycka om det när han får höra om det här.

Ellinor kved som ett litet, försvarslöst djur. – Måste du verkligen berätta det för honom? Hennes ögon var fulla av tårar.

Cecilia försökte göra sig hård. Det skulle ha varit enklare om hon inte hade vetat om konflikten mellan Ellinor och sonen. – Ja, om du inte tänker berätta det för honom själv, så ... Du är hans hustru, och Rose är hans syster. Det är naturligt att han får veta vad du har gjort. Att du har gått bakom min rygg – inte bara en gång, utan flera. Gudarna ska veta vad annat du har dragit med dig Rose på. Allt det här pratet om fri kärlek och kvinnosak ... Cecilia närmast spottade ut orden. – Jag vill inte ha något av det, Ellinor. Inte Christian eller Karl heller. Är det förstått?

Det sista bara slapp ur henne. Känslorna drog henne med sig. Hon hade inte tänkt dra in Christian och Karl i det här. Men nu var det sagt.

Ellinor bet sig i läppen. En tår rann ner över hennes kind. – Christian kommer inte att tycka om det, viskade hon.

– Det borde du ha tänkt på tidigare.

Ellinor bröt samman framför henne. Hela kroppen skakade av gråt. – Jag kan inte säga annat än förlåt, snyftade hon. – Jag menade inte att gå bakom din rygg. Jag tänkte först och främst på Rose. Jag trodde det skulle vara skoj för henne att göra något *annat*. Du uttryckte ju själv att det bara var ett oskyldigt svärmeri den gången vi talade med varandra i salongen. Jag tänkte att jag kunde göra det för att glädja henne. Det var inte illa menat!

Samtalet i salongen … Vad var det Ellinor syftade på? Cecilia var tvungen att leta i minnet. Så mindes hon det. – Hur kunde du tro att det var Høirup jag syftade på när vi talade med varandra den gången? Det var inte honom, det var … Hon gjorde ett svep med handen och knep ihop läpparna. – Bara glöm det. Det spelar ändå ingen roll längre. Cecilia ville *inte* visa sig mjuk nu. – Vi låter det bero för ögonblicket. Jag har fått huvudvärk och går upp på mitt rum.

Ellinor satt ensam kvar. Det skulle bli något av en uppgörelse i deras sängkammare den här kvällen när Christian fick höra vad hustrun hade gjort. Där och då tänkte Cecilia att det fick vara straff nog.

26

Cecilia sög på en kamferpastill. Det lindrade halsen som var öm efter att den hade gått i falsett tidigare på dagen. Nu satt hon vid chiffonjén i sovrummet och strök ena handen tankfullt över sidenkjolen. Det hade varit ett uppslitande samtal. Plågsamt, men samtidigt förlösande. Tanken på hur långt det kunde ha gått om inte Tilda hade sett Rose och Høirup tillsammans, gjorde henne fortfarande darrig och arg om vartannat.

Hon kunde höra steg som närmade sig dörren. Cecilia grep ett ark och plockade upp reservoarpennan. Det var bättre att låtsas som om hon var upptagen med något. Hon måste hur som helst få skrivet det där brevet till modern snart. Hon hade skjutit upp det länge nog.

Karl verkade tankfull när han kom in. Han strök fingrarna genom håret. – Jag mötte Ellinor när jag kom hem. Hon satt i salongen och verkade upprörd över något, men jag fick inte ur henne något. Ansiktet var strimmigt av tårar. Vet du om det har skett något speciellt? Är det Christian som har uppfört sig ofint igen? För i så fall …

Han behövde inte säga mer. Hon visste vad han menade. Det var alltid Christian. Ingen annan i familjen kunde göra något galet. Karl skulle bara ha vetat vad svärdottern och hans dotter hade gjort sig skyldiga till. De hade konspirerat och ljugit henne rakt upp i ansiktet. Hon blev sittande och stirrade in i väggen med den randiga silkestapeten. Handen darrade så små prickar med bläck spred sig ut över arket. Hon hade inte tillåtit sig själv att känna efter hur hon verkligen mådde, förrän nu. Nu märkte hon det i hela kroppen.

– Cilla? Karl kom närmare. – Har du hört något av det jag har sagt till dig? Ellinor, hon …

Cecilia lade pennan lugnt ifrån sig och vände sig mot honom. – Jag hörde dig, Karl, och jag ska tala om för dig vad som är galet. Tilda kom på besök i dag. Eller rättare sagt, hon stormade in.

Karl grimaserade. – Nå, blygsamhet har aldrig varit hennes styrka … Han log snett.

– Det här är allvar, Karl! utbrast hon lite för högt. – Tilda kunde berätta att hon hade sett Rose tillsammans med Høirup! De satt inne på Halseths konditori. Bara de två!

– Det låter då märkligt? Karl verkade uppriktigt förvånad. – Skulle Rose hitta på att göra något sådant? När det gäller Høirup, sa jag klart och tydligt ifrån att han inte fick kurtisera min dotter. Han såg då ut att förstå det.

– Precis! Och det gjorde han säkert också. Det är Ellinor som står bakom det här. Allt är hennes fel. Det var *hon* som flyttade om placeringskorten så att Rose blev sittande bredvid Høirup under silverbröllopsmiddagen, och det var *hon* som arrangerade det så att Høirup och vår Rose fick tid ensamma på konditoriet i dag. Hade det inte varit för att Tilda av en händelse åkte förbi, är det inte säkert att vi skulle ha fått veta något om allt det här, och den här konspirationen skulle ha fortsatt.

Karl lyssnade uppmärksamt, med en rynka i pannan. Han måste tro på henne. Det här var inte något utslag av svartsjuka gentemot svärdottern. Cecilia fortsatte: – Ellinor har motarbetat mig sedan hon kom hit, Karl. Hon har gjort allt hon kunnat för att leda Rose på villovägar. Men i dag sa jag henne ett sanningens ord.

Hon reste sig och gick bort till fönstret. Ställde sig med ryggen mot honom i väntan på att han skulle säga något. Det gick en rysning genom henne när hon hörde att han suckade uppgivet. Han kunde lika gärna ha gett henne en örfil. Verkan skulle ha varit densamma.

– Är det verkligen så illa, Cilla? Jag menar, det var helt säkert inte illa menat. Jag vägrar tro att Ellinor medvetet har försökt motarbeta dig.

Cecilia vände sig blixtsnabbt mot honom. Stod han verkligen och försvarade svärdottern igen?

– Hon är bara söt och rolig, är det så det är, Karl? Jag ser hur hon lindar alla kring sitt lillfinger. Dig också! De enda hon inte kan lura, är mig och Christian. Att du inte ser det själv? Att du kan vara så *godtrogen*. Och när du kan visa Ellinor, som du knappt känner, en sådan förståelse, varför kan du aldrig hellre fria än fälla när det gäller din egen son? Varför tror du på Ellinor, men aldrig på Christian?

Det lilla ögonblicket av tystnad som följde, var öronbedövande.

– Du förstår inte, sa han hest till slut. – Hur kan jag förvänta mig att du ska förstå? Christian behöver klara ramar och gränser. Det hjälper inte att du pjoskar med honom, som du alltid har gjort, Cilla. Och när det gäller Ellinor, hon borde ha blivit varnad innan hon gifte sig med Christian. Det finns väl ingen som är bra nog för dina barn?

Cecilia snappade efter luft. – Hur kan du säga något sådant? Du vet att jag bara vill det bästa för dem. För oss. Allt jag gör, gör jag för att jag älskar dem.

– Allt jag säger, är att Ellinor säkert försöker göra det hon tror är till det bästa för alla, men att hon inte förstår vad du förväntar dig och känner. Ellinor kommer från en annan bakgrund, hon ...

– Hon är mycket yngre och vet bättre. Det är det du säger. Cecilia visste att hon hade gått för långt när hon såg hur han bleknade. Munnen blev till ett smalt streck.

– Det tjänar ingenting till att tala med dig när du är sådan. Jag går ner till kontoret.

– Ja, gå bara. Det gör du ju alltid ...

Han vände sig långsamt mot henne. – Och vad ska det betyda? Är jag inte här för dig nu, kanske? Försöker jag inte lyssna och förstå? Är jag inte alltid här för dig, Cilla?

Det var som om en stram sträng inom henne klipptes rakt av. Något som hade hållit henne tillbaka alltför länge. – Är du det, Karl? För om du frågar mig, är du mer intresserad av att försvara Ellinor än du är av att stötta mig. Hennes stämma brast, och hon kände sig outsägligt trött. Hon hade varit så arg på Ellinor och på Rose. Nu också på Karl. Dåligt samvete böljade svagt i magen. Gick hon verkligen för långt? – Allt jag vill, är att vi ska vara lyckliga. Att Rose ska finna sig en passande make ... Hon hörde knappt sin egen röst genom snyftningarna. – Jag vill göra det rätta för henne, Karl. Hon är vår enda dotter.

Han kom inte bort till henne, trots att hon längtade efter att känna hans armar runt sig. Kanske förtjänade hon det.

Han vände sig halvt om för att gå. – Det är klart vi ska göra det rätta för Rose, men du försöker för mycket, Cecilia. Han gick sakta mot dörren och öppnade den. Tystnaden som följde när han stängde den, fick henne att sjunka ihop på golvet.

27

Cecilia betraktade Karl som bläddrade igenom dagens post. Det var bara de två vid bordet den här morgonen. Karls tystnad var nära att driva henne till vanvett. Den hade legat som ett lock över dem sedan den upphettade diskussionen i sovrummet några dagar tidigare.

– Här har vi den.

Cecilia ryckte till så teet nästan skvalpade över kanten på tekoppen, vid ljudet av Karls mörka stämma. Han höll upp ett mjölkvitt kort. – Vad är det? frågade hon.

– Inbjudan till Tildas festafton. Det är den sista lördagen i augusti, står det här. I senaste laget för ett utomhusarrangemang, om du frågar mig, men hon kan ju ha tur med vädret. Tilda får ju som regel som hon vill. Det förundrar mig inte om hon har samma ordning på Honom där uppe som på oss här nere.

Kommentaren roade Cecilia, men hon ville inte visa det. Hon tyckte inte att de bara kunde låtsas som om de inte hade grälat, och fortsätta som förut. – Vi får svara att vi kommer, då.

– Ja, det skulle ha tagit sig ut om vi, av alla, tackade nej. Han räckte henne inbjudan. – Du kan väl svara? Det är naturligt att alla infinner sig.

Cecilia tog emot den och läste raskt det som stod. Hon hoppades att det skulle bli en lyckad afton. De behövde något som kunde sprida lite glädje i familjen igen, för så som det var nu, levde alla ett liv bakom stängda dörrar. Ellinor klagade över att hon inte kände sig bra, och höll sig mycket på rummet, även om Cecilia misstänkte att det var en ursäkt för att slippa se och tala med henne. Och Rose vände ryggen till varje gång hon såg henne. Christian såg de knappt. Sonen var mer ute med kamraterna än han var hemma. Han och Ellinor grälade mindre, men Cecilia hade en känsla av att det var ett dåligt – inte ett gott – tecken. De hade slutat att tala med varandra.

Den ende som verkade opåverkad och glad, var Fredrik. När han inte cyklade runt i staden, läste han eller arbetade med skisserna som Karl hade bett honom göra. Hon hade fått lov att se på några av dem, och hon hade blivit imponerad. Fredrik var verkligen begåvad.

– Ellinor? Cecilia kikade förvånat mot dörren när svärdottern med ens visade sig i dörröppningen. Hon hade inte hört henne komma nerför trappan. Det rödbruna håret var utslaget och böljade nerför axlarna. Friskheten, som var så typisk för svärdottern, var borta. Hon var blek och sliten och verkade magrare också. Armarna stack ut som tunna pinnar ur de trekvartslånga ärmarna på morgonrocken.

– Har ni sett Christian? Hon gjorde sig inte ens besväret med att önska dem en god morgon.

– Christian? Är inte han uppe hos dig? Cecilia kastade en blick på Karl, som ryckte på axlarna.

Ellinor skakade på huvudet. – Han gick ut sent i går kväll. Jag somnade, och när jag vaknade i dag tidigt, var hans sida av sängen tom. Rösten var tunn.

Cecilia tänkte efter. Att sängen var tom, betydde inte nödvändigtvis att han inte hade kommit hem. – Ta en titt i gästrummen. Om han kom sent hem, ville han säkert inte väcka dig. Han kanske har lagt sig i ett av dem?

– Jag får kika där. Ellinor verkade inte övertygad, men vände sig om och tassade upp på andra våningen igen.

Det var det längsta samtalet hon hade haft med svärdottern på många dagar. Hon visste inte hur länge det skulle vara så som nu, men hon skulle i alla fall inte vara den som sträckte ut en försonande hand. Vad hon visste, kunde det vara ett spel från svärdotterns sida. Ellinor spelade den lidande, försmådda och missförstådda. Cecilia skulle inte låta sig luras ännu en gång. – Karl, säg något, då! utbrast hon ilsket.

– Säga vad då? Han kikade upp från tidningen.

– Om allt det här, väl! Att Christian är ute på staden nattetid, och att hans hustru inte vet var han är. Såg du hur Ellinor såg ut? Hon är en skugga av sig själv, och jag misstänker att det är jag som ska känna mig som den skyldiga. Efter allt som har skett den här sommaren.

Karl lade ifrån sig tidningen. – Nu gör du det igen. Dina ständiga bekymmer. När ska du sluta tänka så mycket på hur alla andra känner, och hellre tänka lite mer på dig själv? Han sträckte armen mot henne och lade handen över hennes. Beröringen sände en skälvning genom henne. Var det nu han skulle be om ursäkt för alltsammans? För att han inte hade sett eller förstått hur svårt hon hade det. – Hur skulle det vara om du tog dig en tur till Klinges, Cilla? Det kom just ett stort skepp från England. Jag är säker på att de har fått in många vackra tyger. Tänk om du skulle ta med dig Ellinor och Rose?

Som ett aldrig så litet försök till försoning … Han log uppmuntrande. – Det skulle nog hjälpa upp humöret om ni får sytt er något nytt?

Cecilia drog till sig handen. Vackra tyger. Nya kläder. Trodde han verkligen att det var så enkelt? Att det skulle lösa alla deras problem?

Ett skrik skar i luften. Det kom ovanifrån. De stirrade på varandra, därefter mot dörren. Karl reste sig hastigt och gick raskt ut i hallen. Cecilia småsprang efter honom. Han stannade vid foten av trappan och ropade upp till andra våningen: – Kan någon tala om för mig vad som sker där uppe? Ingen svarade. Sigrun, Karen och Olava hade också kommit ut i hallen. De stirrade förskräckta på varandra.

– Stanna här. Karl tog trappan i några få, långa steg.

Cecilia ville inte vänta. Hon skyndade uppför trappan så fort den fotsida kjolen tillät henne. Dörren till det blå gästrummet var öppen, och hon hörde Karl utbrista: – Herregud …

Det gick kalla kårar utefter hennes rygg. Vad hade skett? Hon tvärstannade i dörröppningen. Snappade efter luft vid synen av Christian som delvis låg, delvis satt i sängen. Vid sidan av honom stod Karl med armen beskyddande runt Ellinor. Svärdottern var likblek i ansiktet och hade en näsduk pressad mot munnen.

– Hon fann honom så här, sa Karl tyst. – Tänk vilken chock.

Cecilia stirrade på sonen. Hans högra öga var svullet och igenklistrat av blod. Hans läppar var dubbelt så stora som de brukade vara. Hon letade efter de rätta orden att säga. – Vad skedde? viskade hon till slut. – Vem är det som har gjort det här mot dig, Christian? Varför?

Ellinor gjorde sig fri från Karl och sjönk ner på huk vid sängen och grep tag i Christians händer. Han undvek att möta hennes blick.

Sigrun dök upp bakom Cecilia. Hushållerskan gav ifrån sig ett halvkvävt skrik innan hon lade handen över munnen. Cecilia vände sig snabbt mot henne. – Du får hämta sjukvårdsväskan, Sigrun. Vi måste se till att få skött om honom och rengjort såren.

– M...en bör vi inte tillkalla doktorn, fru Winther?

Cecilia kastade en snabb blick på Karl innan hon knep samman läpparna och skakade på huvudet. – Jag tror inte det är nödvändigt. Det här kan vi ta oss an.

Karls ansikte var mörkt när han såg på Christian. – Vem gjorde det här mot dig?

Christian höjde armen och rörde försiktigt vid ögat. – Å, det här ... Han försökte sig på ett flin, men det var tydligt att det gjorde ont. Han grimaserade och stängde det ena ögat som fortfarande kunde öppnas. – En oenighet om något obetydligt. En bagatell. Jag minns inte ens vad det gällde ... Allt jag minns, är att jag plötsligt befann mig i rännstenen.

– Minns du inte? Var du *så* berusad? Karl skakade misstroget på huvudet. – Min son ska inte dricka sig full i stadens vattenhål, ragla runt på gatorna och egga till slagsmål. Hör du? Jag ville inte veta av det. Och så minns du inte ens vad som hände?

– Ta det lugnt, Karl. Du ser väl vilket tillstånd han är i, började Cecilia försiktigt, men blev avbruten av Sigrun som kom in med sjukvårdsväskan i ena handen och en kanna med varmt vatten i den andra.

– Ska jag, fru Winther?

– Nej, jag kan göra det, Sigrun. Du kunde hjälpa Ellinor in på rummet. Hon behöver lägga sig ner. En kopp te kommer säkert också att hjälpa.

– Javisst, fru Winther. Hushållerskan gick mot Ellinor och grep henne lätt om armbågen. – Vill fru Ellinor följa med mig?

Ellinor reste sig och lät sig ledas som ett barn. Hon mötte Cecilias blick när de passerade henne. Den var svår att tyda, men fylld av sorg och besvikelse. Var den anklagande också? Som om Cecilia hade skuld i det som hade skett med Christian. Karl verkade mildare stämd när han närmast trängde sig fram förbi henne och försvann bort längs gången. Hon stod ensam kvar med Christian.

Hon hällde det varma vattnet i tvättfatet och vred ur trasan. Satte sig på sängkanten, och med försiktiga strykningar började hon tvätta av honom blodet. Hon mindes alla skrubbsåren som Christian hade fått som barn. De såg alltid värre ut än de var. Det var allt blod som verkade så skrämmande. Hans öga var visserligen sönderslaget, och det lyste i både blått, rött och gult. Hon granskade honom. Skärsåret i läppen skulle läka fint, det var inte stort och behövde i alla fall inte sys. Hon sköljde trasan i vattnet. Det blev snabbt färgat rött. Hon var lättad över att det inte var värre ställt med honom. Orkade inte med tanken på att doktorn måste komma. Hans fundersamma min. Det lilla knäppet när doktorsväskan öppnades. Flaskorna med allsköns mystiska mediciner. Lukten av örter, lakrits och alkohol. Bara tanken gjorde henne illamående. Men hon visste att hon borde rengöra såren med jod. Det skulle svida.

Läkare hade gått in och ut ur hennes barndomshem. Och varje gång hade läkaren gjort samma skakande huvudrörelse. Modern hade varit förtvivlad och bönfallit honom om att ta reda på vad som felade dottern. Fadern, däremot, skulle bli frustrerad och beskylla Elizabeth för att vara trotsig eftersom hon vägrade prata. Hon pratade ju med blommorna, så varför vägrade hon att tala med dem?

– Mor? Christians läppar rörde sig knappt i en viskning.

– Ja, kära du? Det är jag. Gör det ont? Hon pressade en bomullstuss med jod mot det ena såret över ögat.

– Jag överlever.

– Det kunde ha gått verkligt illa för dig, Christian. Du kunde ha slagit huvudet hårt i gatstenarna. Hon ryste. Bara tanken på att något sådant skulle hända honom, gav henne andnöd. – Och nu vill jag att du talar om för mig vad som skedde.

– Men jag sa ju att jag inte minns …

– Jag tror dig inte.

Han stönade och vände bort ansiktet. Cecilia blev sittande med den blodiga bomullstussen i handen och väntade. Hon skulle göra sig hård om så var nödvändigt.

– Jag hade satt in en annons i tidningen. Jag ville låna pengar – ja, för att finansiera delar av varuhuset – med några av våra saker som pant. Min klocka och några av Ellinors smycken …

Huden på hennes armar knottrade sig. Hon misstänkte var historien skulle sluta.

– Du får inte tro att jag är stolt över det sista, sa han hest. – Vi hade avtalat att mötas i en av gränderna. Han skrattade ihåligt. – Ja, jag vet det. Jag borde ha förstått det redan då. De två karlarna mötte upp som avtalat, men det gick som det måste. De skinnade mig på allt jag hade av värdesaker. När jag försökte göra motstånd, fick jag det här ... Han gjorde en rörelse mot ansiktet.

– Men att låna pengar, Christian? Vet du inte vart det kommer att leda dig? Cecilia visste hur det gick. Penningutlånare skodde sig på sådana som Christian. Rika, unga män som lät sig förledas av spänning. Av spel, nöjen och galenskap. Tills det gick fullständigt över styr, och de satt kvar med ingenting. Ingenting annat än mer skuld. – Du borde ha vetat bättre, Christian.

– Jag förstår att du är besviken, mor. Jag är inte Fredrik. Eller far. Jag är inte annat än en stor besvikelse för er. Och för Ellinor också.

En plågsam knut låg redan i hennes mage. Den stramades åt nu. Var det så Christian kände det? Att han inte alls levde upp till det som var förväntades av honom? Att han inte var god nog för någon av dem? Starke, stilige Christian. Hon hade haft rätt när hon tänkte att han inte verkade lycklig. Att det var något mer som plågade honom än Karls saknade stöd och käbblandet med Ellinor. Han hade penningproblem också. Hon granskade honom, och plötsligt såg hon pojkvaskern i honom. Lång i ben och armar, och med ett hår så tjockt att det måste till en stor del kräm eller olja för att få det till att ligga slätt. Nu var det rufsigt igen. Hon såg förbi det sönderslagna ansiktet. Hon såg de mjuka kinderna och den spjuveraktiga blicken. Alltid redo för någon utsvävning. Det värkte i bröstet, och tårarna pressade på. – *Jag* är varken arg eller besviken på dig, Christian. Jag är besviken på det du har gjort, men inte på dig. Förstår du skillnaden?

Han nickade svagt. – Kanske. Du är min mor. Du kan inte säga annat.

– Jag säger det för att jag älskar dig lika högt som jag älskar Fredrik och Rose. Och far. Du har gjort något du inte borde göra, det är allt. Och du borde ha vetat bättre. Jag är säker på att far känner det på samma sätt …

Dörren gick upp, och Sigrun kom in bärande på en bricka med en karaff med vatten och två glas. Hon satte den på nattduksbordet och kastade samtidigt en hastig blick på Christian. Visste allt tjänstefolk vad som hade skett nu? Sigrun var diskret, och Cecilia litade på henne, men vissa saker var för sensationella för att inte föras vidare. Det spelade ingen roll. Det skulle oavsett bli svårt att hålla det här dolt.

– Tack, Sigrun. Hon riktade uppmärksamheten mot Christian så snart dörren blev stängd bakom hushållerskan. – Vad ska du göra nu?

Han vred på sig. – Jag vet inte. Jag är skyldig en del folk pengar. Både här och i Kristiania. Han slöt ögonen och stönade. – Jag har verkligen trasslat till det, inte sant?

Hon hade hört det förut. Alla de gånger breven från Köpenhamn hade kommit, och Karl hade slitit sitt hår i förtvivlan och irritation över sonen som absolut inte kunde hålla i pengarna. Och Christian skulle skriva tillbaka, och lova på heder och samvete att han skulle bättra sig.

– Far kanske kan …

Cecilia sträckte på sig. – Jag vet inte om det går den här gången, Christian. Du såg vad som skedde när jag frågade om pengar senast.

– Du *måste* försöka, mor. Jag ber dig! bönföll han. – Annars vet jag inte hur det ska gå.

Bara tanken på att något kunde hända honom … Hon hade en hel del pengar stående på ett konto på banken. Hennes hemgift, men de pengarna skulle inte röras. De var en säkerhet, hade Karl sagt. Till syvende och sist var det hennes pengar.

– Du är min son, och jag ska hjälpa dig. Men bara om du lovar att betala mig tillbaka så snart du får ordning på dina affärer. Hon svalde tungt innan hon tog sats. – Det här går inte längre, Christian. Du måste få kontroll på ditt liv. Jag ska hjälpa dig den här gången, men det blir den sista. Men oavsett vad du gör, ska du veta att jag älskar dig.

28

Cecilia gick med raska steg bort längs Kjøpmannsgaten. Hon hade fällt upp parasollen och höll blicken mot trottoaren. Hon hoppades innerligt att hon inte skulle stöta på någon hon kände, för hon var usel på att ljuga. Om hon skulle vara ärlig mot sig själv, kände hon sig usel på det mesta nuförtiden.

Hon hade klätt sig i en enkel vardagsklänning för att väcka minsta möjliga uppseende. Då var det värre med hatten, för hon ägde ingen enkel hatt. De var alla lika utsökta och vackra. Det var ändå bra att det bara var en kort promenad. Om några få minuter skulle hon vara framme. Hon passerade Lorcks och rundade hörnet med musikpaviljongen på ena sidan och rådhuset på den andra. Bankbyggnaden låg överst på Søndre gate. Imponerande och monumental, byggd i sten och i gotisk stil. Den skulle påminna om domkyrkan.

Hon sköt upp den tunga dörren och kände hur temperaturen sjönk några hack. Det var nog de tjocka tegelväggarna som gjorde det. Skorna skapade klackljud när sulan träffade det hårda, blanka marmorgolvet. Hon kunde inte minnas att ha varit där inne förut. Hon hade aldrig haft någon orsak till det. Det var ju Karl som tog sig an alla affärerna, och hennes pengar var i tryggt förvar på banken.

En tjänsteman i mörk kostym tog emot henne. Det lilla han hade av hår, var kammat från ena sidan av huvudet till den andra. – God morgon, fru Winther. Vilken ära att ha er här. Han bugade så djupt att hon fruktade för hans frisyr. Självklart visste han vem hon var. Alla i staden visste vem hon var.

– Jag vill gärna tala med bankdirektör Gabrielsen, sa hon lågt, men kände ändå att orden ekade under det höga taket. Det var bara ett par kunder i kö framför den ena disken. Ingen av dem vände sig om, lyckligtvis.

– Har fru Winther avtalat möte med bankdirektören?

– Nej, dessvärre, det har jag inte. Men det är knappast nödvändigt heller. Hon sköt fram hakan. – Inte sant? Och säg att det brådskar.

Tjänstemannen bugade på nytt. – Självklart, fru Winther. Nu, meddetsamma. Han ryggade lite bakåt innan han vände sig om och försvann. Kort tid efter var han tillbaka. – Bankdirektören är klar för att ta emot er, fru Winther. Om ni vill vara så vänlig och följa mig.

Fötterna kändes blytunga där hon följde honom uppför den breda marmortrappan. Allt i henne stretade emot. Det kändes som om hon var på förbjuden mark och varken visste resultatet eller konsekvenserna av det hon var i färd med att göra. Och det var väl så det var också. Hon hade inte något där att göra.

I ett förrum med en mjuk väntsoffa satt bankdirektörens sekreterare bakom ett skrivbord. Hon for upp när Cecilia visade sig i dörröppningen, och kom emot henne med ett strålande leende. – Fru Winther. Bankdirektör Gabrielsen väntar på er. Hon öppnade dörren och höll den öppen för henne.

Bankdirektör Gabrielsen reste sig från skrivbordsstolen. – Fru Winther, vilken glädje att se er här. Och det ger mig en utmärkt möjlighet att tacka för en alldeles fantastisk fest tidigare i sommar. Min hustru och jag roade oss stort. Vinet var utsökt och underhållningen av yppersta klass. Och så er förtjusande svärdotter … Han log ännu bredare och blinkade. – Christian har sannerligen varit lyckosam med henne.

Cecilia lät honom kyssa handen. Hon ryste inom sig när hans våta läppar träffade den, och ångrade att hon inte hade tagit på sig promenadhandskarna. Men det var en varm dag, och hon hade skyndat sig ut innan någon hann fråga henne vart hon skulle.

– Vid närmare eftertanke är det väl första gången ni är här? Och i alla fall utan er man … Karl mår bra, förmodar jag?

Cecilia visste att han funderade över vad en dam som hon gjorde på bankdirektörens kontor, och utan maken vid sin sida. Gabrielsen hade all orsak att ställa frågor kring hennes ärende där. Lyckligtvis var hon förberedd på det.

– Karl mår mycket bra. Hon fladdrade med ögonfransarna och såg på besöksstolen framför skrivbordet. – Skulle jag kunna sätta mig? Det är en sådan varm dag …

– Ja, ja, självfallet! Gabrielsen skyndade sig att dra ut stolen för henne. – Så ouppmärksamt av mig? Te? Eller kanske en sherry? Det är väl sent nog på dagen för det. Han drog fram fickuret och nickade bekräftande.

– Varför inte? En sherry låter gott. Men bara ett litet glas.

– Absolut. Bankdirektören gick bort till skänken och fyllde

i två glas från en karaff. Så satte han sig bakom skrivbordet och knäppte händerna. – Så, vad kan jag hjälpa er med?

– Jag ... Cecilia hade redan tänkt igenom vad hon skulle säga, men plötsligt var det som om allt hade blivit bortblåst med vinden. Fönstren ut mot Søndre gate stod på vid gavel. Hon kunde höra knarrandet från kärrhjul och hästhovarna som klapprade mot gatstenarna. Hjärtat slog snabbt, och hon läppjade på drycken för att vinna lite tid. Det var viktigt att bevara lugnet. – Jo, som bankdirektören vet, har jag en del medel stående på ett konto. Orörda medel. Pengar som jag förde med mig in i äktenskapet med Karl.

– Javisst. Fru Winthers hemgift. I engelska pund, om jag inte minns fel.

– Ja, det stämmer.

Han såg frågande på henne. – Ska fru Winther kanske till England? Ja, för att besöka familjen? De kom väl inte till firandet, såvitt jag minns. Det ska vara vackert på den engelska landsbygden. Långt renare luft än i London. Han ryste. – Den här smogen. Stackars människor. Att de orkar.

– Den kan förvisso vara plågsam, svarade Cecilia när hon äntligen fick in ett ord. – Men jag ska inte till England i första taget. Jag är här för att jag önskar ge min son bestämmanderätt över mitt konto.

Bankdirektören rynkade ögonbrynen. – Vem av dem, fru Winther?

– Christian. Han ... De ska ju bosätta sig här uppe. Jag vill så gärna bidra till att de får ett trevligt hem.

– Jag förstår. Han lutade sig bakåt i stolen medan han knäppte händerna över den pösiga magen. Västen glipade mellan knapparna och vittnade om en god aptit på det mesta livet hade att bjuda på. Cecilia tänkte på hans nya unga fru. Nummer tre efter att de två första dött. Den första i barnsäng och den andra av tuberkulos. – Och Karl har gett er tillåtelse till det här?

Det ryckte nervöst i Cecilias mungipa. Hon fick inte visa sig svag nu. Om han ställde henne fler närgångna frågor eller tvivlade på hennes motiv för att vara där, måste hon övertyga honom om att det inte fanns orsak till det. – Jag är en myndig kvinna, inte sant, herr Gabrielsen? Hon hörde ekot av Ellinors stämma i huvudet. Svärdottern hade sagt detsamma när de diskuterade det olycksaliga föredraget om fri kärlek. Cecilia hade fnyst åt henne den gången. Nu måste hon spela ut de kort hon hade i handen. – Det innebär väl också att jag råder över mina egna medel?

Bankdirektören log överseende. – Kära fru Winther, ni är förvisso en myndig kvinna. I ordets rätta bemärkelse. Jag vill ändå försäkra mig om att fru Winther vet vad hon gör. Att ge en annan – vem som helst – fullmakt över ert konto ... Han frustade. – Jag menar, det är tal om mycket pengar. Är ni helt säker på att ni vet vad ni gör? Som bankdirektör är jag förpliktigad till att fråga. Dessutom är Karl en nära bekant och en av våra viktigaste kunder. Vi är i Harmonien tillsammans, och ...

– Jag vet vad jag gör, svarade hon kort. – Det är inte mer att diskutera. Jag vill gärna ha fullmakten utskriven i Christian Winthers namn – och helst lite snabbt också. För en man i er position låter det sig väl ordnas på ett ögonblick? Hon log uppfordrande.

Gabrielsen blev rödmosig på de hängande kinderna. Han flackade lätt med blicken och tog en ordentlig slurk av sherryn. – Självklart, fru Winther. Om ni väntar här, ska jag se till att det blir gjort meddetsamma.

Cecilia tömde glaset och ryste. När bankdirektören kom tillbaka, hade hon redan rest sig. Hon tog emot fullmakten, räckte honom handen och såg honom rakt i ögonen. – Jag ser helst att bankdirektören håller det här mellan oss. Diskretion är väl av den största vikt i er bransch?

Han nickade kraftigt. – Självklart. Konfidentialitet tar vi på allvar. Farväl, fru Winther, och på återseende.

Cecilia kände banktjänstemännens blickar bränna i nacken när hon lämnade den stora byggnaden. Hon kände sig nästan illamående, och ett kort ögonblick var hon tvungen att stötta sig mot tegelväggen med ena handen medan hon pressade fullmakten intill bröstet, väl dold av den lätta capen, med den andra. Bankmötet hade varit en stor påfrestning. Hon behövde lite tid för att samla sig innan hon begav sig hemåt.

– Mår inte frun bra? En förbipasserande man, som hon tack och lov inte kände igen ansiktet på, såg bekymrat på henne.

Cecilia pressade fram ett leende. – Tack, det går fint. Det bara svindlade för mig. Jag behöver bara en minut …

Han slog sig till ro med svaret och gick vidare. Han skulle bara ha vetat vem hon var. Hon var fru Winther, hustrun till den lyckade affärsmannen Karl Winther, och nu hade hon precis gått bakom ryggen på honom.

Cecilia hade redan lagt sig när Karl kom in i sovrummet. Hon hade dragit täcket ordentligt över sig, men var ändå kall. Tankarna gick tillbaka till mötet hos bankdirektören. Så rädd hon hade varit, och samtidigt så fast besluten att klara det. Hon kände sig stolt också. Hon hade gjort ett val och genomfört det.

Maken satte sig på sängkanten och började klä av sig skjortan. – Jag beklagar om jag har verkat lite tvär den senaste tiden, sa han. Cecilia tittade förvånat på honom. Hon hade inte väntat sig något beklagande från honom nu. – Jag har kommit fram till att det är allt som har skett den senaste tiden, som har gjort mig sådan, fortsatte han och log försonande mot henne. – Jag är väl inte den ende som tycker att det har varit en del oro den här sommaren?

Han vrängde av sig skjortan och resten av kläderna och kröp upp i sängen – Det blir nog bättre så snart Ellinor och Christian får ett eget ställe att bo på. Då återvänder allt till det normala, och jag ska se till att hålla Christian sysselsatt så han inte tänker mer på det här varuhuset. Det är en vanvettig idé. Galenskap.

Cecilia höll inte med. Christian siktade högt, men han var inte galen. – Hur blir det med att få följa upp sina drömmar, då, Karl? Du har aldrig varit rädd för att pröva nya saker. Du gick ju själv från att vara redare till att bli fastighetsmagnat. Jag förstår inte varför du inte kan stötta honom i det här? Christian har vyer. Han vill något med sitt liv, och han vill visa att han kan få till något, han också. Inte bara följa i dina fotspår. Det är väl inte så svårt att förstå?

Orden träffade honom, för Karl blev tyst. Han skulle bara ha vetat vad hon hade hållit på med den dagen. Hon hade gått bakom hans rygg med vett och vilja. Christian hade blivit så lättad när hon gav honom fullmakten, även om hon förmanade honom att bara använda det han behövde för att täcka det mest nödvändiga. Han hade fått tillbaka glimten i ögat igen. Det var då hon visste att hon hade gjort det enda rätta.

– Om det bara hade varit så enkelt, Cilla. Karl grimaserade. – Men jag har inte varit helt uppriktig mot dig.

Hon höll andan. Kände ett dovt obehag i magen. Hade han ljugit för henne? Hållit något tillbaka?

– Jag har investerat en hel del pengar i fastigheter den senaste tiden. Inte bara här, utan i Kristiania också. Det är där framtiden ligger. Ekonomin går som tåget där nere. Befolkningstillväxten är stor och alla måste ha någonstans att bo. Det är en trygg investering – och vinsten är stor. Men än så länge har jag investerat mer än jag har tjänat. Han såg på henne. – Förstår du vad jag menar?

– Ja, jag tror det.

– Därför har jag inte de likvida medlen till att hjälpa Christian nu. Även om jag hade önskat göra det. Jag har inte pengarna. Jag behöver vartenda öre för att fullfölja de här projekten, både i huvudstaden och här hemma. Så snart allt är färdigt och hyresintäkterna börjar komma in – ja, då är vi tryggade under lång tid framöver. Det är därför jag har manat till måttlighet den senaste tiden. Lyckligtvis har vi din hemgift i bakfickan. Den får vara vår säkerhet, om det skulle knipa.

Hennes hjärta rusade iväg, och det var svårt att tänka klart. Karl höjde handen och rörde vid hennes kind. Märkte han hur varm hon var? Hon kokade invärtes. Karl skulle aldrig förlåta henne om han fick nys om vad hon hade gjort. Men bankdirektören hade lovat henne konfidentialitet. Hon måste tro på det.

– Det är inte meningen att vara svår eller girig, Cilla. Allt jag gör, gör jag för familjens bästa. Han tryckte henne intill sig. – Förstår du det bättre nu?

Hon nickade stumt. Det dåliga samvetet brann i henne. Hon hade över huvud taget inte tänkt i de banorna. Pengar – eller bristen på pengar – var något hon aldrig hade behövt tänka på. – Jag förstår vad du säger, Karl. Det jag inte förstår är varför du inte har sagt något till mig tidigare?

Han visste tydligen inte riktigt vad han skulle svara. Till slut sa han: – Du vet att jag inte vill att du ska oroa dig i onödan. Nu tyckte jag ändå att du förtjänade en förklaring till varför jag har varit så pass hård mot Christian. Dessutom är vi ju eniga om att vi inte ska ha hemligheter för varandra, inte sant?

Cecilia kände halsen snöras samman. Vad hade hon gjort …

29

Cecilia rynkade pannan irriterat. De små bladlössen var närmast omöjliga att bli kvitt! I ett sista försök hade hon penslat dem med mjölk efter råd från prästfrun, som hade påstått att mjölken kvävde otyget när den stelnade. Det sista var prästfruns egna ord. Men Cecilia måste besviket konstatera att de små krypen fanns där fortfarande.

Karl var på Hitra – den vindpinade ön i öppningen mot havet mot väster. Han visste bättre än att invitera henne med dit. Hon som var van vid böljande åsar och träd hon kunde söka skydd under när regnet kom, var livrädd för det skummande havet, och hon gillade heller inte det obarmhärtiga landskapet utan en buske att gömma sig bakom. Men Karl gjorde det. Han älskade den vilda naturen och jaktmöjligheterna där. Hjortjakt och fiske var makens stora passioner. Rosorna var hennes.

Hon väntade honom tillbaka samma dag och hade redan bett Margit om att laga hans favoriträtt. En av dem måste ta det första steget mot försoning, och det var på tiden att de ägnade varandra lite uppmärksamhet igen. Hon hade redan lovat sig själv att hon skulle lyssna uppmärksamt på alla hans historier om hur han klarade att skjuta den stora kronhjorten, eller om århundradets lax som lossnade från kroken just när han skulle dra den i land.

Inom henne var det milt kaos. Hon var glad för att ha hjälpt Christian, men var samtidigt plågad av dåligt samvete. Hon hade aldrig haft hemligheter för Karl förut. Aldrig gjort något hon visste att de skulle vara oense om. Hon hade lovat att älska och ära honom, stå vid hans sida och hålla ihop med honom i vått och torrt, och uppfylla alla de plikter som förväntades av henne. Hittills hade det inte känts som någon plikt. Hon älskade att vara mor och hustru. Men hon kunde inte se sonen gå under. Det var det hon tröstade sig med, samt att Karl aldrig skulle få veta vad hon hade gjort.

När hon gick och pysslade med rosorna, fick hon mycket tid att tänka. Det närmade sig kvällen för Tildas festföreställning. Christian var föga entusiastisk över att tvingas gå. Han menade att det var slöseri med att använda så mycket pengar på en skola för kvinnor som oavsett inte skulle komma långt i livet. Det som förundrade Cecilia mest, var Ellinors synbara likgiltighet till det hela. Svärdottern verkade nästan apatisk. Det var som om luften hade gått ur henne – och det trots att Christian var på mycket bättre humör och var mer uppmärksam mot henne nu än på länge. Det kanske var just en sådan festafton Ellinor behövde? Något de alla behövde. Något som muntrade upp dem, och som fick dem att känna sig som en familj igen.

Fredrik gick i cirklar inne på sitt rum medan han samlade sig för att fråga tjänsteflickan om hon kunde överlämna ett brev till *Henne* åt honom. Men allt han hade klarat hittills, var att bli lite yr. Karen befann sig i rummet intill. Han hade sett henne gå in dit för en stund sedan med en trave rena sängkläder i famnen. Om han frågade henne om det, skulle hon självklart säga ja. Hon skulle aldrig komma på tanken att säga emot honom. Vad hon skulle säga till väninnan, däremot, hade han ingen kontroll över. Tänk om de skrattade åt honom? Fredrik Winther – sonen till den mäktige Karl Winther, inte arvingen, utan den andre. Haltebolinken. Han som cyklade runt i livet på måfå.

Händerna var kalla och fuktiga och strupen torr. Men han hade bestämt sig. Det här var det bästa sättet att göra det på. Brevet hade han redan skrivit. Det var inte speciellt långt, men inte för kort heller. Bara några väl valda ord – det måste till fyra försök – om hur *Hon* hade förtrollat honom. Om hon mindes honom? Han som hade beställt bulle med vaniljfyllning. Den ljushårige karlen på cykel. Han hoppades att det sista skulle hjälpa henne att minnas vem han var, även om han nog lika gärna kunde ha skrivit »den tafatte, stammande karlen som knappt fick fram ett ord«.

Fredrik stönade och sjönk ner på stolen vid skrivbordet. Han fingrade på kuvertet. Det var ännu inte för sent. Han kunde riva brevet i småbitar, aldrig vända tillbaka till Halseths konditori och glömma *Henne*.

Hon kunde höra husan rumstera i rummet bredvid. Nynnade hon? Nej. Hon var för ordentlig för det. Inte som den andra husan. Olava, som sjöng för full hals när hon trodde att ingen hörde det. Karen skulle heller aldrig ha inlåtit sig med husets son som Olava hade gjort. Han hade valt att hålla mun om det han hade sett den natten, men det var inte för att han såg någon orsak till att skydda eller försvara Christian eller husan. Han gjorde det för att skona Ellinor och modern. Tanken på vad som skulle ske, och vad de skulle känna om något sådant kom i dagen, gick inte att bära.

Han andades in djupt ända ner i magen och reste sig bestämt. Så gick han ut i gången och stack in huvudet i grannrummet. – Karen? Kan jag få ett par ord med dig, är du snäll? Ja, inne på mitt rum …

Husan vände sig mot honom. Uttrycket var frågande, och till att börja med verkade hon lite tveksam också, men hon hejdade sig snabbt. – Självklart, herr Fredrik. Jag kommer meddetsamma. Hon lade ifrån sig det hon hade i händerna, och skyndade sig efter honom.

Karen blev stående alldeles innanför dörren och lät dörren stå öppen bakom sig. Herregud, vad var det hon trodde? Att han skulle försöka sig på något?

Fredrik harklade sig. – Kan du stänga dörren ett ögonblick?

Hon tänkte sig för, men gjorde motvilligt som han sa. Hon blev stående avvaktande och såg på honom.

– Det jag nu ska fråga dig om, låter möjligen lite märkligt, men … Fredrik svalde. Det var bara att sjunga ut. Nu hade han sagt A, så då kunde han lika gärna säga B. Nå, det gäller din väninna …

– Väninna, herr Winther? Hon rynkade pannan.

Fredrik vred på sig. Det här var svårare än han hade trott. Han kände sig som en omogen pojkvasker. – Låt mig förklara: Jag såg er tillsammans i parken en söndag. Du och din väninna. Hon är ljus och har smilgropar … Han förbannade rodnaden som sköt upp i ansiktet. Varför var han tvungen att haspla ur sig det om smilgropar? Och varför måste han rodna? Det var så synligt mot hans ljusa hår. Ibland avundades han Christian hans mörka, exotiska utseende. Det var något mystiskt och lite farligt över Christian. Själv var han lika lätt att läsa som en öppen bok. Transparent.

Tjänsteflickan flackade oroligt med blicken, och det gick lite tid innan hon svarade. Var hon rädd för honom? Eller värre, hon kanske tänkte på vad väninnans temperamentsfulle, svartsjuke fästman skulle säga när han fick nys om att rikemanssonen Fredrik Winther försökte göra intryck på hans fästmö?

– Herr Fredrik menar Emma, sa hon så lågt att han måste luta sig närmare för att uppfatta vad hon sa.

– Emma … Han smakade på namnet. Det var som konfekt på tungan. Så enkelt och sött. Emma. Han måste se ut som en drömmande idiot där han satt vid skrivbordet. Han rätade på ryggen. – Den här Emma … Det förhåller sig så att jag har träffat henne ett par gånger, och … ja, inte på det sättet, ensam, men där hon arbetar. På konditoriet. Vi har talat lite med varandra. Utväxlat några ord, rättare sagt, och … Himmel och hav, varför måste han göra allt så invecklat? Spotta ut det! förmanade han sig själv. – Jag hoppas du kan överlämna ett brev till henne från mig. Kan du göra det, tror du, Karen?

Tjänsteflickan hade blivit röd om kinderna, hon också. Han hade inte anat att hon var av den blyga typen, men vad visste väl han. Han hade knappt växlat ett ord med henne tidigare. Var det nu hon skulle tala om för honom att Emma hade en fästman? Att hon kanske till och med var förlovad? Eller att hon inte träffade sådana som … som han.

Karen neg kort. – Självklart kan jag göra det, herr Fredrik. Jag vet inte när jag ser henne nästa gång, men jag ska försöka få det gjort så fort jag kan.

Lättnaden strömmade genom honom, och han kunde inte låta bli att le brett. Det fick så vara att han såg ut som en förälskad idiot. Något han ju var. – Bra! Han plockade upp det lilla kuvertet. – Här. Och så är det en sak till … Han grävde i fickan. – Det här kan du få. Som tack för att du ger henne brevet. Jag vann det på tombolan den söndagen, så …

Det ryckte i tjänsteflickans mungipor. Hon tog emot hårbandet och granskade det innan hon lade det och brevet i förklädsfickan. – Tusen tack, herr Fredrik. Det är ett vackert hårband. – Var det något mer?

Han skakade på huvudet, och husan gick tillbaka till arbetet.

Ljudet från hästgnägg och en vagn som stannade ute på gatan, fick Cecilia att kika ut. Det kittlade förväntansfullt i kroppen när hon såg att det var Karl som hade kommit hem. Kanske berodde det på de få dagar han varit frånvarande. Hon längtade efter honom.

Han hade redan kommit in i hallen när hon kom ner. Vid sidan av honom stod Olava, redo att bära upp resväskorna.

Cecilia gick honom till mötes med öppna armar. – Så skönt det är att ha dig hemma igen, kära du! Gick resan fint?

Karl såg på henne, och för ett kort ögonblick slutade hennes hjärta att slå. Hans ögon var mörka. Han var långt ifrån en man som hade glatt sig åt att möta hustrun igen.

– Jag måste tala med dig, Cecilia. Där inne. Han var redan på väg mot kontoret.

Cecilia sneglade osäkert på Olava. Husan slog raskt ner blicken. – Då bär jag upp de här, fru Winther. Husan lyfte upp resväskorna och skyndade mot trappan.

Karl stod med ryggen mot Cecilia när hon kom in. Hon blev stående precis innanför dörren medan han serverade sig en drink.

– Jag trodde att vi var ärliga mot varandra, Cilla, sa han plötsligt, utan att vända sig.

– Ärliga, Karl? Jag förstår inte vad du menar … Vi har då alltid varit ärliga mot varandra? Cecilia tänkte för sig själv att det inte var sant. Karl hade bedragit henne den gången Fredrik var barn och sjuk i polio. Och hon hade ljugit för honom, eller åtminstone underlåtit att berätta för honom om fullmakten.

Karl vände sig plötsligt. – Spela inte ovetande, Cecilia. Har du, eller har du inte, gett Christian bestämmanderätt över ditt konto?

Cecilia svalde och svalde medan hjärtat rusade iväg under spetsblusen. Det var ingen vits med att försöka bortförklara det. – Vem talade om det för dig? viskade hon.

– Gabrielsen själv. Jag hade bjudit med honom till Hitra. Vi tog en konjak tillsammans om kvällen, och … Han slog uppgivet ut med armarna. – Jag förstår inte vad du tänkte, Cecilia. Trodde du att Gabrielsen skulle hålla tyst om det här? Har du glömt att jag är en av hans viktigaste kunder?

– Det är jag också, halkade det ur henne.

Karl fnyste. – Gabrielsen var bekymrad. Han tyckte att du hade uppfört dig annorlunda än du brukar. Han sa att ni hade druckit sherry tillsammans. Och att du hade uttryckt en önskan om att ge Christian tillstånd att ta ut pengar från ditt konto. Som, om jag får påminna dig om det, är våra gemensamma pengar. Vår säkerhet. Du ska veta att jag tackade honom för att han talade om det för mig. Även om jag kände mig ytterst beklämd. Vad måste väl inte bankdirektören tänka och tro om mig som har en hustru som kan göra sådant utan att jag vet om det?

Cecilia pressade handen mot magen. Den värkte så hon vred sig. Det var det här hon hade fruktat. Hon borde ha vetat att hon inte kunde lita på Gabrielsen när han lovade henne konfidentialitet.

– Jag vill höra det från dig, Cilla, insisterade Karl. – Bad du om en fullmakt i Christians namn?

Hon behövde inte svara honom. Hon skälvde över hela kroppen och kallsvettades.

– Varför kom du inte till mig först? Varför måste du gå bakom min rygg på det sättet? Jag trodde vi var ärliga mot varandra. Speciellt efter alla samtal vi har haft den senaste tiden. Har jag inte gjort det tillräckligt klart för dig att vi behöver de pengarna?

– Jo, men då var det redan för sent. Och om jag hade kommit till dig först, skulle du ha nekat mig att göra det. Men jag måste hjälpa Christian. Han har skulder. Han blev rånad och nedslagen av folk han skulle låna pengar av, Karl. Vill du verkligen att det ska ske igen?

– Å, Cecilia. Han sjönk ner på stolen bakom skrivbordet. – Vad är det som sker med den här familjen? Christian har fått dig precis dit han ville. Återigen har han virat dig runt lillfingret.

– Nu är du orättvis, Karl. Han behöver hjälp, och som mor är det min plikt att hjälpa honom. Jag kan inte bara stå och se på han går under, eller får stryk, eller, gud förbjude, blir ihjälslagen.

Karl vilade huvudet i händerna. – Christian är oansvarig, Cilla. Han måste ledas.

– Du talar om honom som om han skulle vara ett djur som måste tämjas. Men han är vår son, och han är hotad till livet.

– Är det vad han säger? Karl skrattade hånfullt. – Och du tror honom?

– Självklart tror jag honom! Han skulle inte ljuga för sin egen mor. Jag vill inte ta risken att jag en dag hittar honom blödande i en av gränderna. Vem vet vad som kommer att ske nästa gång?

Karl slog ut med armarna. – Precis! Där säger du det själv, Cilla. Nästa gång! Förstår du inte att det här aldrig kommer att ta slut? Att det är en ond cirkel som Christian aldrig kommer att ta sig ur om vi fortsätter att ge honom pengar hela tiden? Han har aldrig klarat något på egen hand. Aldrig genomfört något! Det är ett under att han har fått en hustru som Ellinor.

– Det är för att du aldrig har låtit honom klara något på egen hand. Du har aldrig litat på honom, eller visat honom tillit! skrek hon mot honom. Det värkte i halsen.

Karl for upp. – Säger du att allt är mitt fel nu? Allt jag har gjort, är att beskydda och hindra honom från att göra mer skada än nödvändigt.

– Och detsamma har jag. Men i motsats till dig tror jag på honom. Det finns mer i den pojken än du tror. Han är ingen förlorare. Ser du inte att det dödar Christian att ingen tror på honom eller hans drömmar? Att det driver honom in i dryckenskap, melankoli och hetsighet?

Han flinade. Å, som hon hatade det.

– Beklagar, men det biter inte på mig, Cilla.

– Vad ska det betyda?

– Du gör inte det här för Christian. Du gör det för dig själv. Du gör det för att du känner dig hotad av allt och alla runt dig. Av Ellinor, av Høirup. Av Rose. Du står inte ut när någon hotar din lilla familj. Din lycka. När ska du lära dig att ingenting kan vara perfekt? Inte ens du.

Hon försökte förtvivlat hålla tillbaka gråten. Hur kunde han säga så? Det var ofint. – Nu är du orättvis, sa hon med darrande stämma.

– Du begick ett stort misstag med att ge Christian fullmakten, Cecilia.

– Stopp … Jag ber dig om att sluta.

– Tål du inte att höra sanningen? Han kom bort till henne. – Jag går nu. Och jag förväntar mig – nej, jag *kräver*, att du går till Christian och ber honom att ge dig tillbaka fullmakten. Du får tala om för honom att vi har talat med varandra, och att vi har kommit överens om att det är det enda rätta.

Han smällde igen dörren efter sig, och direkt efteråt hörde hon honom ropa på en vagn. Cecilia sjönk in mot väggen och stöttade pannan mot det kalla träverket.

30

– Ska inte far äta med oss? frågade Fredrik. – Jag trodde det var han som var så förtjust i kalvschnitzel?

Fredrik satt med den glödande målningen av Sant'Angelo-bron bakom sig. Cecilia ångrade att hon hade valt att byta ut målningen av blomsteruppsatsen. Nu blev hon påmind om den stora, alluppslukande kärleken Karl och hon hade upplevt i Rom. Den verkade så avlägsen nu, och målningen påminde henne om allt som hade gått förlorat. Karl hade inte kommit tillbaka efter att han lämnat huset i ilska.

– Far kommer senare, vi får äta utan honom, sa hon och stoppade pliktskyldigt en potatisbit i munnen. Den växte sig stor och obehaglig, och hon visste inte hur hon skulle klara att svälja den. Alla ryckte till när gaffeln halkade och klirrade högt mot tallriken.

– Mor, är det något som är fel? Christian såg bekymrat på henne. – Du har väl inte satt något i halsen?

Hon skakade på huvudet med ögon och mun slutna. Tog en slurk vin och försökte samla det lilla av styrka hon hade kvar. Så torkade hon mungiporna med servetten och reste sig sakta från stolen utan att möta någons blick. Det var bättre att lämna bordet än att bryta samman inför dem. Barnen skulle inte belastas med hennes problem, och Rose och Fredrik behövde inte få veta vad hon hade gjort. – Ni får ursäkta mig. Hon vände sig hastigt om och skyndade ut ur matsalen.

– Vad i all sin dar var det som skedde nu? Var det någon av oss som sa något galet? Christian såg på Rose och Ellinor, som skakade unisont på huvudet. Fredrik ryckte på axlarna. – Det är inte likt mor att gå från bordet på det sättet.

– Det kan vara något som går, föreslog Ellinor. Hon fortsatte att skära små bitar av köttet. – Men brist på mat och dryck skapar som bekant inga hjältar. Vi får hoppas att hon kommer tillbaka igen.

– Det var verkligen visa ord, Ellinor, slapp det ur Christian. – Var har du snappat upp dem? På ett av de här föredragen som du tycker om att gå på, kanske?

Fredrik våndades. Det var kanske ett försök att vara rolig från broderns sida, men såg han inte hur besvärad Ellinor blev? Bilden av brodern tillsammans med tjänsteflickan i trappan dök upp på näthinnan och han kände att nu fick det vara nog. Han var trött på att se hur bedrövad Ellinor blev. Någon måste säga ifrån. Han satte blicken i brodern. – Var det där verkligen nödvändigt, Christian?

Ellinor log avvärjande mot honom. Blicken var närmast bedjande. – Det är i sin ordning, Fredrik. Han menade inte något illa med det …

Det var för sent. Christian såg ilsket på honom. – När blev du så intresserad av hur andra har det, Fredrik? Du, som bara cyklar runt utan en enda förpliktelse här i livet? Han lutade sig framåt. – Vad skedde i Köpenhamn, egentligen? Det har ingen frågat dig om. Varför kom du hem så fort? Se, det skulle jag gärna vilja veta. Men det är ingen som ställer frågor om något av det du sysslar med. Jag, däremot, är under ständiga förhör. *Var har du varit, Christian? Så där får du inte säga, Christian.* Han slängde servetten på tallriken och reste sig så stolen föll bakåt och gick rakt i golvet. – Jag är nöjd.

Ellinor gjorde inget försök att hejda honom den här gången. Hon blev sittande stilla med händerna i knäet. Rose såg medkännande på henne, och Fredrik kände sig som en fåne. – Beklagar, Ellinor. Jag borde ha hållit mun. Det blev bara för mycket för mig. Tusan också … Nu har jag bara gjort saker värre för dig, sa han olyckligt.

Ellinor lade sin hand på hans arm. – Det går fort över igen. Han är bara lite frustrerad nuförtiden. Du ska se att det lugnar sig snart. Hon klappade honom tröstande.

Fredrik beundrade henne för hennes tålamod och förståelse. Han skulle aldrig i livet ha stått ut med en maka som uppenbart inte brydde sig tillräckligt om andra. Som hade mer än nog med att tycka synd om sig själv.

Rose, som hittills hade suttit tyst och bevittnat det hela, grep ordet. – Det är ändå bra att Tildas föreställning är om inte alltför länge. Den här sommaren har varit fullständigt utan begivenheter. Det sker ju inte det minsta i den här staden, och här hemma har det, milt sagt, varit nedtryckande att vara. När jag tänker efter, har stämningen varit matt ända sedan silverbröllopet. Kan någon tala om för mig varför?

Ellinor såg bort, rödfläckig på halsen. Fredrik sände systern en uppgiven blick och var glad för att modern inte kunde höra henne klaga. Men Rose hade rätt också. Det var något som inte stämde. Det var alltför många stängda dörrar och låga, viskande röster. Däremellan höga röster också. Han var väl inte den ende som hörde hur brodern och Ellinor grälade? Och deras mor, som alltid var så behärskad, i kväll hade hon också verkat orolig och nervös.

Cecilia blev sittande i stolen vid fönstret tills alla ljud hade dött ut. Karl hade kommit hem för en stund sedan, hon hade hört att det gick i ytterdörren, efterföljt av tunga steg i trappan. Han hade gått rakt förbi sovrumsdörren och in på gästrummet. Hade inte ens gjort sig besvär med att kika in till henne.

Det gjorde henne upprörd och arg. Hon bar inte all skuld ensam till att saker var som de hade blivit. Ja, hon hade gått bakom hans rygg, men hade Karl varit ärlig mot henne från början, kunde det här *missförståndet* ha undvikts. Hur kunde han förvänta sig att hon skulle låta Christian gå under, så länge det fanns något hon kunde göra? Han var hennes barn.

Samtidigt förstod hon att Karl var rasande. Hon hade gjort det värsta en hustru kunde göra mot sin man. Hon hade brutit tilliten mellan dem. Svikit honom.

Han hade också svikit henne den gången han var otrogen. Men det var som om han hade glömt det. Det var ju så många år sedan. Kanske var det här annorlunda. Hon var kvinna och borde veta var hennes plats var. Om modern, lady Ashmore, hade sett henne nu. Hon skulle säkert ha vänt sig bort i vämjelse. Grämt sig över att det kunde gå så galet med dottern.

Cecilia skulle önska hon kunde skruva tillbaka tiden några veckor. Till innan Christian och Ellinor kom till staden, innan festen och brevet från modern. Till innan Christian blev nedslagen, och hon begick det stora felet med att uppsöka bankdirektören. Hon borde ha förstått det redan när hon trädde in i den stora, kalla bankbyggnaden. Hon borde ha insett att det var ett stort misstag, och vänt. Men hon hade redan lagt ner så mycket tid på att samla mod till att göra det. Hon hade varit övertygad om att det hon gjorde, var det enda rätta.

Karls ord sved fortfarande. Hur kunde han påstå att hon hade gjort det för sin egen skull? Att hon var så rädd för att mista lyckan att hon fördärvade för dem alla genom att desperat försöka hålla den fast? Hon snappade efter luft vid tanken på att det var precis det hon hade fruktat. Att man kunde älska någon så högt att man faktiskt kunde fördärva dem.

Hon visste vad hon måste göra. Karl hade befallt henne. Hon hade bara att vänta på den rätta tidpunkten. Christian var i biblioteket. Han hade varit där hela kvällen och önskat att inte bli störd, hade Sigrun sagt innan hon drog sig tillbaka för kvällen. Hushållerskan hade serverat honom en kopp te och några kex, det var allt. Cecilia kastade en silkessjal över morgonrocken, stack fötterna i tofflorna och lämnade tyst sovrummet. Hon visste inte varför hon smög. Det var hennes hus. Hon hade rätt att vandra runt så mycket hon ville, även om det var sent på kvällen. Ändå kände hon sig nästan som en inbrottstjuv där hon gick ljudlöst bort över den tjocka mattan och nerför trappan.

Det lyste svagt från en glipa mellan golvet och dörren. Tyst vred hon runt handtaget. Christian satt i en av de djupa länstolarna framför eldstaden, som bara var ett gapande svart hål nu om sommaren. Han bläddrade i en bok, något som i sig själv var en ovanlig syn.

– Är det här du sitter? började hon försiktigt. – Vad är det du läser?

Han gjorde en likgiltig grimas. – Inte något speciellt. Jag bläddrar bara. Han slog igen boken och läste titeln. – *Jorden runt på 80 dagar*. Den är ganska rolig. Det lilla jag har läst av den.

– Kan jag sätta mig? Hon nickade mot stolen bredvid honom.

– Javisst, svarade han tvekande och följde henne med ögonen ända tills hon hade satt sig.

Cecilia knäppte händerna i knäet. Det var inget annat att göra än att gå rakt på sak. – Christian, jag måste be dig om något, och det är inte lätt för mig. Jag gör det med tungt hjärta.

– Du har talat med far. Du har berättat för honom om fullmakten, och nu vill du ha den tillbaka. Han såg rakt på henne. – Jag visste vad det gällde, meddetsamma du kom in genom dörren.

– Det är inte riktigt så det är. Han fick reda på det. Eller det vill säga, Gabrielsen avslöjade för honom att jag hade sökt upp honom på banken. Jag borde ha vetat att jag inte kunde lita på den mannen. Det var naivt av mig att tro att det skulle gå bra. Far säger att jag gör dig en björntjänst genom att ge dig de där pengarna, Christian. Och jag ... Hon såg ner på sina händer, – och jag hade ingen rätt att göra det jag gjorde.

Christian lade ifrån sig boken med en smäll. – Självklart säger han det! Tusan, mor, varför tror du att jag kom till dig, och inte honom, till att börja med?

Hon kikade mot dörren i rädsla för att någon skulle höra dem. – Du måste dämpa dig, Christian. Jag insisterar.

Han bet ihop käkarna. När han äntligen öppnade munnen igen, verkade han lugnare. – Ser du inte vad han gör? Han använder dig som ett redskap mot mig. Han *vet* att du inte kan göra som du vill, även om det är dina pengar. Och jag beklagar verkligen, det är inte meningen att låta det här gå ut över dig. Du har inte varit annat än hjälpsam, och …

– Det är jag som ska beklaga. Jag hoppas du förstår att jag inte har något val. Far behöver de där pengarna. *Vi* behöver pengarna. Far har tydligen investerat i många fastigheter, och om något skulle gå galet nu, är det inte gott att veta vad som kan ske. Cecilia ville så gärna hålla om honom. Tala om för honom att allt skulle bli bra, och att han gärna kunde behålla fullmakten. Vad än det krävdes för att göra honom lycklig.

– Du ska få tillbaka fullmakten, mor. Jag är inte oresonlig. Eller galen. Han teg ett ögonblick. – Men jag har den inte här.

– Inte här? frågade Cecilia förvånat. – Men var är den då?

– På ett annat ställe, bara. Han såg flyktigt på henne. – Du kan ta det helt lugnt, mor. Den ligger tryggt där den är. Han gömde ansiktet i händerna och mumlade: Vilken eländig son jag är …

Cecilia tappade modet. Han hade sagt detsamma förut. Hur skulle hon övertyga honom om att det inte var sant? – Min käraste Christian. Du är världens bäste son. Vår förstfödde! Du är bara lite … Hon letade efter det rätta ordet. – … *spontan*! Du omfamnar livet på ett annat sätt än vi andra. Med öppna armar och ivriga händer. Hon log bevekande. – Och ibland innan du tänkt dig för ordentligt också …

Han sänkte händerna och såg ömt på henne. – Du behöver inte försvara mig, mor. Jag vet att du älskar mig. Men det är sant: Jag *är* en eländig son – och make. Om jag blir far en gång, och min son blir som jag … Han skakade tungt på huvudet.

Cecilia spärrade upp ögonen. – Så får du inte tala, Christian! Du kommer att bli en utmärkt far. Lekfull och kärleksfull. Och far älskar dig också, det vet jag. Om ni bara kan försonas … Om inte för din skull, eller fars, så åtminstone för min?

Hon stirrade på honom, men det var svårt att tolka hans ansiktsuttryck. Det var mörkt och outgrundligt. Han reste sig. – Jag beklagar, mor. Men jag har slutat ge löften jag inte kan hålla.

31

Hjorten var stadens nöjesplats. Den låg i ändan av Ilevollsparken, vid foten av Steinberget. En vacker vitmålad trävilla med glasveranda och snickarglädje, med en egen scen för inomhusteater och varietéer, och en friluftsscen där kvällens program skulle försiggå. Skymningen hade redan lagt sig över den frodiga trädgården där kulörta lyktor kastade ett magiskt ljus över buskar och träd. Bord prydda med vita dukar omringade den pråliga fontänen. Vädergudarna var lyckligtvis på Tildas sida den här kvällen, även om luften hade fått en extra udd, och kvällarna blev mörka tidigare. Klädseln på gästerna som spatserade på de snörräta grusgångarna, bar prägel av att det gick mot höst. Kapporna var mörkare och tjockare. Herrarna hade bytt ut stråhatten mot cylinderhatt, och Cecilia bar en dräkt i yllesatäng och sammet från Busvines i London. Barn lekte kurragömma mellan träden eller fröjdade sig över guldfiskarna i fontänen, medan de vuxna konverserade om väder och vind och diskuterade för och emot skolan som Tilda skulle uppföra. Cecilia lyssnade bara med ett halvt öra till det som blev sagt. Tankarna och uppmärksamheten var på ett helt annat ställe.

Ett litet stycke bortanför henne stod Karl tillsammans med den nye ägaren av *Hjorten*, herr Topp. Det var bara några få meter mellan henne och dem, men det kändes som ett världshav. Förr skulle Karl ha sänt henne kärleksfulla, lekfulla blickar även om han visste att andra kunde se det. Och hon skulle se bort, eller slå ner blicken medan hjärtat slog snabbare och det kröp ljuvligt i kroppen. Men nu såg han inte ens åt hennes håll.

Cecilia kände sig över huvud taget inte feststämd, men hon hade bestämt sig för att låtsas som ingenting. Det förtjänade Tilda. Den gamla damen viftade med käppen och banade sig väg mellan alla fjäderutsmyckningar och cylinderhattar i riktning mot Cecilia.

– Det här kommer att bli en strålande afton, tror du inte? frågade hon andtrutet när hon till slut nådde fram till Cecilia. – Det klirrar av mynt i kassan! Hon kluckade belåtet, innan hon snörpte på munnen och skakade nästan omärkligt på huvudet. – Synd bara att det ena huvudnumret har fallit bort. Bokstavligt talat.

Det var knappt att Cecilia uppfattade den lilla hjärtesucken som följde, och hon visste att Tilda önskade att hon skulle fråga. – Fallit bort? Vad skulle det här glansnumret i så fall ha varit?

– En cyklande svärdslukare, Cilla! En som slukar svärd medan han cyklar på lina i tomma luften! Tilda gjorde en luftig rörelse med ena armen. – Jag är säker på att det skulle ha blivit en spektakulär syn, tror du inte?

Cecilia var tvungen att hålla med. – Men vad skedde? Varför kommer han inte?

– Han föll ner, Cilla. Under en uppvisning på något ställe. Linan rök.

Cecilia flämtade till. – Så fruktansvärt! Dog han?

Tilda ryckte på axlarna. – Det tror jag inte, men det är nog mycket som är brutet. Men låt oss inte fördärva stämningen med sådant fruktansvärt prat. Fyrverkeri blir det i alla fall, och ett spektakulärt sådant. Brandmästaren är fortfarande irriterad på mig. Han hävdar att fyrverkeriet utsätter husen för onödig brandfara, men jag lyckades övertala honom till slut. Lite färg och fest har aldrig skadat någon, eller hur? Dessutom är de som skickar upp fyrverkeriet professionella. De skickar dem rakt upp i himlen! Allt sker under kontrollerade former. Hon log belåtet innan hon såg sig omkring. – Du har händelsevis inte sett Høirup?

– Jag såg honom tillsammans med Christian i kväll, men det är en stund sedan nu. Cecilia visste att de två hade avtalat att mötas på en grogg innan föreställningen började, men undvek att nämna det för Tilda. Hon hoppades att männen nöjde sig med en enkel styrketår.

– Han har att infinna sig på scenen i tid, och om inte … Tilda hötte med näven. – Nu när svärdslukaren är satt ur spel, är jag beroende av Høirup. Ingen har kommit hit för att se en halvdan trollkonstnär och ett par skådespelare göra sig till på scenen, eller hur? Men nu måste jag skynda vidare. Hon grep ett fastare tag om käppen. – Och föreställning blir det, om jag så måste sjunga själv!

Gud förbjude, tänkte Cecilia i sitt stilla sinne. Det var åtminstone betryggande att veta att Høirup inte befann sig tillsammans med Rose. Dottern satt bredvid Ellinor vid ett av borden som stod närmast scenen. Även i skymningen kunde hon se hur blek svärdottern var. Den ungdomliga glöden var borta. Ellinor vände sig halvt om och spanade efter någon. Undrade hon var Christian var? Cecilia blev betänksam, för Høirup steg upp på scenen i samma stund, men ingen Christian syntes till bland publiken. Det underliga var att Karl också var borta.

Hon gick bort till Ellinor, Rose och Fredrik och satte sig tillsammans med dem. På scenen gjorde Høirup sig klar. Detsamma gjorde Rose, såg hon. Dottern satt ytterst på stolkanten och gjorde stora ögon mot scenen. Det blev tyst bland publiken. Och när den första tonen strömmade ut ur Høirups mun, gick det kalla kårar utefter Cecilias rygg.

Karl hade lagt märke till hur ostadig Christian var när han kom till *Hjorten* tillsammans med Høirup. Operasångaren hade tydligen haft vett nog att begränsa alkoholintaget. Medan sonen hade varit nära att snubbla i den branta hönsstegen som gick på utsidan av huset från första till andra våningen. Det var inte utan grund som trappan gick under namnet »Himalaya« och blev använd som måttstock på hur mycket en karl hade bälgat i sig. Karl ryste. Han måste få tag i Christian och skicka hem honom innan han gjorde något han skulle ångra i morgon.

Sällskapsrummen i villan var tomma. Alla var ute för att uppleva den spektakulära föreställning som Tilda hade lovat dem. Høirup hade redan sjungit några nummer. Karl skulle vara den förste att erkänna att mannen kunde sina saker. Inte sedan Italien hade han hört en så kraftfull och betagande stämma. Utan att veta varför reste sig håren i nacken på honom.

Karl hittade honom i den ena salongen. Christian satt vid ett av borden, väl framåtböjd över den röd- och vitrutiga duken, med en flaska vid sidan av sig. En sorglig syn. Hans äldste son. Självaste arvingen till Wintherdynastin. Nu satt han där och liknade en av karlarna som drack upp sitt liv inne på Måneskinnsklubben.

– Så det är här du sitter.

Det var knappt Christian orkade vända huvudet mot honom. Han såg försupen ut trots att han var fint klädd. Det skar Karl i hjärtat att se honom sådan. Han kände inte igen honom.

– Ja, här sitter jag, snörvlade Christian och höjde glaset mot honom. – Operasång är egentligen inte min grej. Han flinade.

Smärtan och besvikelsen sköts sakta åt sidan av vrede. Hade sonen ingen respekt? För något eller någon? – Vad är din grej, Christian? Christian mer låg än han satt vid bordet. – Du skämmer ut familjen, Christian. Se på dig! Du kan knappt sitta upprätt. Vad för slags förebild ska du bli för dina barn? Om du får en son en dag, vad för slags far får han att se upp till? En odugling och en fyllkaja! Karl riktade ett darrande pekfinger mot sonen. Han skälvde av ilska.

Karl hade förvisso haft fejder med sin egen far. Tänkt att han var gammaldags och tvär, ovillig att se nya möjligheter. Han hade förtvivlad varit vittne till att fadern lät förmögenheten förvittra framför hans ögon. Lyckligtvis hade Karl förmått rädda den i sista stund. Han hade lovat sig själv att han aldrig skulle hamna i den situationen igen.

Christian hävde sig upp och lutade sig tillbaka i stolen. Ögonen rullade i huvudet på honom. Han hade fortfarande ett litet flin om munnen. – Du skulle inte ha höjt ett ögonbryn om jag försvann från jordens yta, inte sant, far? Jag är inte annat än i vägen för dig och den perfekta värld du lever i. Han spottade ut orden.

Karl vände sig bort. Det gjorde för ont att se sonen sitta så där. Det var bättre om Christian gick nu. Innan de båda skulle säga något de skulle ångra. – Ta dig bara härifrån. Du är full och vet inte vad du säger. Gå hem.

– Hem? Sonen skrattade hånfullt. – Och var är hem, om jag törs fråga? Du klarar knappt att se mig i ögonen. Du tål inte uppsynen av mig. Även min egen hustru ogillar mig. Kallar du det hem?

Karl slog näven i bordet. – Det räcker! Din mor och jag har inte varit annat än givmilda och tålmodiga när det gäller dig. Gudarna ska veta hur vi har försökt … Han teg plötsligt och försökte återfinna lugnet. – Nu går jag ut till de andra, och du ska ordna upp i din oreda. Ser du inte vad du gör mot Ellinor? Mot din egen mor? När har du tänkt att ge henne tillbaka fullmakten? Du lovade henne den. Eller har du kanske glömt det? Du pressar oss mot kanten av stupet, Christian. Ända tills vi inte vet vad vi säger eller gör längre. Du skjuter bort oss och tvingar oss till att avsky dig.

De sista orden halkade ur Karl innan han hann tänka sig för. Det var hela situationen. Kampens hetta. Han höjde handen avvärjande mot honom. – Christian, jag menade inte …

Sonens min hade ändrat sig. Det var som om den hårda masken hade fallit av, och allt som var kvar, var ett slags erkännande om hur det verkligen stod till med saker och ting. – Jag hör vad du säger, far. Och mor ska få tillbaka fullmakten. Det har jag lovat henne, och det löftet tänker jag hålla. Jag går och hämtar den nu. Han slet till sig flaskan och raglade mot dörren och försvann ut i mörkret.

Karl kom tillbaka mitt i en aria. Han höll blicken riktad mot scenen tills Høirup var färdig med att sjunga, och applåderna bröt lös. Flera reste sig, och många jublade. En ung kvinna dristade sig till att kasta upp en blomma på scenen. Hon skrattade högt och verkade en smula påstruken. Cecilia kikade bort på Rose. Dottern verkade chockad. Hon hade gott av att se att det just var sådana kvinnor som svärmade runt konstnärer som Høirup. Kvinnor utan hämningar och hyfsning. Roses raka motsats.

Høirup lät bli att plocka upp blomman. I stället kastade han en slängkyss ut över publiken, med blicken fäst på Rose. Hon rodnade och klappade ännu hårdare. – Var det inte fantastiskt? strålade hon mot Cecilia i ett ögonblicks glömska innan hon hejdade sig och snörpte läpparna till en sur grimas igen.

Föreställningen fortsatte med tal, mer sång och ett roligt lustspel. Efteråt var det lotteri, och trollkonstnären underhöll barnen med korttrix och fick mynt att trilla ut ur öronen på dem. Servitörerna sprang mellan borden med brickor med läskande drycker och smårätter. Både Tilda och herr Topp måste göra bra med pengar i kväll.

Så var det äntligen tid för den stora finalen. Publiken samlade sig på gräsmattan. Cecilia svalde stoltheten och ställde sig vid sidan av Karl. Hur länge skulle det här pågå? Hon var hans hustru. Det sista någon av dem önskade, var att folk skulle börja prata om att herr och fru Winther hade problem i äktenskapet. Den glädjen skulle de aldrig få. Så Cecilia nickade och log mot alla bekanta som stod runt dem, och viskade till Karl: – Vet du var Christian är?

Karl hade böjt huvudet bakåt, med blicken riktad mot natthimlen. – Var han är just nu, vet jag inte. Men jag talade med honom för en stund sedan. Han skulle hämta fullmakten.

Hon såg förundrat på honom. – Mitt under föreställningen? Men kunde det inte vänta? Det är festafton, och …

Mer fick hon inte sagt innan den sammetsblå himlen exploderade i en symfoni av gnistrande ljus och sprakande färger. I ögonvrån såg hon att Rose hänfört slog ihop händerna, och i ett kort ögonblick såg hon en glimt av den glada, bekymmerslösa Rose. Fyrverkeriet kastade ett sken över hennes ansikte och fick ögonen att glöda. De vackra kindbenen, den söta näsan och den starka pannan med de perfekt formade ögonbrynen, kom till synes. Det sprängde i hennes bröst. Cecilia ville så gärna stryka henne över håret och tala om för henne att allt hon gjorde, det gjorde hon för att hon älskade henne och önskade det bästa för henne. Vid sidan av Rose stod Ellinor. Hon verkade oberörd av fyrverkeriet och kikade sig ständigt omkring. Cecilia visste varför. Så snart det blev möjlighet att göra sig hörd igen, skulle hon tala om för Ellinor att Christian hade varit där, men gått vidare. Ellinor skulle inte oroa sig för honom.

En flik av Karls kavajärm snuddade vid Cecilias hand. Om hon flyttade den ytterst lite till höger, skulle hon vidröra hans hand med sin. Men hon gjorde det inte, för vad skulle ske om han sköt bort den? Hon visste inte om hon orkade bli avvisad. Om hennes hjärta skulle tåla det.

Det smällde, frasade och sprakade över deras huvuden. En ung pojke höll sig för öronen. Hon förstod honom. Det skulle ha varit så mycket vackrare utan de genomträngande, skärande tjuten och de höga smällarna. Om hon bara kunde ha stått här, arm i arm med Karl, med stjärnhimlen som tak och med en visshet om att allt skulle bli som förr igen.

Christian gick ostadigt bort längs de trånga gatorna i Ilsvikøra. Då och då stannade han och stöttade sig mot husväggen medan han såg sig omkring. Var tusan var han? Han förbannade alla de små, skeva husen. De såg helt lika ut! Hur skulle han hitta fram till huset där Henning bodde? Christian hade bara varit där en gång tidigare. Han hade behövt ett tryggt gömställe för fullmakten, för hemma ville han inte ha den. Den fick under inga omständigheter falla i fel händer. Som Ellinors eller faderns. Det skulle vara en hemlighet som bara modern och han delade. Självklart hade planen gått i stöpet, den också. Skulle saker och ting aldrig gå hans väg? Nej, inte så länge fadern motarbetade honom. Christian hade sett det i hans ögon den här kvällen. Fadern avskydde allt han stod för. Allt han sa, och allt han gjorde.

Blicken var dimmig och Christian försökte fokusera. Huset var rött, det var han tämligen säker på. I alla fall det lilla som var kvar av färgen på de avflagnade väggarna. Kamraten hade fått sig ett rum på vinden hos en ung kvinna med två små barn. Det var så långt från Hotell Scandinavie som man kunde komma, men Christian hade inte sett sig ha råd till att offra mer på kamraten. Plånboken var tom. Han stack händerna i fickorna. Tomma, de också. Det var bara ficludd kvar.

Det var mörkt och svårt att orientera sig. Gatubelysning var tydligen ett okänt begrepp i den här delen av staden. Det lyste svagt från några av fönstren. Krogarna och utskänkningslokalerna låg tätt. Han snubblade på en trappa och svor högt. Det var nära att han hade stått på näsan i den illaluktande rännstenen. En blandning av urin, sopor och något helt annat … Christian stannade och vädrade ut i luften. Han rynkade på näsan. Visst tusan luktade det rök! Det sved i näsborrarna, och lukten blev ständigt starkare. Han kisade ut i mörkret. Det var då han såg det. Ett stycke ner på gatan. Röken och flammorna vällde ut ur fönstret på ett av de små husen. Han rätade sig upp och blinkade några gånger för att klarna blicken. Med ens blev han helt nykter. Det var då som fan. Var det inte Hennings hus som brann?

32

Cecilia mindes inte vad som kom först. Ropen eller dånen från kanonerna på Kristianstens fästning. Någon kom springande medan han ropade: – Brand! Det brinner!

Folk omkring henne började bli oroliga. De talade i munnen på varandra och såg sig omkring. Brann det? Och i så fall var? Det tog inte lång tid innan alla pekade åt samma håll. Cecilia såg upp på Karl, som stod avvaktande medan han kikade sig omkring. Han var lång och kunde se över de flesta andra som stod runt dem. – Sannerligen brinner det inte. Där! Han pekade. – Nere i Ilsvikøren.

Efter det började allt upplösas runt dem. Folk gick eller småsprang i alla riktningar. Mödrar grep tag i sina barn och höll fast dem ordentligt. Flera var redan på väg mot utgången. Henning Høirup kom mot dem i raskt tempo. Hans ögon var stora och frågande när han nådde fram till dem. – Vad är det som sker? Var brinner det någonstans?

Karl nickade i riktning mot där rök och gnistor vällde upp mot den mörka himlen. – I Ilsvikøren någonstans. Det är ändå bra att de har brandkåren precis intill. Det borde inte dröja länge innan brandmännen är på plats.

Høirup mun spärrades upp. – Herre min gud, viskade han, – det är ju där jag bor.

Rose rynkade pannan. – Men bor du inte på hotellet på Krambugaten, Henning?

– Inte nu längre. Høirup kastade en snabb blick på henne. – Det finns ingen tid till att förklara det nu, Rose …

Rose … De kallade varandra vid förnamn. Cecilia ogillade det starkt, men nu var det viktigare saker att tänka på.

Høirup tittade snabbt på Karl igen. – Var är Christian? Det brådskar.

Karl harklade sig. – Christian, han … han skulle hämta något. Ett papper, bara. Var, vet jag inte.

– Ett papper, säger du? Høirup gned sig i pannan. – Vi får innerligt hoppas att … Han grep tag i Karls arm. Hans blick var bestämd. – Följ med mig, herr Winther. Fort!

– Men varför? Karl blev betänksam och höll honom tillbaka. – Vart ska vi?

– Hem. Till mig. Det är dit Christian är på väg.

– Till Ilsvikøren? Cecilia förstod ingenting. Vad hade Christian där att göra? Och varför i all sin dar förvarade han fullmakten hos Høirup? Hon kikade oroligt mot röken som vällde upp mot himlen.

Karl grep henne om axlarna och såg henne rakt i ögonen. – Ta med dig Fredrik, Rose och Ellinor hem, Cilla. Jag kommer efter. Så snart vi har undersökt det här närmare …

– Men det kan vara farligt … Hon visste att sådana bränder kunde sprida sig snabbt, och i Ilsvikøren var husen av trä, och de stod lika tätt som husen i resten av staden. Skulle Christian ha vett nog till att ta sig undan om det brann? Självklart skulle han det. – Låt brandmännen ta hand om branden.

– Bara gör som jag säger, Cilla! avbröt Karl henne vasst, men hejdade sig snabbt. – Var så snäll och gör som jag säger. Jag ber dig. Ta er i säkerhet. Han vände sig om och följde efter Høirup med långa steg.

Det hade redan samlat sig en grupp med skådelystna utanför det brinnande huset när Christian kom fram. Det värkte i halsen och i bröstet av den sura röken. Han banade sig väg genom människomängden. En kvinna höll ett bylte i famnen medan hon tjöt och skrek. – Min pojke! Han är där inne! Han är där inne!

En annan kvinna försökte hålla henne tillbaka. – Du kan inte gå in dit nu, Ragnhild. Tänk på ungen! Vem ska ta hand om lillan om du dör?

Christian kände knappt igen den unga, förtvivlade modern. Det var Hennings hyresvärdinna. Han rusade bort till henne och frågade: – Var är din son?

Den unga moderns ögon var stora och skräckslagna. Hon kikade upp på det brinnande huset. – Där! skrek hon hysteriskt. – På andra våningen! Han sov när det började brinna, och jag klarade inte … Hon bröt ihop, och den andra kvinnan skyndade sig att lyfta över det lilla byltet i sina egna armar.

Bjällrorna från brandvagnen närmade sig, och folk kom springande till från alla håll. Några var festklädda, de kom säkert från *Hjorten*. Flammorna stod redan ut genom fönstren. Om pojkvaskern fortfarande var där uppe och vid liv … Det fanns ingen tid att tveka eller tänka. Christian drog upp näsduken ur bröstfickan och tryckte den mot mun och näsa. Blicken var stadig när han gick mot dörren.

– Är du galen, karl? Du kan inte gå in dit! Du kommer att brinna upp! skrek flera bakom honom.

Han lyssnade inte på dem och dök in i huset.

Hettan var outhärdlig. Röken sved, och tårarna rann. Han knep igen ögonen medan han famlade sig fram till trappan som ledde upp till vindsvåningen. Det var en smal, brant trappa. Hennings lilla krypin låg där uppe vägg i vägg med rummet där pojken sov, tippade han. Christian klättrade uppför trappstegen och hade nästan nått toppen av trappan när ett förskrämt ansikte kikade ner på honom. Det var den lille pojken. Han var vid liv! Parveln höll hårt i ett smutsigt täcke. Hans ögon var stora och rädda. Det var tydligt att han inte hade tänkt gå någonstans.

Det fanns ingen tid att tveka. – Ge mig din hand! beordrade Christian pojken och gav honom sin. Överraskande nog gjorde pojkvaskern som han sa, och Christian drog den lilla kroppen ner mot sig. Han klättrade nerför den stegliknande trappan i få steg och närmast kastade sig mot dörren och sköt ut pojken.

Under en kort sekund tvekade han, innan han vände och klättrade uppför trappan det fortaste han kunde. Hettan var starkare här, och det var nästan omöjligt att andas. Halsen snörde ihop sig, och det svartnade nästan för honom. Christian kämpade sig fram och in på Hennings rum. Svart rök fyllde det lilla vindsrummet och fick honom att hosta. Han famlade sig fram över golvet, snubblade över en pall och tog sig på fötter igen. Vid fönstret stötte han emot byrån och försökte öppna den översta lådan. Den satt som berget. Han ruskade hårt i den och svor. Det sprakade och knakade över honom.

Äntligen fick han upp lådan på glänt och stack ner handen. Han rotade runt tills han kände det tjocka bankpapperet mot fingrarna och lirkade försiktigt ut det. Raskt vek han ihop det och stoppade det i innerfickan på kavajen innan han skyndade sig ut ur rummet igen. Det sprängde i lungorna, och han kände sig yr. Christian visste att han måste springa genom ett litet hav av flammor innan han kunde klättra ner igen, men tog sats och sprang det fortaste han kunde. Han gled nästan nerför trappan och kände det susa i kroppen. Han hade klarat det! Halvt i panik, halvt i eufori slog han händerna mot byxbenen där gnistorna hade svett hål i tyget. I detsamma hördes ett våldsamt brak. Christian kikade upp. En eldkula kom ovanifrån och rakt mot honom. Som en explosion av eld, gnistor och splitter av trä. Som om himlen exploderade över honom – och han var den ende kvar i universum.

33

Brandkåren var redan på plats när Karl och Høirup nådde fram till det brinnande huset. Brandmännen kämpade en sammanbiten kamp mot elden med hjälp av brandsprutor och pumpar.

– Är det här du bor? Karl var andfådd efter att ha sprungit hela vägen från *Hjorten*. Høirup var både yngre och raskare än han.

Høirup gapade misstroget. Infernot av flammor speglade sig i hans stora, stirrande ögon.

Allt som var kvar av huset, var ett skelett av rödglödande och svarta plankor. Ett plötsligt gnistregn fick alla omkring att ropa till och dra sig undan. Tänk om branden spred sig, då skulle hela raden med hus gå åt.

– Svara mig, Høirup. Är det här huset? upprepade Karl.

Den unge mannen nickade tyst.

Karl drog fingrarna genom håret. – Gode gud, det är inte mycket kvar. Han flackade med blicken och började vandra runt i folkmängden i hopp om att hitta Christian. Han gick tätt inpå folk. All rök och nattmörkret gjorde det svårt att klart urskilja deras ansiktsdrag. – Har någon sett min son? frågade han. – Var det någon i huset när det började brinna?

Han fick bara stumma axelryckningar tillbaka.

Till slut var det en trasigt klädd karl som drog honom i kavajärmen. – Det gick en karl in dit. Väldigt fint klädd var han också. Trashanken skakade på huvudet och ojade sig. – Han kom aldrig ut igen. Det kan inte vara mycket kvar av honom nu. Men han fick åtminstone räddat pojkvaskern. Han spottade en loska på marken, precis vid Karls fötter.

Illamåendet hotade att övermanna Karl. Det kom i våldsamma vågor. Han vände sig hastigt, snubblade mot rännstenen och kastade upp. Det kunde inte vara sant. Det fick inte vara sant.

– Herr Winther?

Han rätade sig upp och torkade sig om munnen. Framför honom stod en man med en enorm mustasch och pickelhjälm. Det var brandmästaren. Han kände knappt igen honom genom dimman av tårar, rök och smärta.

– Jag har fått höra att ni letar efter er son, herr Winther.

– Ja? Hoppet växte i honom. – Vet ni var han är? Har ni funnit honom? Om han är skadad, så ... Tanken på att Christian bara kunde vara skadad, fick lättnaden att strömma genom honom. Allt skulle bli bra igen. – Han skulle bara hämta något. Där inne ... Jag vet inte. Karl riktade ett skälvande pekfinger mot huset. Det lilla som var kvar av det. – Var är han?

– Minns herr Winther vad sonen hade på sig när han gick för att hämta det han skulle?

Allt stod stilla. Karl förmådde inte tänka en enda klar tanke. – Han ... han ...

– Han hade på sig gråranndiga byxor, svart jackett, cylinderhatt och en plommonröd sidenhalsduk om halsen, sköt plötsligt en röst in från sidan. Karl vände sig undrande om och såg rakt in i Høirups ansikte.

– Jaha. Brandmästaren kikade ner på ett anteckningsblock han hade i handen. – Då får jag beklaga å det djupaste, herr Winther. Beskrivningen jag har från ett vittne här, stämmer med beskrivningen som den här herren just gav mig. Han nickade mot Høirup. – Allt tyder på att det var er son som gick in i det brinnande huset, herr Winther. Det smärtar mig att säga att han dessvärre aldrig kom ut igen.

Tystnaden i salongen var tryckande. Det svaga tickandet från vägguret visade att klockan närmade sig midnatt, men Karl hade inte kommit tillbaka ännu. Cecilia gick rastlöst fram och tillbaka över den persiska mattan. Ellinor satt i soffan och vred händerna, medan Rose höll armen tröstande om henne.

– Du ska se att allt går bra, Ellinor, sa Rose. – För det första är det ingen som vet om det faktiskt var Hennings hus som började brinna. För det andra vet vi heller inte om det var dit Christian begav sig. Dessutom skulle han aldrig hitta på att gå in i ett brinnande hus. Min bror är kanske våghalsig, men dum är han inte.

Sättet Rose försökte lugna Ellinor, rörde vid något i Cecilia. Själv hade hon inte sagt något tröstande till svärdottern. Hon hade varit så uppslukad av sin egen oro att hon hade glömt alla runt sig.

Ellinor drog skälvande efter andan. – Du har säkert rätt, Rose. Jag måste sluta tänka det värsta. Det är inte första gången Christian försvinner en stund, för att uttrycka det så. Hon log svagt, men ögonen avslöjade att hon var rädd. – Jag förstår bara inte vad det var med det papperet som var så viktigt att han måste hämta det just i kväll. Jag förstår mig inte på honom ibland ...

Cecilia lät fingrarna glida över halssmycket. Det här papperet, den här fullmakten, började mer och mer påminna om en förbannelse. Den hade inte skapat annat än bekymmer och sorger. Hon såg på Fredrik, som satt i soffan och tecknade på något. Han hade inte sagt ett ord sedan de kom hem, och hon misstänkte att det var för att hålla oron på avstånd. Om ändå alla kunde ha varit lika sansade som han.

När det gick i dörren, var det som om de frös där de stod eller satt, med blicken stint riktad mot dörren. I hallen hastade Sigrun över golvet mot ytterdörren. – Herr Winther! De hörde lättnaden i hushållerskans röst, innan tonen förändrades. – Var är herr Christian?

34

Cecilia vaknade i sin egen säng, men mindes inte hur hon hade tagit sig dit. Hon hade nattlinnet på. Hårnålarna var urplockade, och håret samlat i en lös fläta. Men hon kunde inte minnas att hon hade klätt av sig. Det enda hon mindes – och som hon aldrig skulle glömma – var Ellinors smärtfyllda, desperata skrik när det gick upp för henne vad som hade skett med Christian. Fredrik hade klarat att fånga svägerskan i famnen strax innan hon föll omkull. Cecilia mindes svagt den förlamande chocken och illamåendet som kom över henne när hon själv såg Karls ansiktsuttryck. Doktorn hade kommit och gett alla kvinnorna lugnande.

Efter det blev allt svart.

Cecilia lyfte huvudet en aning. Det kändes tungt och flytande på en och samma gång. Strimman av ljus mellan gardinerna gav löften om en ny dag. Men vilken roll spelade det? Om det var dag eller natt, ljus eller mörker? Christian var död. Allt annat var likgiltigt för henne.

Hon lät huvudet sjunka tungt tillbaka mot kudden igen. Slöt ögonen och kände hur den plågsamma, nästan outhärdliga smärtan rusade runt i kroppen. Andningen satt fast överst i bröstet. Hon strök handen över ansiktet och kände hur torra kinderna var. När hon strök tungspetsen över läpparna, smakade det salt. Hade hon gråtit sig till sömns? Hon mindes inte det heller.

Det knackade svagt på dörren. Sigrun kom in. Hushållerskans ansikte gick knappt att känna igen. Ögonen var mörka av sorg under de smala, raka ögonbrynen. – Fru Winther, jag … Det var tydligt att hon kämpade mot gråten. – Hur känner frun sig i dag? Rösten bröts, och hushållerskan drog snabbt upp en näsduk från kjolfickan och pressade den mot munnen. Hon mumlade en ursäkt.

Cecilia drog sig längre upp i sängen och stöttade ryggen mot huvudgärden. – Vet du var min man är? Det var ingen poäng med i att låtsas. Sigrun hade ögon och öron som alla andra i huset. Hon visste att de inte delade säng längre.

– I frukostrummet, fru Winther. Jag tror inte herr Winther har sovit en sekund i natt. Han har på sig samma kläder som i går, och … En snyftning undslapp henne. – Förlåt, det är bara så förfärligt …

Cecilia kände sig tom. Förlamad. Hon visste inte hur hon skulle klara att ta sig ur sängen, långt ifrån att klä sig. Tanken på frukost bjöd henne emot. Men hon ville se de andra. Måste vara tillsammans med dem. – Kan du hjälpa mig med att klä mig?

– Javisst, fru Winther. Sigrun snöt sig snabbt, gick bort till fönstren och drog gardinerna åt sidan. Ljuset skar Cecilia i ögonen och förstärkte huvudvärken. Hon förbannade solen som sken in i rummet. Att den vågade skina som om ingenting hade hänt. Som om den här dagen var som alla andra dagar.

Sigrun drog fram den mörkaste klänningen i skåpet och mumlade: – Fru Winther måste få sytt sig en sorgklänning …

Cecilia visste inte hur hon klarade att röra sig från sängen och bort till toalettbordet. Hon kämpade med att sätta ena foten framför den andra. Vartenda steg, varenda rörelse, sög krafter ur henne.

Sigrun klädde på henne som ett litet barn. Lyfte på först den ena armen. Så den andra. Trädde klänningen över hennes huvud. När hon stod framför spegeln i den mörka klänningen, såg hon ännu blekare ut. Hon hade aldrig tagit sig väl ut i svart. Det ljusa håret gick nästan i ett med huden. Hon kände sig åderlåten på blod och krafter. Det var som om allt liv hade sugits ur henne. Hon såg bort i vämjelse. Det spelade ingen roll hur hon såg ut. Christian var borta. Hon skulle aldrig känna glädje igen.

I matsalen stod Karl med ryggen mot fönstret. Han såg sig med knapp nöd över axeln när hon kom in, stöttad av Sigrun. Han hade på sig samma kläder, precis som hushållerskan hade talat om för henne. Det luktade fränt av rök där inne, och han hade fläckar av aska på axlarna och ner över ena ärmen. Vid bordet satt Rose och Fredrik. Sonen for upp och kom bort till henne. Tillsammans med hushållerskan ledde han henne varsamt mot bordet.

– Om frun önskar te … Sigrun såg tvekande på henne.

Cecilia nickade. – Tack. Och bara det.

Karl vände sig mot dem. – Hur i himmelens namn ska vi klara oss utan Christian? Kan du tala om det för mig, Cilla?

Hon flämtade ofrivilligt. Hans ansikte var gulvitt, smutsigt av sot och svett. Ögonen var två svarta gropar. Hon svalde och svalde. Det gjorde lika ont varje gång. *Hur de skulle klara sig utan Christian?* Det var inte något man frågade om. Det var en fråga som var omöjlig att svara på. Hon ville inte svara på den. Kunde inte. – Jag vet inte, viskade hon och kände med detsamma Roses smala, mjuka hand i sin. Hon vände sig sakta mot dottern och såg rakt in i ögon som var bräddfyllda av tårar.

– Tror ni att Christian var förskräckligt rädd innan han dog? Att han kände smärta? Roses mun darrade, och Fredrik, som satt på andra sidan av henne, grep tag i hennes hand och tryckte den.

– Jag vill tro att det gick fort, sa han hest. – Jag har fått höra att det inte är lågorna, utan röken som tar livet av en först …

– Sluta! utbrast Karl. Rösten var ljus och smärtfylld.

Fredrik sjönk ihop. Hans huvud föll tungt framåt, och han höll blicken fäst mot den orörda frukosttallriken. – Förlåt, jag menade inte …

Cecilia tog hans hand och kramade den, men hon såg på maken. Varför kom han inte bort till dem? Han kunde ha lagt armen om Rose och tröstat henne. Sagt några försonande ord till Fredrik i stället för att skrika åt honom.

– Vad sker med Christian nu? fortsatte Rose försiktigt.

– Jag vet inte, svarade Karl och vände ryggen åt dem igen. – Ingen kan gå in i huset på ett bra tag. Det är fortfarande för varmt. Elden, den … Han stöttade sig mot fönsterkarmen och pressade knytnäven mot munnen. Hans breda rygg skakade, men allt som hördes var några hjärtskärande, halvkvävda ljud.

Cecilia reste sig ostadigt från bordet och gick bort till honom. Hon rörde vid hans skuldra, och han ryckte till.

Det var som om han var förvånad över att hon ville röra vid honom. Trösta honom. Han tog några steg bort från henne.

– Beklagar, jag måste ... Han lämnade rummet det snabbaste han kunde.

Det var så tyst att man kunde höra en knappnål falla. Cecilia kände barnens blickar på sig, men klarade inte att möta dem. Hon strök en hand över livet på den trista klänningen. – Jag går och ser till Ellinor. Bli sittande bara, ni.

Doktor Melhus var på väg ut från Ellinors rum när Cecilia kom upp. Han tryckte hennes hand varmt. Hans blick var medkännande, men hon klarade ändå inte att befria sig från tanken på att det här var en vana för honom. Något han upplevde nästan varenda dag. Äkta makar miste make eller maka. Föräldrar miste barn. Skulle det här vara så speciellt? Han kunde omöjligt känna den smärta hon kände. Ingen kunde veta hur hon hade det inom sig nu.

– Det är gott att se att du är uppe, Cecilia. Kan jag få ett ord med dig?

Han hade kallat henne vid förnamn länge. Doktor Melhus hade varit deras husläkare sedan hon kom till staden.

De gick ner igen och in i salongen. Det kändes instängt och beklämmande där inne. Som om oron och rädslan från i går hade satt sig i väggarna och gjort rummet främmande. Hon skyndade sig bort till fönstret och öppnade det. Den friska höstluften bet sig fast i hennes kinder. Under en bråkdels sekund kände hon sig levande igen.

– Du vill kanske sätta dig? Doktor Melhus nickade mot soffan.

Cecilia lydde och knöt händerna så hårt att det gjorde ont. Hon *ville* att det skulle göra ont. Det var ett hjälplöst försök att samla all smärta som jagade runt i kroppen.

Doktorn satte sig mittemot henne i en djup länstol. Han var en sansad man med ett allvarligt ansikte och snälla ögon. Hans kraftiga mustasch hade fått strimmor av grått i sig. – Jag har just haft ett längre samtal med Ellinor.

Cecilia nickade stilla. – Hur går det med henne? Det var henne jag var på väg till när du kom ut.

– Hon är självklart i chock. Och i sorg. Doktor Melhus slog ut med händerna. – Dessutom klagar hon över magsmärtor, något som absolut inte är ovanligt i en sådan situation. När något så traumatiskt som det här inträffar, är det normalt att kroppen reagerar fysiskt också. Han kastade en snabb blick på hennes modlösa händer. Cecilia gömde dem snabbt i klänningsfållen. – Så jag undersökte henne – ja, för att utesluta att det faktiskt stod illa till. Han lutade sig framåt och vilade armbågarna mot knäna. – Vi hade ett långt samtal, Cecilia. Om jag får lov att sprida ett aldrig så litet ljus över den här ofattbara tragedin, så ... Han drog efter andan och såg henne rakt i ögonen. – ... så kan jag tala om att Ellinor är med barn. Du ska bli farmor, Cecilia.

35

Fredrik och Rose satt tysta med var sin tallrik framför sig. Fredrik kunde inte minnas senast de hade varit ensamma i ett rum tillsammans. Emellanåt hörde de det dova klapprandet av hästhovar som smällde mot gatstenen, och knarrande kärrhjul. Det var underligt att tänka på att där ute gick vardagen sin gilla gång, medan ingenting var detsamma här inne.

Döden hade alltid fascinerat Fredrik. Skrämt honom också. Kanske var det för att han hade varit så nära döden som barn? Den hade lockat och lurat honom, men han hade visat sig starkast. Han kunde minnas den brännande febern och smärtorna som härjade i varje muskel i kroppen. Känslan av att inte kunna röra på nacken – eller någon annan del av kroppen. Det han ändå mindes bäst, som var inetsat i honom, var moderns ansikte. Ångestfyllt och förgråtet. Dag och natt hade hon suttit vid hans säng. Torkat hans panna och viskat uppmuntrande ord i hans öra. Han hade känt igen samma uttryck i hennes ansikte i morse. Tomheten och förtvivlan i blicken. Det hade ändå funnits något där när han var sjuk, men som inte fanns där nu. Hopp. Christian var död. Det fanns inte något hopp om att få honom tillbaka igen.

Det var en paradox att han, som kände sig så stark, alltid av andra sågs som så klen. Det var hältan. En evig påminnelse om att han hade varit så nära att dö. Folk fick tänka och tro vad de ville. Han var ingen liten stackare. Det var inte det att han kände sig oövervinnelig. Men han fruktade heller inte döden. Nu när den hade hunnit upp dem på allvar, var det ändå svårt att förhålla sig till den. Tanken på de förkolnade resterna av Christian som låg i en hög på den andra sidan av staden …

Fredrik sköt tallriken ifrån sig. Han hade inte ätit så mycket som en bit. Blicken föll på systern. Så spenslig hon var. Om en vindpust svepte in genom fönstret, skulle den blåsa henne över ända. – Det är fint att du är här, slapp det ur honom.

Rose höjde ansiktet och såg på honom. Ögonen var blanka och rödkantade. Han hade sett henne både arg och förtvivlad, grinig och missnöjd. Men aldrig sorgtyngd som nu.

– Det var fint sagt av dig, Fredrik. Vad tror du sker nu? Hon såg sig omkring, som om saker och ting plötsligt skulle ändra sig. – Jag menar, kommer Ellinor att stanna hos oss nu när Christian är död? Det är ju i Kristiania hon känner sig hemma.

Fredrik hade ingen aning. Det hade inte slagit honom förrän nu. Att saker skulle ändra sig. – Det kan väl tänkas att hon vill vara nära Christian? I alla fall till att börja med. Det har ju precis skett, så …

– Du har nog rätt i det. Jag önskar i alla fall att hon stannar. Det kommer att bli så tomt utan henne. Utan Christian … Rose begravde ansiktet i händerna medan axlarna började skaka. Fredrik behövde inte tänka efter. Han reste sig, gick bort till henne och satte sig på huk vid sidan av henne. Höll armen om henne och lät henne gråta mot hans axel.

– Du är den enda brodern jag har nu, hulkade Rose mot hans kavajslag. – Det är bara vi två nu, Fredrik.

Med ens var det som om en tung rem lade sig runt hans bröst och stramade till. Han var den äldste nu. Christian var borta, och han återstod. Livet, så som han hade känt det för bara ett dygn sedan, hade plötsligt blivit ett annat. – Du ska se att allt kommer att bli bra till slut, Rose. Allt kommer att bli bra.

Om han bara kunde tro på det själv.

Ellinors rödbruna hår bredde ut sig som eld över den vita huvudkudden. Hon var lika blek som Cecilia. Det var kyligare här inne, och Cecilia ångrade att hon inte hade kastat en sjal över axlarna.

– Jag talade precis med doktor Melhus, Ellinor, började hon försiktigt. – Hur är det med dig?

Svärdottern vände ansiktet mot fönstret. – Jag känner mig tom, svarade hon spakt till slut. Det var knappt att läpparna rörde sig. Hon vände ansiktet hastigt mot Cecilia. – Hur kan han vara här i ena ögonblicket, och så plötsligt vara borta i nästa? Jag fick inte ens tala med honom i går kväll. Han kom aldrig till mig …

Cecilia gick längre in i rummet. Christians skor stod fortfarande vid skåpet. En av hans kavajer hängde på rockhängaren. Det var medan hon satte den ena foten framför den andra, och då hon såg hur hjälplös och svag Ellinor var, som Cecilia fylldes av en oförklarlig styrka. Hon stod upprätt, medan alla andra låg ner. Det var så det kändes. Hon måste vara stark. För Ellinor, och för Karl. Ingen av dem skulle hamna i det stora, svarta hålet som hon en gång hade befunnit sig i. Tillsammans skulle de ta sig igenom det här.

– Doktor Melhus talade om den fantastiska nyheten för mig, Ellinor. Cecilia tänkte på Karl som bara hade gått sin väg. Var fanns han nu? – Doktorn underströk hur viktigt det är att du håller dig i stillhet den närmaste tiden. Det är aldrig gott att veta vad som kan ske efter allt det du har gått igenom. Det har varit en stor påfrestning både för dig och för barnet.

Hon undvek att tala om för Ellinor allt som doktorn hade sagt. Att det var en risk för att svärdottern skulle mista barnet på grund av chocken. Ellinor slöt ögonen, och Cecilia rörde sig närmare sängen. Hon drog en stol bort till den och satte sig. – Visste Christian om barnet, Ellinor?

Det gjorde ont att tänka på det Christian hade sagt i biblioteket den natten. Han hade tvivlat på sina förmågor och förutsättningar som far. Cecilia visste bättre. Christian skulle ha blivit en fantastisk far. Glad, stolt och … Bara tanken på att han aldrig skulle få se sitt eget barn, fick det att värka i bröstet. Hon skakade av sig de mörka tankarna. Hon måste vara stark för Ellinor.

– Jag skulle tala om det för honom. Så snart jag var helt säker. Men så … Det skedde så mycket, och jag var inte säker på …

– På vad då, Ellinor? Vad var det du inte var säker på? Cecilia visste att hon inte kunde förvänta sig att Ellinor skulle anförtro sig åt henne. De hade inget skäl till att vara förtroliga. Stunden de delade nu, var ändå det närmaste de hade kommit varandra.

– Jag var inte säker på om det var mig han ville ha. Om jag önskade stanna hos honom … Ellinor stönade och slog handen för ögonen. – Christian drog sig undan mig så snart vi kom till Trondheim. Du såg det själv. Han har varit avvisande och mer intresserad av att träffa gamla vänner än att vara hos mig. Jag skulle självklart berätta för honom om barnet. Ett drag av smärta gled över hennes ansikte. – Så skedde det här. Jag fick vad jag förtjänade, inte sant? Du sa det ju själv, Cecilia. Jag sköt honom ifrån mig. Och nu är han död.

Cecilia satt tyst. Hon visste bättre än att försöka trösta. Det fanns inte något förmildrande att säga. Ingenting som kunde ta bort den smärta de båda kände. Och Ellinor hade rätt. Hon hade varit rasande på Ellinor och anklagat henne för att trampa in på hennes territorium och hålla på som hon ville. Cecilia stod fast vid just det, även om det inte var något att dra fram nu. De kunde oavsett inte göra något ogjort. De hade förlorat Christian – och Ellinor var med barn. Det var det enda som betydde något nu. – När är barnet väntat? frågade hon mjukt och väntade tills den värsta gråtattacken var över.

– I … i december, stammade Ellinor medan tårarna rann nerför hennes kinder. – Enligt doktorn kan det komma till jul.

– Ett vinterbarn, alltså. Cecilia nickade, och otroligt nog förmådde hon le också. – De säger att vinterbarn får en tuffare start i livet. Men vi ska se till att den lille får en god start på livet, inte sant?

36

Cecilia vandrade otåligt fram och tillbaka i hallen. Ibland stannade hon framför det runda bordet och rättade till lite på blomsteruppsatsen som stod där, utan att bli riktigt nöjd. Hon kastade ännu en blick på väggklockan. Innan polismästaren och Karl var färdiga med samtalet inne på kontoret, skulle hon inte få frid. De hade varit där inne i en liten evighet nu. Hon kände polismästaren. Han var myndig, som sig bör för en man i hans position, men rättvis. De hade varit på bjudningar tillsammans. Polismästaren var medlem av Klubselskapet. Men att de skulle mötas under omständigheter som den här ... Det hade hon aldrig föreställt sig.

Det hade gått några dagar sedan branden. Hur många hade hon ingen räkning på. Den ena dagen gled över i nästa. Sigrun och de andra i tjänarstaben pysslade om dem. Serverade te och fyllde huset med doften av härliga bakverk och de läckraste rätter. Allt i ett försök att hålla dem i gång och vid liv.

Tilda hade skickat brev. Det kom två dagar efter olyckan, och Tilda uttryckte hur förtvivlad hon var för det som hade skett med gudsonen, och att hon måste hålla sig i sängen på grund av chocken. Det dåliga samvetet höll på att ta knäcken av henne, skrev hon. Om det verkligen var så att det var fyrverkeriet som hade startat branden, visste hon inte hur hon skulle klara att förlåta sig själv.

Cecilia hade kunnat läsa smärtan mellan raderna, men hon förmådde inte ta åt sig Tildas dåliga samvete. Hon klandrade henne inte för det som hade skett, men hon hade inte krafter till att höra henne beklaga sig heller. Cecilia hade mer än nog av sitt eget dåliga samvete. Hade det inte varit för fullmakten, skulle Christian ha varit i livet. Hennes smärta var ändå ingenting jämfört med den sonen måste ha upplevt precis innan han dog. Varför hade han gått in i det brinnande huset igen efter att ha räddat den lille pojken? Om det var den idiotiska fullmakten som fick honom att göra det ... Det var bara en bit papper! Skulle han bevisa något? Gentemot henne eller Karl? Huruvida fullmakten brann upp eller han lämnade tillbaka den, kom ju på ett ut, eller hur? Hon kunde grubbla tills hon blev blå. Hon skulle aldrig få något svar.

Ellinor höll sig för det mesta till sängen. Hon var plågad av illamående och yrsel, och Cecilia hade beordrat örtte och några torra kex. Ett telegram hade skickats till hennes föräldrar i Kristiania för längesen. Det skulle väl inte ta så lång tid innan de kom norrut för att ta hand om dottern. Kanske ta henne med sig hem igen också. Cecilia visste inte.

Dörrhandtaget rörde på sig, och snart stod Karl i dörröppningen. Det gick kalla kårar utefter hennes rygg när hon mötte hans tomma blick. Hans ansikte var lika uttryckslöst som det hade varit de senaste dagarna, och hon undrade om de någonsin skulle klara att närma sig varandra igen.

– Kan du hämta Ellinor och komma in hit ett ögonblick? Polismästaren har något han vill tala med oss om.

Fredrik sköt cykeln framför sig uppför backen. Han var våt av svett på ryggen och i pannan, men där och då kändes det bara bra. Han måste komma bort från huset där döden och sorgen satt i väggarna. Aldrig i livet skulle han ha erkänt det för någon, men han hatade att vara där. Det var som om väggarna trängde sig närmare, och han fick problem att andas.

Ellinor såg ut som en skugga av sig själv. De få gånger hon visade sig, hade han blivit skrämd av hur blek och genomskinlig hon var. Han hade hört om människor som sörjde sig till döds. Nu förstod han bättre den unge herr Werther i Goethes bok också. Det var faktiskt möjligt att bli sönderplågad av sorg och förtvivlan. Han skulle förvisso inte bli en av dem.

Till slut hade han nått toppen. I den nya parken i Småbergene, alldeles under fästningsvallarna, hade man en formidabel utsikt över staden och fjorden. Han stöttade cykeln mot *Brushuset* och satte sig på en bänk strax bortanför. Det värkte lite i foten, men också den smärtan drog bort tankarna från allt elände där hemma. Han slöt ögonen och lät höstsolen smeka ansiktet. Bladen på träden i den lilla skogsdungen nedanför hade redan börjat gulna. Några ungar med ränsel på ryggen sprang förbi honom. Skolan hade börjat igen, utan att han hade hunnit göra något som helst med sin egen skolgång. Han borde titta in på den tekniska institutionen någon av de närmaste dagarna. Hade han tur, fanns det fortfarande en plats åt honom för arkitekturstudier.

Fast, vad var vitsen? Christian var borta. Han var den ende sonen nu. Arvingen. Han skulle så gärna ha talat med fadern om det. Vädrat några tankar om vad som förväntades av honom. Om det över huvud taget fanns någon poäng med att utbilda sig till arkitekt. Men det hade varit omöjligt att nå fram till fadern. Varje gång Fredrik kom in i rummet, var fadern på väg ut.

Fredrik kunde se hela staden från där han satt. Bergen på den andra sidan. Nidarosdomen, för övrigt ett evigt byggprojekt, Gamle bybro, Nidälven och Munkholmen. Deras hus såg ut som en prick där uppifrån. Det var underligt att tänka på att så mycket sorg fick plats i något så litet. Snabbt vara han uppe med handen och torkade bort en tår ur ögonvrån. Två fruar promenerade förbi och sände honom nyfikna blickar. Det var först när de hade passerat som han lade märke till två yngre kvinnor som också befann sig i parken. Det var omöjligt att ta fel på dem, trots att de var en bra bit bort, och han var tvungen att kisa för att se dem klart. Den ena var mörk och lång. Den andra ljus, vacker, livlig och ...

– *Emma*, viskade han och svalde torrt. Det måste vara Karens lediga eftermiddag, och Emma var uppenbart klar på konditoriet. Han drog skärmmössan lite längre ner i pannan och hoppades att de inte fick syn på honom, där han satt som en annan enstöring. Det var i alla fall inte så lätt att känna igen honom utan cykeln. De två var på många sätt ett ... Vad pratade de om? Karen berättade säkert för henne om branden och om hur nedslående det var att arbeta för familjen Winther för ögonblicket. Det fanns få ljuspunkter ... Så slog det honom: brevet. Var det nu det skulle ske? Kanske var det just i det här ögonblicket som Karen skulle ge brevet till Emma?

Det var märkligt, men det var som om allt inom honom vidgade sig. Den smärtfyllda klumpen i bröstet löstes upp och försvann. Han tyckte det var som om solen kastade strålar av hopp på deras hus på den andra sidan av älven.

Polismästaren reste sig från stolen när Cecilia och Ellinor kom in. Med Olavas hjälp hade hon klarat att få på Ellinor en svart klänning och satt upp hennes hår i en lös knut i nacken. Hon såg inte helt presentabel ut, men det kunde inte hjälpas. De kunde inte låta polismästaren vänta.

– Fru Cecilia. Fru Ellinor. Polismästaren bugade djupt. – Skulle ni kunna sätta er ett ögonblick?

Karl satt redan bakom skrivbordet, och Ellinor och Cecilia slog sig ner i den mörka skinnsoffan. Cecilia orkade inte se på Karl. Sorgen var som inetsad i varje minsta rynka, varenda fåra i hans ansikte. Hon hade inte lagt märke till dem tidigare. De små tecknen på att han började bli äldre. Hon kände inte den Karl som satt bakom skrivbordet nu. Han var en krossad man.

Polismästaren harklade sig. – Det förhåller sig så att jag just har informerat herr Winther om fyndet vi har gjort i det nedbrända huset.

Ellinor rätade på ryggen och satte sig längre ut på kanten av soffan. Ansiktet var allvarligt och förväntansfullt på en och samma gång. Det var tydligt att hon stålsatte sig för det som måste komma. Själv kände inte Cecilia annat än illamåendet som kom smygande tillbaka igen. Hon hade mest av allt lust att lägga händerna för öronen. Hon visste inte om hon orkade höra det polismästaren hade kommit för att säga.

– Eller, det vill säga, *bristen* på ett fynd, tillade polismästaren.

Ellinors ögon slocknade, och axlarna sjönk ihop.

– Bristen, herr polismästare? Vi får nästan be er att förklara det, bröt Cecilia in.

Polismästaren drog i den långa uppvridna mustaschen medan han kikade bort på Karl. – Nå, våra män har nagelfarit brandplatsen. De har vänt upp och ner på varenda förkolnad bit. Han flätade fingrarna över uniformsjackan med de blanka knapparna. – Det finns inga spår efter unge herr Winther. Vi har inte någon kropp. Inga lämningar.

Cecilia försökte smälta det polismästaren just hade sagt. Fanns det inga spår efter Christian? Inga lämningar? Inga förbrända, förkolnade … Hon ryste och svalde surt. – Han gick in i det brinnande huset. Han skulle hämta något. Det finns vittnen … Han räddade den lille pojken!

Polismästaren nickade. – Javisst, och det var mycket hjältemodigt av honom. Ingen såg honom komma ut igen.

Cecilia såg förvirrat på Karl, och därefter på polismästaren igen. – Så vad är det polismästaren påstår? Att Christian tog sig ut därifrån, utan att någon såg det? Hon skrattade gällt.

Polismästaren skakade bestämt på huvudet. – Självklart inte, fru Winther. Det brann bra där inne, det råder inga tvivel om det. Men vi har alltså inga lämningar. När det är sagt, är det inte alls ovanligt efter en så kraftig brand. Huset var torrt och gammalt rakt igenom. Det är bara skorstenspipan kvar.

– Betyder det att vi inte kan begrava honom? viskade Ellinor och lade handen beskyddande över magen. Ingen kunde se att hon var med barn ännu. I alla fall inte om man inte visste det.

– Jag är rädd för det, fru Winther. Än så länge finns det ingenting att begrava … Polismästaren suckade. – Men röjningsarbetet fortsätter. Man ska aldrig säga aldrig.

Cecilia kastade en blick mot fönstret. Det hade börjat regna. Hon hade inte lagt märke till det förrän nu. Det spelade oavsett ingen roll. Hon grep Ellinor försiktigt i armen. – Låt oss gå in i salongen. Jag kan ringa efter te.

37

– Kommer Christian till himlen, tror du?

Det gick kalla kårar genom Cecilia. Ellinor och hon hade suttit i salongen en stund. Svärdottern hade inte sagt så mycket, bara smuttat på teet och stirrat frånvarande i tankarna ut i rummet. Cecilia lade broderiet i knäet och såg inträngande på henne. – Självklart gör han det, Ellinor. Du är då troende, inte sant?

Ellinor nickade sakta. – Jo, men nu när han inte får en grav. Han blir inte lagd i vigd jord. Hennes ögon var stora och fyllda av rädsla. – Vad sker med honom då? Var hamnar han?

– Minns du vad prästen sa när han var här, Ellinor? Han sa att Christian är på ett tryggt ställe. Om vi har tur, hittar de honom till slut, och då … Nu tycker jag inte att du ska … Känslorna vällde upp i Cecilia, och hon pressade näsduken mot ögonvrån. – Beklagar, Ellinor. Det var inte meningen att gråta. Det är inte till hjälp för någon av oss.

Det hade varit en liten ström av människor vid dörren de senaste dagarna. De flesta kom för att kondolera och för att uttrycka sin medkänsla. Bud kom ständigt vid dörren med blommor. Cecilia uthärdade inte synen av buketterna. Doften gjorde henne sjuk. Nu stod det vaser på rad inne i serveringsrummet och gav Sigrun och husorna huvudbry.

Cecilia tyckte nästan synd om den unge journalisten från Adresseavisen som hade kommit vid dörren i hopp om att få några ord från Karl i samband med Christians hjältemodiga räddning av pojken i Ilsvikøra. Karl hade blivit rasande. Kallat honom för asätare som levde av andras elände och jagat iväg honom.

Mest av allt var hon förvånad över hur samlad hon hade varit de senaste dagarna. Tron på att hon måste vara den starka, hade hållit henne uppe. Men nu märkte hon att det var en tunn lina hon balanserade på. På samma sätt som Tildas cyklande svärdslukare. Linan hade brustit, och han hade dunsat i backen och brutit nästan vartenda ben i kroppen. Tänk om detsamma skedde med henne? Om hennes lina brast … Vad skulle ske med dem då? Med Karl, som bara satt där, apatisk och ur stånd till att göra något som helst. Hon hade försökt nå in till honom. Ville så gärna tala om för honom att de skulle bli farföräldrar om bara några få månader. Men han hade inte släppt in henne. Så hon väntade tills den rätta tidpunkten kom.

Ellinor sträckte sig plötsligt framåt och lade handen på hennes arm. Cecilia kände kylan från den genom den tunna blusärmen. – Alla de här timmarna ensam i sängen har gett mig tid till att grundligt tänka igenom allt, började Ellinor. Rösten var klarare och starkare än på länge, och Cecilia var förvånad över hur bestämd hon lät.

– Jag vill att du ska förlåta mig, Cecilia. Jag har inte varit lätt att ha i huset, och det beklagar jag. Ellinor svalde och slog ner blicken ett ögonblick. – Sättet jag kom störtande in i ditt liv. Jag hade ingen rätt …

Cecilia flyttade oroligt på sig. Det här kom så hastigt på. Hon hade inte förväntat sig en ursäkt nu. Hade de inte mer än nog med att tackla förlusten och sorgen? – Ellinor, du behöver absolut inte beklaga dig. Du är i sorg, och du har barnet att tänka på.

Svärdottern skakade på huvudet. Ögonen var blanka. – Jag har all anledning att be om ursäkt, Cecilia. Jag har trampat in på dina domäner. Brutit dina gränser och blandat mig i saker jag inte hade med att göra. Christian hade rätt. Han sa …

Cecilia stelnade till. – Christian?

Ellinor nickade stumt. – Han sa att jag inte kunde fortsätta på det sättet och tro att andra gillade det. Det skulle sluta med att jag sårade någon. Han nämnde inte ditt namn, men jag visste vem han menade. Ellinor snöt sig och smuttade på teet. – Jag förstod det inte till att börja med. Jag försvarade mig med att det var han och du som var lättsårade. Jag använde väl orden missunnsamhet också, tror jag. Hon såg urskuldande på henne. – Det var först efter Roses och Hennings olycksaliga möte på konditoriet som det gick upp för mig hur dum jag hade varit. Det var då jag förstod att jag hade gått för långt. Dessvärre var det redan för sent. Christian var rasande på mig. Du också. Och på goda grunder.

Cecilia behövde tid att tänka sig för. Det var så många tankar som virvlade runt i huvudet. Hon blev sittande och granskade sina egna händer. Kunde se blodådrorna genom den tunna, bleka huden. Fingrarna kändes avdomnade, men hon klarade ändå att röra på dem. Det var underligt hur kroppen fungerade som vanligt, när allt annat kändes tomt och dött. – Det är inte bara du som ska beklaga, Ellinor, sa hon till slut. – Jag har också varit, vad ska jag säga, *oresonlig*, från tid till annan. Jag kunde ha försökt förstå dig bättre. Karl sa det till mig flera gånger. Han sa att du behövde tid för att finna din plats. Hon försökte väga orden, men gav till slut upp. Det fanns inget – ingenting – som stod emellan Ellinor och henne själv nu. – Jag är van vid att ha det på mitt sätt, Ellinor. Jag värnar om min lilla familj och sätter den högre än allt annat i världen. Och så kom du svepande in i vårt liv med ditt ljusa, drillande skratt och det smittande sättet att vara. Och Rose … Cecilia höjde blicken. – Jag tror hon föll lite för dig. Medan jag … Nå, jag är ju hennes mor.

– Å, Cilla! All den tid vi har ägnat åt att kritisera varandra, undvikit varandra och varit nedslagna på var sitt håll. Hon lade handen över magen. – Jag tycker det ska upphöra här. Gör inte du?

Hålrummet i bröstet blev sakta men säkert fyllt av värme igen. Det stack lätt i fingertopparna när blodet strömmade tillbaka och domningen försvann. Cecilia kände sig feg som inte hade tagit första steget till försoning. Ellinor var och blev modigare än hon. För första gången upplevdes det helt i sin ordning. Hon behövde någon att dela den tunga bördan med, hon skulle inte klara att bära den ensam i längden. Hon lade armarna om svärdottern. – Förlåt mig, Ellinor. Vi ska komma igenom det här tillsammans.

Svärdotterns överkropp skakade, och Cecilias kinder blev också våta. Det var en förlösande gråt.

– Jag känner mig så skyldig, snyftade Ellinor.

– För vad då? Du hade ingen möjlighet att hejda Christian. Cecilia torkade tårarna och kikade på svärdottern.

– Inte det. För att jag har sått split mellan Karl och dig. Och mellan Christian och Karl. Hade det inte varit för att vi flyttade hit, skulle ingenting av det här ha skett.

En dov känsla träffade Cecilia i magen. Hur kunde hon vara så dum att tro att Ellinor, och säkert de andra också, inte skulle uppfatta väggen som var rest mellan Karl och henne?

– Karl och jag, vi har levt ett långt liv tillsammans redan, Ellinor. Vi har gått igenom ett och annat. Vi klarar nog upp det, ska du se. Cecilia visste att det var en lögn. Hon var inte säker på om de skulle klara att ta sig helskinnade genom det här. Tanken på att tvingas leva åtskilda under samma tak resten av livet gjorde Cecilia livrädd och sjuk. Hon förmådde inte prata om det. Det var för privat. I stället såg hon ömt på Ellinor. – Det viktigaste nu är att den lille du bär på får det bra. Vänta bara tills Karl får veta att han ska bli farfar …

– Så han vet det inte ännu? avbröt Ellinor henne.

Cecilia slog ner blicken. – Nej. Men snart. Jag väntar på det rätta tillfället att tala om det för honom. När det kommer, är jag säker på att han kommer att bli utom sig av glädje! Tänk att huset ska fyllas av barnskratt igen … Hon hejdade sig snabbt. Ellinor skulle väl flytta hem igen nu när hon hade förlorat Christian. Att hon inte hade tänkt på det förrän nu? Hon ryste och gned armarna, kall med ens. – Vi hoppas självklart på mycket besök …

– Jag far ingenstans, svarade Ellinor bestämt. – I alla fall inte förrän de finner lämningarna efter Christian, och jag får en grav att gå till. Som *vi* kan gå till. Hon strök handen varsamt över magen.

Båda ryckte till när det ringde på dörren. De satt tysta tills Sigrun knackade på dörren och stack in huvudet i salongen.

– Det är herr Høirup, fru Winther. Han vill gärna överlämna sina kondoleanser, och i och med att herr Winther just gick ut, så … Hon såg avvaktande på Cecilia.

Cecilia kikade på Ellinor, som skakade på huvudet. – Jag orkar helt enkelt inte träffa honom nu, viskade hon. – Han påminner mig för mycket om Christian …

– Det förstår jag, sa Cecilia. – Jag ska tala med honom. Visa in honom i biblioteket, Sigrun. Jag kommer strax.

Rose visste att Henning var i huset. Hon hade stått överst i trappan när Sigrun släppte in honom. Bara ljudet av hans röst var som att höra fågelsång en regntung dag. Som hon längtade efter att se honom igen. Det förvånade henne att modern hade släppt in honom. Det gjordes väl ett undantag nu när de var i sorg. Henning skulle få lov att visa sin medkänsla, därefter måste han nog gå.

Hon hörde frasandet av moderns kjolar, och dörren till biblioteket som öppnades och stängdes igen. Tyst smög hon sig nerför trappan. Hon kunde höra Hennings mörka röst. Emellanåt moderns ljusa och dämpade. Hon smög sig närmare.

– Jag vill gärna uttrycka vilken fruktansvärd tragedi det här är, fru Winther. Om jag hade vetat, när jag lät Christian förvara det dokumentet hemma hos mig, att något sådant kunde ske …

Rose rynkade pannan. Vilket dokument var det Henning pratade om?

– Självklart kunde du inte det, svarade modern kort. – Det var ingen av oss som kunde föreställa sig att något så förfärligt kunde ske. Det jag fortfarande inte förstår är varför du valde att bo där.

Rose höll andan. Hon hade undrat över detsamma. Det verkade mycket besynnerligt. Att en man som Henning var tvungen att bo så torftigt.

– Jag ... Det var mer praktiskt så. Att bo i närheten av *Hjorten*. Herr och fru Topp har varit så vänliga att erbjuda mig både kost och logi efter branden. Jag har också fått ett engagemang av mer långvarig karaktär där. Så jag stannar här ett tag till ...

Det kändes som om hjärtat bytte sida i ren iver. Rose måste bita sig i armen för att inte skrika ut i fröjd. Han skulle stanna. Henning skulle stanna!

– Säger du det, svarade modern torrt. – Så herr Høirup vänder alltså inte tillbaka till operascenen i Köpenhamn?

Det uppstod en liten paus, och Rose höll andan.

– Nej, fru Winther. Jag gör inte det. Det är ingen brådska.

– Det kommer att hållas en minnesstund för Christian. Jag antar att du gärna vill delta i den. Vi vet inte när ännu.

– En minnestund, fru Winther? Ingen begravning?

Det gick en smärtfylld stöt genom Rose. Henning kunde omöjligt veta ...

– Nej. Så länge vi inte har någon kropp att begrava, kan vi inte det.

– Gode gud ... ingen kropp? utbrast Henning.

– Ingen kropp. Inga lämningar ... Men nu tror jag att jag får be dig om att gå. Herr Høirup hittar vägen ut själv?

– Javisst. Och återigen min djupaste medkänsla, fru Winther. Om ni kan överlämna den till herr Winther också?

– Javisst.

Rose smet åt sidan när dörren gick upp. Hon stod med ryggen pressad intill väggen tills dörren blev stängd, och Henning hade gått några steg i riktning av hallen.

– Ska jag visa er vägen ut, herr Høirup? viskade hon när hon gled upp vid sidan av honom. Ljudlöst, som en smygande katt.

– Rose! Han lyste upp.

– Hyssj, inte så högt! Hon kastade en blick mot den stängda dörren in till biblioteket.

– Jag förstår. Han log. – Det är så gott att se dig igen. Vi fick inte tala med varandra den kvällen … Han såg ner. – Det är fruktansvärt, det som skedde med Christian, Rose. Jag har inga ord, jag … Han var en god vän. Hans röst bröts, men han samlade sig och stack handen i fickan. Drog fram något vitt och fyrkantigt. – Här. Jag hade tänkt ge det till dig på *Hjorten*, men så skedde allt det här …

– Till mig? Rose kikade ner på det lilla kuvertet. Han kastade en blick över axeln. Än så länge var det tyst runt dem.

– Hör här. Jag stannar ett tag till, viskade Henning.

– Jag vet det, jag …

Han såg förvånat på henne.

– Jag menar, så fint … Rose sneglade snabbt mot hallen när det gick i en dörr. Raskt gick hon upp på tårna och gav honom en hastig kyss på kinden. – Skynda dig. Du måste gå nu. Ingen får veta att vi har talat med varandra.

Brevet brände i hennes hand.

38

Cecilia satt vid chiffonjén och studerade tekoppen hon hade i handen. Pagoden, pilträden och den lille mannen som gick över bron. Allt var så fint och konstfärdigt. Ett blankt ark låg framför henne. Det fanns ingen väg förbi. Hon måste skriva till modern. Föräldrarna måste få veta att deras äldsta barnbarn hade dött.

Hon tog upp reservoarpennan som var vackert dekorerad och hade en pennspets av 14 karat guld. En Waterman. Också den var en gåva från Karl. Hon hade läskpapperet klart. Kunde inte fördra bläckfläckar på arket eller på fingrarna.

Dear Mother. Hon försökte hålla handen stadig, men det var svårt, för den darrade lätt. *Det här är det svåraste och mest plågsamma brev jag någonsin kommer att skriva till er.* Hon tog ett skälvande andetag. Visste inte om hon skulle klara att fullfölja det. Allt blev så slutgiltigt när orden blev nedskrivna på papper. *Vi har förlorat Christian. Han dog i en brand i slutet av augusti.* Hon var raskt uppe med näsduken och hann fånga tårarna innan de träffade arket. En stund blev hon sittande med ögonen slutna. Äntligen var hon klar att fortsätta. *Vi är alla förkrossade. Branden var så våldsam att det inte var möjligt att finna lämningar av honom. Därför blir det ingen begravning.*

En plötslig frossa träffade henne. Hela kroppen skälvde. Hon kunde se för sig moderns ansikte när hon läste dödsbudskapet. Sorg hade redan förtärt henne. Hennes blick var tom. Kanske hennes hjärta också. Och hur var det med fadern? Hur skulle han reagera när han fick höra att Christian var död? Han som redan var vid dålig hälsa. Tanken på att det här kunde göra honom sämre, skrämde henne. *Jag vill att ni ska veta att Christian dog som en hjälte. Han räddade livet på en ung pojke i branden, men miste sitt eget. Jag vill att ni ska minnas honom som den fantastiska, modiga och omsorgsfulla människa han var. Det är i alla fall så vi minns honom.*

Din Cecilia.

Hon blåste på arket tills bläcket hade torkat, så vek hon det försiktigt och lade det i ett kuvert. Det kändes som en stor lättnad att kunna sända dem ett brev. Slippa att möta dem ansikte mot ansikte. Bara tanken på att modern skulle se på henne med sin livlösa blick och säga att det skulle bli bättre med tiden, att Cecilia bara måste bita ihop och hålla ut, gjorde henne illamående. Var det inte det hela hennes barndom hade gått ut på? Att inte visa känslor. Varken sorg eller glädje. Modern var inte där nu. Hon kunde aldrig ta ifrån Cecilia den bottenlösa sorg hon kände över att mista Christian. Det var hennes rätt att känna den. Visa den också.

Hon skulle inte sluta leva eller känna. Christian skulle inte ha önskat det. Lebemannen, äventyraren och drömmaren. Det stack lätt i nacken. En märklig förnimmelse av att någon kikade henne över axeln, fick henne att vända sig om. Men det var ingen där.

39

Cecilia vaknade i ottan. Hon hade sovit oroligt, kastat sig fram och tillbaka i den stora sängen det mesta av natten. Det var i dag minnesstunden skulle hållas. De hade valt att ha en liten ceremoni hemma, bara med prästen, den närmaste familjen och några få vänner närvarande. Margit skulle göra snittar. Rose skulle spela ett stycke på pianot, och Fredrik skulle läsa en dikt. Cecilia var säker på att Christian skulle ha föredragit att det serverades champagne, men det fick vara bra med te och kaffe. Hon önskade att gästerna skulle gå så fort minnesstunden var över. Tanken på att tvingas passa upp de sorgtyngda gästerna var outhärdlig.

Platsen vid sidan av henne i sängen var fortfarande tom. Det hade blivit en vana nu, men en vana som gjorde ont. Cecilia klev upp och skvätte kallt vatten i ansiktet. Raskt klädde hon på sig. Håret fick bara hänga löst. Hon ville inte ringa efter någon nu. Ljudlöst, och på tå, smög hon sig bort längs gången och nerför trappan. Huset var helt tyst.

Planen hade hon utarbetat kvällen före medan hon låg sömnlös i sängen. Hon skulle vänta på kontoret tills Karl kom ner. Det skulle bli ett slut på att han stängde in sig bakom stängda dörrar, eller smög sig ut innan hon hade hunnit kliva upp. Hon kunde knappt minnas senast han hade sett henne i ögonen. Det var alltid samma flyktiga blick. Muttrandet. Hans rygg som försvann ut ur rummet eller ut genom dörren. Han var sällan tillbaka innan alla i huset hade gått till sängs.

Cecilia hade tur. Husan hade redan tänt i kaminen. Allt hon saknade var en kopp te, men det fick vänta. Karl skulle bli förvånad när han fann henne här. Det var här han stängde in sig varje morgon. Kontoret var som en grotta där han kunde gömma sig. Ett ställe där de andra inte kunde störa honom. Inte förrän nu.

Det knarrade och knakade i taket över henne. Tunga steg. Han hade klivit upp. Hon höll andan. Tänk om han blev arg? Om han vände i dörren meddetsamma han såg henne ... Borde hon gömma sig här inne? Men nej, det blev för dumt. Hon var hans hustru, och det här fåniga spelet måste få ett slut. De uppförde sig som två barn, inte som vuxna makar.

Hon hörde honom släpa sig nerför trappan. Var det inte märkligt hur ljudet av en människa kunde säga något om sinnesstämningen den befann sig i? Karls fotsteg var fulla av sorg.

Dörrklinkan vreds runt, och hon stirrade stint mot dörren. Blev stående och vred händerna nervöst i varandra. Tiden stannade upp.

Om hon kunde ha förevigat hans ansiktsuttryck när han kom in och upptäckte henne stå där. Ett ögonblick trodde hon att han skulle le mot henne. Förvånat, kanske hänfört? Men han hejdade sig lika fort. – Törs jag fråga vad du gör här, Cilla? frågade han utan att ändra en min.

Det var inte annat att göra än att gå rakt på sak. Ingen av dem skulle slippa undan den här gången. – Jag tror det säger sig självt, Karl. Vi måste tala med varandra. Det här går inte längre. Det måste bli ett slut på det här idiotiska spelet.

Hans axlar sjönk och han slog ut handen mot stolen. Som om hon var en av hans affärsförbindelser. *Varsågod och sitt.* Men hon hade lovat sig själv att hon inte skulle hänga upp sig på bagateller. De skulle tala om de stora tingen. De ting som betydde något.

– Du undviker mig, Karl. Det har du gjort länge nu, ända sedan det där med Christian och pengarna …

– Du gick bakom min rygg. Han talade lågt.

– Och du gick bakom min! Rösten var högre och mer gäll än hon hade tänkt. Skulle de verkligen ta den vägen igen? Beskylla varandra för det ena och det andra och tävla om vem som var den största skurken? Hon drog efter andan. – Låt oss inte tala om vem som har gått bakom ryggen på vem. Det här handlar inte om allt som har skett, Karl. Jag är här för att tala med dig om framtiden. Om vägen vidare. Vad är det du vill? Du ser inte på mig. Talar knappt till mig. Barnen saknar dig vid middagsbordet, Karl. Har du tänkt mura in dig här på kontoret för alltid? Det här kan inte fortsätta. Du riskerar att mista oss alla.

Cecilia letade efter tecken på att han tog till sig det hon sa. De små ryckningarna i ögonvrån. Sättet han drog fingrarna genom håret. – Dessutom är det något du bör veta. Som jag har väntat med att tala om för dig tills jag visste att du skulle lyssna. Hon teg tills han mötte hennes blick. – Du ska bli farfar, Karl. Ellinor är med barn.

Hon förbannade sig själv när underläppen började skälva. Hon skulle inte gråta nu. Cecilia slöt ögonen. När hon öppnade dem igen, stod Karl med ryggen mot henne. Hela den stora kroppen skakade.

– Jag har varit en komplett idiot, Cecilia, kom det halvkvävt från honom.

Hon reste sig och gick närmare. Stannade rakt bakom honom, men vågade inte ta på honom.

– Jag borde ha lyssnat på dig. Om jag bara hade gett Christian en chans. Om jag hade lyssnat på det han hade att säga, då skulle kanske det här aldrig ha skett.

– Du kan inte klandra dig själv för det som har skett, Karl. Hon lade en hand mot hans rygg och kände hur han stelnade till. – Christian gick in i det brinnande huset för att han kände att det var det enda rätta att göra. För att vi uppfostrade honom till att bli en människa som brydde sig om andra. Han räddade den där pojken, Karl. Han räddade ett liv.

– Men han miste sitt eget, och jag kan inte befria mig från tanken på att allt skulle ha blivit annorlunda om jag hade haft mer tilltro till honom. Vi talade med varandra den kvällen, Cecilia, strax innan han dog …

Hon flämtade och lade handen över munnen. – Christian och du … Ni var borta, viskade hon. – Var ni tillsammans? Jag minns att jag frågade dig om du hade sett honom.

Karl nickade tungt. – Jag fann honom inne i en av salongerna. Han hade druckit och … Han slog uppgivet ut med armarna. – Vi hade ett våldsamt gräl. Jag sa oförlåtliga saker, Cecilia. Jag sa att han tvingade oss till att avsky honom … Jag menade det inte på det sättet. Jag har aldrig avskytt någon, minst av alla min egen son.

Han vände sig mot henne. Ögonen var smala och röd-sprängda. Så fulla av smärta som hon aldrig hade sett förut hos någon annan människa. – Det är mitt fel, Cilla. Jag sköt bort honom från oss. Jag fick honom att välja döden …

– Karl …

Han höjde handen. – Låt mig tala färdigt. Jag ber dig. Jag borde ha förstått att du gav honom fullmakten för att du älskade honom, inte för att du ville straffa mig. Jag har varit en självcentrerad idiot. Jag förväntar mig inte att du någonsin ska förlåta mig. Jag är inte värd dig. Inte Ellinor, Rose eller Fredrik heller. Allra minst barnet som Ellinor väntar.

Cecilia grep tag i hans armar och skakade dem lätt. – Som du pratar, Karl. Se på mig! beordrade hon honom. – Nu ska du höra på mig. Av en eller annan märklig orsak kände hon sig både arg och stark. Framför henne stod en krossad man. Inte den mannen hon kände. Den trygge, starke, hetlevrade och tillförlitlige Karl Christian Winther. Hon ville inte se honom gå under. Det kunde inte, fick inte ske. – Är det här vad du vill? Drunkna i din egen självömkan?

Något förändrade sig i hans blick. Hade hon sått något i honom? En liten spira av hopp om försoning?

Karl sjönk ner på knä framför henne. Han lade armarna om hennes liv och begravde ansiktet i kjolen på klänningen. Cecilia strök händerna genom hans tjocka hår. Hon hade nästan glömt hur mjukt det var. Hon lät honom gråta ut.

– Vi förlorade Christian, men vi har varandra. Du har en familj som behöver dig, Karl. *Vi* behöver dig, viskade hon. – Och om inte så lång tid ska vi bli farföräldrar. Stäng mig inte ute från ditt liv. Vi behöver varandra mer än någonsin.

Gråten stillnade, och Karl reste sig långsamt.

– Nu går vi upp tillsammans, viskade hon mjukt och tog hans hand. – Vi får göra oss fina till minnesstunden. Så pass är vi skyldiga Christian. I dag ska vi minnas det goda. Och vi ska se framåt. Det är den första dagen av vårt nya liv …

EPILOG

– Biljetterna, tack. Kontrollören vägde på hälarna medan han väntade på att passagerarna skulle få fram biljetterna. Mannen med det mörka skägget och den bredbrättade hatten innerst vid fönstret i kupén, mötte inte hans blick. Han drog fram den lilla pappersbiten från innerfickan och räckte den till honom. Konduktören rynkade pannan vid synen av den bandagerade handen.

– Det där ser inte bra ut. En arbetsskada, kanske?

– Ja, kanske det, mumlade passageraren. Han gjorde inga tecken till att vilja konversera.

Konduktören såg på hans biljett och klippte ett hål i den innan han räckte den tillbaka till honom igen. – Ni får ha en trevlig resa.

Passageraren höll blicken fäst mot rutan. Utanför fönstret grydde en ny dag. Himlen över fästningen hade redan fått ett gyllene sken. En stad som vaknade till liv, men utan honom. I dag var dagen då han skulle försvinna för gott. Han slöt ögonen och öppnade dem inte förrän staden var borta och allt han kunde se, var öppet landskap.

TACK TILL

Familjen Winther är uppdiktad, men jag har eftersträvat att skapa en så historisk korrekt bakgrund som möjligt. Med undantag av enstaka historiska personligheter, som herr Huitfeldt och herr Topp, är alla karaktärer och namn fiktiva.

Ett stort tack till Morten, Nora och Karoline som ger mig tid och utrymme att skriva.

Och tack till Pitch Forlag, och speciellt till redaktör Inger, för ovärderlig hjälp och stöd i arbetet med den här boken.

December 2017,
Katrine Wessel